ars vivendi
Krimi

Theobald O. J. Fuchs kam 1969 im schönen Dörfchen Artelshofen im oberen Pegnitztal auf die Welt. Er studierte Germanistik, Mathematik und Physik und promovierte 1998 in Erlangen. Er ist Mitglied der Deutschen Physikalischen Gesellschaft und Mitgestalter der Veranstaltungsreihe »Radio Bernstein« in der *Galerie Bernsteinzimmer*, beispielsweise als Verfasser von Hörspielen und Moderator verschiedener populärwissenschaftlicher Sendungen. Seit 1997 schreibt Fuchs Glossen für die Satirezeitschrift *Salbader*. Später begann er, im Magazin *TITANIC* unter der Rubrik »Vom Fachmann für Kenner« lustige Miniaturen zu veröffentlichen und Beiträge für die Kolumne »Fürther Freiheit« in den *Fürther Nachrichten* zu erdichten. 2014 gewann er mit seiner Geschichte »Der Tote im Wehr« den Jurypreis des Fränkischen Krimipreises.

Theobald O. J. Fuchs

Niemand ruht ewig

Kriminalroman

ars vivendi

Originalausgabe

Erste Auflage Juli 2016

www.arsvivendi.com

Umschlaggestaltung: FYFF, Nürnberg
Motivauswahl: ars vivendi
Coverfoto: © plainpicture / Frank Herfort
Druck: CPI books GmbH, Leck

Printed in Germany

ISBN 978-3-86913-632-5

Niemand ruht ewig

Personenregister

Georg und Almuth Degenhardt (geb. Bär); zwei Söhne: Christian und Ferdinand; Großmutter Bär

Familie Steigner; drei Söhne: Klaus, Stefan, Ralf; der Großvater Gemeindediener

Richard und Elke Müller, geb. Seibold, genannt »Seibold-Müller«; Vater Wilhelm Seibold

Hermann Proppenstädter, Großbauer, Ehefrau Monika (geb. Flechsner) und fünf Kinder

Dr. Alfred Winkler, Zahnarzt mit Praxis in Velden, und seine Frau Babette

Bernd Rammelkammer und seine getrennt lebende Ehefrau

Dr. Ludwig Eißenpacher, Richter im Ruhestand

Dr. Egon Reichinger, Arzt in Vorra, und Dr. Matjewitz, Tierarzt vom Raitenberg

Johann »Hannes« und Gerlinde Deißner, Letztere mit einem Sohn aus erster Ehe

Hans Demleitner, seine Frau und Schwiegersohn Werner

Die Brüder Fritz und Karlheinz Bayerlein, Letzterer Kommandant der Freiwilligen Feuerwehr

Georg Schramm, Landwirt, und sein Cousin Thomas Schramm, Bestatter in Hersbruck

Ingrid Wörner, ihr Mann (Betreiber des örtlichen Einkaufsladens), Sohn und Tochter

Harry Brunner, Gastwirt im *Pechwirt*, Tochter Petra

Eiwei, Bauhilfsarbeiter, und Friedrich Brunn, genannt »Brunzfritz«, Maurer

Anton Haußner, Baustoffhändler in Alfalter, und Willi Kragel, Baumaschinenhändler in Happurg

Dr. Bukowski, eigentlich Hugo Gabsteiger, Nürnberger Unterweltgröße

Diverse Einheimische: Hans Dotzauer und Klaus Prütting (Landwirte), Martin Zepfer (Maschinenschlosser), Helmut Schmidt (bildender Künstler aus Hersbruck), Crohnberger (Wirt in der *Juraschanze*), Gumpsch aus Eschenbach, Wolfgang Haiger (FÜW-Arbeiter), Frau Österreicher (ehem. Wirtin der *Juraschanze*), Gisela Fichtner, Alfons Schreiter, Herr und Frau Mehl (Tankstellenbesitzer in Vorra), Martin Habermann (Leiter der Bank in Vorra)

Vorbemerkung

Alle Personen und deren Handlungen, die in dieser Geschichte beschrieben werden, sind vollkommen frei erfunden und besitzen höchstens rein zufällig Ähnlichkeit mit realen Ereignissen.

Insbesondere für Leser, bei denen während der Lektüre eventuell der Eindruck entsteht, Artelshofen sei ein Nest, in dem es nur so von Drogenhändlern, Psychopathen, Prostituierten und Mördern wimmelt, sei ausdrücklich angemerkt, dass dieses Dorf in Wahrheit einer der friedlichsten und sichersten Orte auf der ganzen Welt ist und noch nie einen nennenswerten Kriminellen hervorbrachte.

Und das ist die Wahrheit: Wenn ein oder zwei Mal im Jahrhundert ein Fall schwerwiegenden Verbrechens auftritt, dann kommen die Täter stets von außerhalb, mit Vorliebe aus der vormals Freien Reichsstadt Nürnberg. So auch in der folgenden Geschichte, in deren Verlauf das Thema der Großstadt als Sündenpfuhl mehrmals thematisiert wird.

Und um wirklich jedem Missverständnis vorzubeugen, muss unbedingt betont werden, dass die abfälligen Meinungen verschiedener Protagonisten ganz und gar nicht denen des Autors entsprechen – manchmal ist der Autor selbst darüber verblüfft, welch krude Ansichten sein Personal zum Besten gibt.

Kapitel 1

Einmal Friedhof quer durch

Minutenlang starrte Georg Degenhardt den Schädel mit dem goldenen Backenzahn an, der auf seinem rechten Handteller ruhte. Er dachte an die Kühle des zurückliegenden Morgens. An eine halbdunkle Kühle, die er sich jetzt sehnlich herbeiwünschte, um besser nachdenken zu können. Genauer: um trotz der mörderischen Hitze glauben zu können, was er da sah.

Sie arbeiteten zu dritt auf dem Friedhof, der das Pech hatte, auf der Strecke zu liegen, entlang derer die Abwasserleitung laufen sollte, die das Kuhdorf an die neu errichtete Kläranlage unten an der Pegnitz anschließen würde. Zwar hatte der Bauingenieur der Nürnberger Firma alles Erdenkliche getan, um so wenig Gräber wie möglich zu tangieren – der längste Teil des Rohres würde unter dem Hauptweg verlaufen –, doch ganz in der entferntesten Ecke, dort, wo seit Jahrhunderten die ungetauften Kinder und die Selbstmörder beigesetzt wurden, besagte der Plan, dass es durch die Grabstelle des Friedrich Bayerlein gehen musste, der sich seinerzeit erschossen hatte. Wegen der Winklerin nämlich, und das wusste jeder im Dorf, auch wenn es nie amtlich gemacht worden war, damals vor sieben Jahren. Der Bayerlein war ein armer Schlucker gewesen, eher ein Künstlertyp, schwärmerisch und melodramatisch, ganz anders als sein Bruder, der inzwischen erster Kommandant der Vorracher Feuerwehr war. Und deswegen hätte auch jeder im Dorf beschwören können, dass der Bayerlein keinen Goldzahn besessen hatte.

Alleine das hätte ausgereicht, um selbst Eiwei, der im Tal nicht gerade als Intelligenzbestie verschrien war, stutzig zu machen. Der hatte nun schon zum dritten Mal Georgs Namen gerufen, ob alles in Ordnung sei und dass er, Eiwei, langsam frischen Aushub in seiner Schubkarre brauchte, zum Wegfahren. Was dem kochenden Hirn des Bauunternehmers jedoch unmöglich eingehen wollte, war die Tatsache, dass der Schädel in seiner Hand vollkommen unversehrt war, kein Kratzer, kein noch so winziges Loch in der knöchernen Stirn war zu erkennen, was man wohl bei einem, der sich eine Pistole an die Schläfe gesetzt hat, hätte erwarten können.

Georg brannte die unbarmherzige Julisonne auf den nackten Kopf, während er reglos dastand und sich mit der linken Hand, in der er zugleich die ausgeblichene Bundeswehrmütze hielt, das kahler werdende Haupt kratzte. Und nicht begreifen konnte, wie leicht so ein Menschenschädel wog, wenn der erst einmal sein Kleid aus Fleisch und Haut abgestreift hatte und sein stummes Memento mori sprach.

Als dann Stefan, der Ferienarbeiter, zu Georg in die Grube sprang, um zu sehen, was los war, erwachte dieser aus seiner Erstarrung und befahl: »Bleibt hier! Fasst nichts an und lasst niemanden in das Loch! Ich bin mal unten im *Grünen Baum* und telefoniere nach der Polizei.«

Stefan, der mittlere der drei Steigner-Söhne, arbeitete in den Ferien als Handlanger, nicht so sehr aus eigenem Wunsche – obwohl er sich selbstverständlich über das Geld freute, das jeden Freitag in seiner Lohntüte steckte –, als vielmehr, weil der Steigner-Vater der Meinung war, der Bub müsse etwas Gescheites lernen, und wenn schon nicht auf dem Gymnasium in Hersbruck, wo sie ihn bloß mit Latein versauten, dann eben in den Ferien bei der Bauunternehmung Gg. Degenhardt.

Stefan würde etwas zu erzählen haben, wenn die Schule wieder anfing, so viel stand fest, auch wenn er nach Hause geschickt wurde, als sein Chef von der Wirtschaft, wo er telefoniert hatte, zurückkehrte. Ein paar alte Herren, die beim täglichen Frühschoppen gesessen waren, begleiteten den Baumeister, und als der Pfarrer den Auflauf auf seinem Kirchhof bemerkte, gesellte auch er sich hinzu und offerierte geistlichen Beistand, wenngleich dieser nicht wirklich nachgefragt wurde. Alle rätselten, wem der unversehrte Schädel, der zwischen den Schienbeinknochen des Bayerlein gelegen hatte, wohl gehören mochte. Aber obwohl alle ihr Gedächtnis nach Erinnerungen an den Selbstmord durchsuchten, fand sich doch nicht ein noch so unauffälliger Hinweis auf eine zweite Leiche, die damals etwa neben dem Bayerlein im Dreck gelegen hätte. Die Winklerin war bei bester Gesundheit und führte immer noch ein fröhliches Leben. Und so groß war die Gemeinde beileibe nicht, dass jemand heimlich verschwinden und sich so viele Jahre unbemerkt in einem Grab hätte verstecken können.

Die Polizei kam dann auch schon nach einer guten Stunde und brauchte nicht lange nachzuforschen, um zur Überzeugung zu gelangen, dass hier etwas faul war. Unterstützt von Georg und dem Hilfsarbeiter förderten sie einen großen Haufen Knochen an den Tag, viel mehr Knochen, als man bei einer einzelnen Person erwarten durfte. Gewissheit darüber, dass es sich hier um einen unerhörten Fund handelte, herrschte vollends, als die Überreste eines Damenschuhs ans Licht kamen. Freilich war nur die geschwungene Plastiksohle, die in einem mindestens fünfzehn Zentimeter hohen Absatz endete, übrig geblieben, doch auch ohne Schaft, Kappe oder Oberstoff war sofort klar, dass keine Frau in der Gemeinde jemals ein solches Modell besessen hatte. Ein

Nuttenschuh war das, darin waren sich alle Anwesenden, einschließlich des Pfarrers und der Polizisten, einig.

Der Pfarrer war – vielleicht, weil er sich als moralische Instanz dazu verpflichtet fühlte – der Erste, der den einen Gedanken, den alle Zuschauer zugleich dachten, in Worte fasste. »Vor allem: Was hat eine Frau in diesem Grab zu suchen?«, fragte er mit erkennbar ehrlich empfundener Empörung. Doch bekam er freilich keine Antwort, im Gegenteil. Nur die Hitze prügelte stumm auf ihre gebeugten Rücken ein, kein Vogel wagte sich hinaus aus dem Schutzschirm der Friedhofsgewächse in die flirrende Luft, und am Boden der Grube bildeten sich kleine Flecken feuchter Erde, vom Schweiß, der Georg und Eiwei von den Stirnen tropfte, während sie sich immer tiefer in den sandigen Grund wühlten. Der Pfarrer tupfte sich Hals und Nacken mit einem rosaroten Taschentuch, und die Polizisten lüfteten alle Augenblicke die Uniformmützen, um ihre Diensttauglichkeit nicht zu gefährden.

Als die zwei Totenköpfe nebeneinander auf eine blaue Plastikplane gelegt und fotografiert wurden, hatte auch Eiwei endgültig begriffen, dass hier etwas nicht stimmte. Er stand mit hängenden Armen daneben, kriegte den Mund nicht mehr zu und bemerkte nicht, wie die Sonne durch seine großen abstehenden Ohren schien, als trüge er zwei Signallaternen links und rechts am Kopf. Derweil hatten zwei Beamte von der Spurensicherung auf Knien den Boden der Grube abgesucht, hatten die allerkleinsten Knochen, Zähne, Holzsplitter und alle Stofffetzen eingepackt, die noch nicht endgültig zerfallen waren. Das, was vom zweiten Stöckelschuh übrig geblieben war, hatten sie schnell gefunden, und auch eine Gürtelschnalle, Knöpfe, den verrosteten Reißverschluss einer Jeans und eine Haarspange aus Plastik brachten sie in Sicherheit, ehe das Unwetter eintraf.

Einen weiteren interessanten Fund allerdings konnten sie nicht machen, trotz Lupe, Sieb und Pinzette. Denn den auffälligen Ring aus drei ineinander verschlungenen silbernen Schlangen hatte der Steigner-Junge, während er das Grab bewachte, entdeckt und eingesteckt. Leicht war ihm das nicht gefallen, denn er wusste natürlich, dass er etwas Verbotenes tat. Stefan hatte nicht die geringste Ahnung, was er mit dem Ring anstellen sollte, den er fest mit der in die Hosentasche gesteckten Faust umklammerte, als er vom Friedhof fort in Richtung Elternhaus radelte, nachdem jemand gesagt hatte, der Anblick von Stöckelschuhen in einem Männergrab sei nichts für das Kind. Natürlich wäre Stefan liebend gerne geblieben, vor allem, weil ihn der Schädel des Selbstmörders interessiert hätte, der ja das Einschussloch einer echten Pistolenkugel aufweisen musste. Andererseits konnte er es aber auch kaum erwarten, mit dem Fund vor seinem kleinen Bruder zu prahlen.

Gegen fünf Uhr sammelten Degenhardt und Eiwei die Werkzeuge ein und beluden den Transporter. Sie hatten die komplette Grabstelle des Bayerlein ausgehoben, bis in eins siebzig Tiefe, wie es die Düsselbacher Friedhofsordnung für Einzelgräber vorschreibt. Nur ein Trupp von drei oder vier Kriminalern beschäftigte sich noch mit Erdkrümeln und Steinchen, die sie am Boden der Grube auflasen, sodass schon aus drei Schritt Entfernung kein Mensch mehr ihre Anwesenheit bemerkte. Doch das gaffende Volk hatte sich sowieso schon vor dem Angriff des thermonuklearen Höllenfeuers am Himmel ins Wirtshaus zurückgezogen.

Die beiden Bauarbeiter waren erschöpft und vollständig verdreckt. Georg dachte mit Schauern des Wohlbehagens an die kühle Dusche, die er sich zu Hause gönnen würde, während Eiwei noch damit beschäftigt war, das Erlebte zu verarbeiten. Auf dem Rückweg fing Eiwei dann auch sofort an, laut über das Schuhwerk der vermutlich weiblichen Leiche nachzudenken, was bedeutete, dass der Eiwei redete und redete und redete. »Eiwei«, begann er mindestens jeden zweiten Satz, und er hatte viel zu sagen, vor allem, wenn er betrunken war, und er war häufig betrunken, sehr häufig sogar. Die ganze Gemeinde rief ihn ausschließlich Eiwei, und sein Taufname, den er aus Schleswig-Holstein mitgebracht hatte, war darüber komplett in Vergessenheit geraten. Und er konnte definitiv nicht dreißig Jahre in die Zukunft blicken, dass da einst ein aufmerksamkeitssüchtiger chinesischer Dickwanst unter einem sehr ähnlichen Namen berühmt werden sollte, indem er sich als Regimegegner hochstilisierte, obwohl er nicht lange zuvor noch den Bonzen den Hintern ausgeleckt hatte, um das Olympiastadion in Peking bauen zu dürfen, wobei er genau betrachtet nichts weiter als maximal konforme Mittelstufenkunst ablieferte, so fade und ausgelaugt wie ein vergammelter Spülschwamm, der Inhalt so flach, dass sich schon ein Vierzehnjähriger daran den Kopf aufschlagen könnte ... aber halt! Wir schweifen ab. Darüber muss ein anderes Mal geredet werden.

Der Eiwei also saß auf dem Beifahrersitz und kramte seine Erinnerung an eine andere Gelegenheit zusammen, bei der er ebensolche Schuhe gesehen hatte, wie sie den Bayerlein auf der Reise durch die Ewigkeit begleiteten – oder bis vor wenigen Stunden begleitet hatten.

»Beim Kütt, eiwei, jeden Tach saßen wir darinne, eiwei ...«, legte er hastig los, stolperte über die Buchstaben, nahm einen tiefen Schluck aus der Bierflasche und fuhr dann fort zu erzählen: von einer Frau, die jeden Tag »auch da« gewesen sei, in der Pintekneipe seiner nordfriesischen Heimat, die Stöckelschuhe trug und gewaltig riesige Titten hatte, also die Frau freilich, nicht die Pintekneipe, betonte Eiwei. Das Fünfmarkspiel hätten sie immer mit ihr gespielt, weil es dabei so schön klatschte. Wenn Meike, die gut bestückte Dame nämlich, zu später Stunde ihre monströsen Melonen aus dem Ausschnitt hervorzog und die Jungs aufforderte, mit einer Münze zu werfen. Wenn es der Meike gelang, die Münze in der Luft zwischen ihren Brüsten zu fangen, behielt sie das Geld.

»Und wenn sie es nicht fing?«, fragte Georg.

»Na dann kam das Geld, eiwei, in so n Sparfisch, eiwei, davon bezahlten wir reihum die Meike, wenn sie uns mit, eiwei, in ihre Kammer nahm, nach oben, näch?«

Georg kannte Eiwei schon so lange, dass er meinte, wirklich alles bereits dreimal gehört zu haben, was dieser zu sagen hatte. Doch die Geschichte von der käuflichen Ostfriesin war neu für ihn, und er hörte aufmerksam zu, welches Hintergrundwissen seines Hilfsarbeiters da zum Vorschein kam. Eiwei wiederum erwartete keine Antwort. Er leerte die Flasche und öffnete mit einem kräftigen Ruck am Fensterrahmen des Mercedes die nächste. Dann begann er laut nachzudenken.

»Ich frach mich, eiwei, wie zum Deubel schließen wir jetzt den Kanal an, eiwei?«

»Wie meinst du das?«

»Die Polizei, eiwei, der gehört doch nu das Grab, nich wahr?«

Auch jetzt enthielt sich Georg jedes Kommentars. Jedoch nicht aus dem gleichen Grund wie zuvor, als ihm das Thema einfach zu blöd geworden war. Laut Plan sollte nun die große auswärtige Spezialfirma, welche die Kläranlage errichtete, das eigentliche Abwasserrohr verlegen. Danach käme erneut die ortsansässige Bauunternehmung an die Reihe, den Graben aufzufüllen und den Friedhof wiederherzurichten, so gut es eben ging. Georg fürchtete zwar, dass der Ablauf nun durch den Fund ins Stocken gekommen war, doch würde er den August über sowieso sämtliche Baustellen ruhen lassen, insbesondere auf dem Kirchhof in Düsselbach. Nicht wegen der überzähligen Gebeine, sondern weil sich inzwischen die Familie Degenhardt zu einem abenteuerlichen Ausflug aufmachen würde, nämlich hinter den Eisernen Vorhang nach Rumänien, um dort einen Friedhof zu besuchen. Einen Friedhof der ganz anderen Art allerdings.

Am Abend veranstalteten die Schwalben ein mörderisches Spektakel bei der Jagd nach Insektenvieh, sie zischten so tief über die Dorfstraße, dass die Mücken nicht einmal unter den Fensterbrettern in Sicherheit waren. Und als wollte der Regen ganz bewusst die alte Bauernregel bekräftigen, dass er von tieffliegenden Vögeln angekündigt werde, grollte im letzten Licht des Tages ein blauschwarzes Gewölk aus Westen heran, kippte mit Blitz und Donner und allem, was dazugehört, über den Berg ins Tal und entlud einen Sturzbach über die Felder und Wiesen, die gierig die dicken Tropfen aufsogen, während in den Wohnzimmern das Licht flackerte, wenn der Blitz in einen der Strommasten des Fränkischen Überlandwerks* fuhr.

Die Baustelle soff ab, Graben und offene Gräber liefen voll, sodass schließlich eine braune Brühe auf dem Düsselbacher Friedhof schwappte, auf der Blumenkadaver und modrige Stofffetzen schwammen. Natürlich hatten die Fachleute von der Mordkommission alle Überreste der unbekannten Frau sowie des Bayerlein geborgen. Und auf die Gerichtsmediziner wartete die schöne Aufgabe, einen Haufen Knochen aller Größen und Formen auseinanderzusortieren und anschließend auf zwei tote Personen aufzuteilen.

Der durchlöcherte Schädel des Bayerlein war dabei nichts weiter als das einfachste unter all den Hunderten Teilen des Puzzles.

Kapitel 2
Steinschlag

In den Tagen, die auf das mächtige Gewitter folgten, machten sich natürlich noch weit mehr, wenn nicht alle Einwohner der Gemeinde Gedanken, wie es wohl die Frau in das Grab des unglücklichen Friedrich Bayerlein geschafft haben mochte.

Am Stammtisch im Gasthof *Juraschanze* wurde jeden Tag vom ersten Bier an, also etwa ab zehn Uhr vormittags, diskutiert, und da es zwei Wochen dauerte, bis die Polizei mit ersten Erkenntnissen herausrückte, schossen die Spekulationen ins Kraut. Niemand wusste etwas, aber jeder hatte eine Meinung. Vor allem am Sonntag, bei Frühschoppen und Schafkopf, ging es hoch her in der Wirtsstube.

Die eine der Gruppen, die sich allmählich herausbildeten, stellte die Hypothese auf, dass die Knochen und Kleidungsreste schlicht und einfach schon längst im Boden gelegen hätten, als man den Bayerlein vergrub. Oder, was ja gemäß neuesten wissenschaftlichen Erkenntnissen jederzeit vorkommen könne, durch unterirdische Bodenverschiebungen hinübergewandert seien. Vor allem der Zahnarzt Winkler, der in Artelshofen wohnte und in Velden praktizierte, und der Rammelkammer, der einen Autohandel in Hersbruck betrieb, vertraten diese These.

Dieser schlugen natürlich tausenderlei Einwände und Widersprüche entgegen. Wieso niemand gewusst haben sollte, dass dort, wo der Bayerlein zur Ruhe gebettet wurde, bereits eine Frau begraben lag? Wer es denn auch überhaupt gewesen sein sollte, da doch seit unzähligen

Jahrzehnten über alle Frauen, die in der Gemeinde gestorben seien, genaue Kenntnis herrschte – zumindest darüber, wo ihr Grabstein aufgestellt worden war?

Friedrich Brunn, der für die Bauunternehmung Gg. Degenhardt als Maurer arbeitete und den alle nur den »Brunzfritz« nannten, Klaus Prütting aus dem unteren Dorf und auch Georg selbst, der die Entdeckung ja gemacht hatte, sahen die Sache ganz nüchtern und forderten eine andere Erklärung. Eine, die mit so wenigen Zusatzannahmen wie möglich auskam. Demnach, so verkündete der Prütting mit großer Selbstgewissheit der gesamten Wirtsstube, müsse der Bayerlein mit dieser Frau in einer Beziehung gestanden haben, wie auch immer es sich im Detail verhalten habe. Kurz, die Frau sei zeitgleich mit dem Bayerlein gestorben und direkt mit ihm oder, wenn's nach dem Prütting ging, auch auf ihm in derselben Grube bestattet worden.

»Humbug!«, hieß es da, und da könne man ja gleich behaupten, dass sich die Frau freiwillig in den Sarg vom Bayerlein gelegt habe, weil sie bis in alle Ewigkeit an seiner Seite habe liegen wollen, am Ende käme man noch auf die Idee, sie sei lebendig neben der Leiche ihres Liebhabers begraben worden.

Woher man sicher sein könne, dass diese Möglichkeit auszuschließen sei, erwiderten darauf prompt die Anhänger einer Doppelbeerdigungstheorie. Umgekehrt könne die Fraktion, die behaupte, die Frau sei schon von Anbeginn der Zeit dort unten an- bzw. verwesend gewesen und gelegen, nicht leugnen, dass die Schuhe aus der jüngsten Vergangenheit stammten. Jedwede Spekulation über eine hastige Beisetzung einer Unbekannten während der letzten Kriegstage oder in dem Chaos, als später die Flüchtlingstrecks aus dem Sudetenland durchs Tal zogen, entbehre somit jeder Grundlage.

Aus dem Widerstreit der beiden am heftigsten diskutierten Erklärungen entsprang eine dritte Hypothese, die zuallererst vom Winkler vertreten und dann vom Dotzauer und vom Prütting übernommen wurde. Dass nämlich die Knochen der Frau schon lange vor dem Bayerlein unter der Erde geruht hätten, die Schuhe jedoch von einer heimlichen Liebschaft des Bayerlein diesem quasi als Abschiedsgeschenk hinterhergeschmissen worden seien. Winkler stand leidenschaftlich für diese These ein. Wieso man nicht unterscheide zwischen den Gebeinen und den Schuhen?, fragte er herausfordernd. Gebeine auf einem Friedhof seien nun wirklich nichts Ungewöhnliches, während es für die Schuhe bestimmt eine einfache Erklärung gebe. Vielleicht habe er sie anstelle seiner heruntergelatschten Halbschuhe am Ende selbst im Sarg angehabt, der Bayerlein, den Winkler wegen seiner engen Jeanshosen schon immer für »eine verkappte Schwuchtel« gehalten hätte, wie er gehässig in die Runde warf. Da stimmte der Deißner, der ebenfalls eifrig mitdebattierte, plötzlich nachdrücklich zu, das sei die Lösung, so musste es gewesen sein.

Dass die Schuhe exakt Größe sechsunddreißig hatten, gab die Polizei erst später bekannt. Dass sie definitiv nix für den plattfüßigen Stenz Bayerlein gewesen waren, hatte jedoch schon jeder, der bei der Bergung am Friedhof dabei gewesen war, auf den ersten Blick sehen können. Nur konnte das zu jenem Zeitpunkt kaum jemanden beirren. Denn daran, was die Kriminaltechnik mit all ihrer Wissenschaft und Gründlichkeit bald herausgebracht haben würde, etwa auch aus welcher Zeit Schuhe und Knochen stammten, ja dass sie sogar einen möglichen Namen der zweiten Person im Grab hervorzaubern würde, dachte im Eifer des Wortgefechts keiner der Spekulanten.

Die Meinung des Johann Deißner besaß ein gewisses Gewicht, egal, was die Logik dazu sagte. Denn der Deißner war einer der beiden Menschen gewesen, die den unglücklichen Selbstmörder in den Schubkarren geladen und vor zur Hauptstraße verfrachtet hatten, wo das Leichenauto mit dem Sarg gewartet hatte. War doch der Fritz Bayerlein in ebendemselben Pflanzgärtchen, das er vom Deißner gepachtet hatte, aufgefunden worden.

Am 15. August 1979 feierte dann Hans Demleitner seinen sechzigsten Geburtstag, und eine gut gelaunte Runde versammelte sich auf der Terrasse des Jubilars, die zwischen das Haus und eine Stützmauer, gleich unterhalb des Wachtfelsens an der Wirtsleite, hineingequetscht war. Da war der alte Steigner, Stefans Großvater, der sich mit weit über neunzig Jahren immer noch als Gemeindebote verdingte und einmal im Monat durchs Dorf zog, mit einer Handglocke durch die Luft wedelnd, um die Anwohner auf die sich anschließende Verlesung des letzten Gemeinderatsbeschlusses aufmerksam zu machen. Er eröffnete sozusagen offiziell die Geburtstagsfeier, indem er eine nicht enden wollende Gratulation in Reimform vortrug, die unter dem Strich allerdings nicht viel mehr verkündete, als dass das Geburtstagskind seit mindestens vierzig Jahren beim Fränkischen Überlandwerk an der Instandhaltung der Strommasten arbeitete und sich in seiner Freizeit leidenschaftlich mit dem Trinken von bierartigen Getränken beschäftigte. Jede Strophe verursachte großes Gejohle unter den Gästen, zumeist Arbeitskollegen Demleitners, die in ihren Arbeitsblaumännern erschienen waren und dem gleichen Hobby frönten.

Auch das Nachbarsehepaar, die Seibold-Müllerin und ihr Mann Richard, war herübergekommen und hatte eine Flasche Schlehengeist mitgebracht, der großen Zuspruch fand. Er, der Seibold-Müller, war ein langweiliger Glatzkopf. Er arbeitete in der Zulassungsstelle in Lauf, wo seit 1972 auch die Hersbrucker hinfahren mussten, um sich eines der verhassten LAU-Kennzeichen aushändigen zu lassen. Er ging alle Werktage um halb sieben Uhr früh aus dem Haus, kehrte um vier zurück und hockte dann auf dem Sofa vor dem Fernsehapparat, bis er einschlief. Seine Frau hingegen, die war aus einem anderen Holz geschnitzt. Die lachte schallend laut, wenn jemand einen deftigen Scherz machte, und stieß mit einem nach dem anderen an, indem sie die Männer hartnäckig aufforderte, ihr Schnaps nachzuschenken. Man darf jetzt nicht meinen, dass die Seibold-Müllerin eine Schnapsdrossel war. Nein, da gab es ganz andere Vögelchen im Dorf. Die Trunkenheit der Seibold-Müllerin hatte etwas Verzweifeltes an sich. Sie war weder die Zigaretten gewohnt, die sie in einer Tour schnorrte und anzündete, noch den harten Alkohol, der sie erhitzte. Man wusste im Dorf, dass ihr Mann seine ehelichen Pflichten seit Jahren vernachlässigte, sodass es ihr kaum jemand übel nahm, wenn sie sich hin und wieder an den einen oder anderen Kerl ranschmiss. Zumal nur an Junggesellen oder Auswärtige, darüber hinaus in der Regel ohne Erfolg. Und umgekehrt sagten gerade die verheirateten Frauen, dass ein Kerl aus Stein gehauen sein müsste, wenn er die Seibold-Müllerin nicht appetitlich fände mit ihren schwarz glänzenden Augen, schulterlangen braunen Haaren und dem gut gerundeten Hintern in den engen Jeans. Wiewohl ihr jugendliches Daherkommen so manchem gefiel, war sie so jung nun auch nicht mehr. »Von hinten Lyzeum, von vorne Museum«, hatte der Winkler einmal im Scherz zu Georg gesagt, während der unter ihm im Behandlungsstuhl lag und seine Zunge nicht bewegen konnte. Aber der Zahnarzt ging davon aus, dass sein Patient das Fremdwort kannte, sodass er nicht mit einer Nachfrage rechnete. Georg galt nämlich im Kreise der Dorfhonoratioren als gebildet, im Wesentlichen, weil seine Frau eine echte Akademikerin war und an der Grundschule unterrichtete.

Einer der Junggesellen, bei denen die Seibold-Müllerin schon mehrfach abgeblitzt war, war der Feuerwehrkommandant Karlheinz Bayerlein, der ebenfalls beim Demleitner auf der Terrasse saß. Karlheinz war der ältere Bruder des unglücklichen Selbstmörders, dem die irregeleitete Liebe zur Winklerin das Genick gebrochen hatte, welche wiederum eine gute Freundin der Seibold-Müllerin war – derzeit jedoch mit ihrem Mann, dem Zahnarzt, im Sommerurlaub.

Der alte Steigner war nach Hause gegangen, nachdem er seine Bratwurst gegessen hatte. Die schattige Terrasse war mit dem rötlichen Flackern eines Dutzends Windlichter besprenkelt, auf einem Plastiktischchen neben dem vorderen Treppenaufgang dudelte Musik aus einem Transistorradio. Demleitner und seine Gäste saßen um den Tisch, dessen rohgezimmerte Platte sich unter braunen und grünen Flaschen förmlich durchbog. Weil der Bruder des einen Skeletts anwesend war, sprach man zum ersten Mal seit über drei Wochen nicht mehr ausschließlich über den kuriosen Fund in Düsselbach. Doch hatte es auch andere Ereignisse gegeben, die die Leute beschäftigten. Die RAF hatte erst kürzlich wieder einen Bombenanschlag verübt, und zwar auf den NATO-Oberbefehlshaber in Europa*. Der Anschlag war misslungen, aber jeder erinnerte sich unwillkürlich an den Herbst 1977, in dem es für ein paar Wochen so ausgesehen hatte, als würde ein Bürgerkrieg ausbrechen in der Bundesrepublik. Die Bilder der mit Maschinenpistolen bewaffneten Verkehrspolizisten, die sogar drunten in Hohenstadt

Autos kontrolliert hatten, standen allen wieder vor Augen. Die amerikanische Weltraumstation *Skylab* war beim Absturz nicht komplett verglüht, einige Bruchstücke waren in Australien eingeschlagen, was zu wilden Spekulationen führte, ob nicht auch in Artelshofen Trümmer des Raumschiffs niedergegangen sein könnten*. Zwei Kinder fanden auch prompt das Bruchstück eines elektronischen Geräts im Wald oberhalb vom alten Steinbruch, das sich allerdings rasch als zerschellter Wetterballon herausstellte. In der Karibik waren zwei Öltanker zusammengestoßen, in Indien war ein kompletter Staudamm gebrochen, und das nagelneue Auto vom Prütting, ein roter Simca 1100, hatte wie aus dem Nichts seinen Geist aufgegeben, Kolbenfresser, Kühlerschlauch gerissen, irreparabel. Die Technik, so die vorherrschende Meinung, tat, was sie am besten konnte: versagen.

Alfons Schreiter, ein Schlesier, der 1946 in Artelshofen seine zweite Heimat gefunden hatte, mischte ein Schnapsgetränk, das er in seiner Jugend in einer Bar in Krakau kennengelernt hatte. »Tollwütiger Hund« nannte er es, und nach dem dritten Glas hockte die Seibold-Müllerin auf dem Schoß vom Kommandanten Bayerlein, während ihr Mann drinnen im Haus schlafend vor dem Fernseher der Demleitners saß und eine Sondersendung über den Bildschirm flimmerte, die rauchende Blechfetzen zeigte, welche früher einmal ein Auto gewesen waren.

Der Witz beim »Tollwütigen Hund« ist ja, dass er, wenn er richtig eingeschenkt ist, die Nationalflagge Polens darstellt, unten rot, oben weiß, indem das Glas erst halb mit Himbeersirup aufgefüllt und dieser mit einer Schicht Tabasco versiegelt wird. Schließlich wird alles behutsam mit Wodka aufgegossen. Keine Sache für Grobmotoriker, und jeder merkte sofort, dass der alte Schreiter das nicht zum ersten Mal machte. Während sie alle die Kunstfertigkeit des Schlesiers lobten und sich überhaupt nicht darum scherten, dass kein einziger Pole zugegen war, der die nationale Bedeutung des Drinks wirklich hätte schätzen können, tischte die Demleitnerin pausenlos gegrillte Rippchen auf, Brat- und Krautwürste und zum Schluss eine riesige Vorlegeplatte mit Schweinskopfsülze.

Die Gäste verteilten sich auf die beiden Enden der Terrasse. Die einen vorne beim Radio, wo der Demleitner nicht müde wurde, auf seine eigene Gesundheit anzustoßen, begannen zu singen. Am anderen Ende, wo dem »Tollwütigen Hund« zugesprochen wurde, entspann sich eine Diskussion über die RAF. Wer diese Leute überhaupt seien, wurde gerätselt, und festgestellt, dass doch die Polizei alle erschossen hätte, vor ein, zwei Jahren, nach der Sache mit dem Schleyer. Und natürlich stimmten alle darin überein, dass es so recht gewesen sei, denn diese linksradikalen Verbrecher und Mörder würden ja sowieso aus dem Osten gesteuert und gehörten nicht anders behandelt als eben tollwütige Füchse. Oder Hunde.

Dass er sich schon immer gewundert habe, wieso die RAF sich genauso nennt wie die englische Luftwaffe, sagte der Bayerlein und war schon sehr betrunken. Viel bemerkenswerter finde er, setzte Haiger, einer der FÜWler, einen drauf, dass die deutsche Luftwaffe überhaupt keine Abkürzung gehabt habe, kein Wunder, dass man so den Krieg habe verlieren müssen.

Man könne das gar nicht wissen, konterte der Bayerlein, vielleicht sei ja »DLW« schon vergeben gewesen, von den »Dicken Landweibern«?

Da könne man den Schramm fragen, rief die Seibold-Müllerin, der sei bei der Luftwaffe gewesen!

»Wie –?«, kam es postwendend vom Demleitner. Der versoffene Schramm, der morgens um sechs vor seinem Stall stünde, die zerfetzte Hose bis zum Knie heruntergerutscht und das dritte Fläschchen Bier halb ausgetrunken in der Hand?

Ja, genau der, beharrte die Seibold-Müllerin, und zwar zusammen mit dem Dr. Winkler, und, aber absolut sicher sei sie sich da nicht, dem verrückten Autohändler Rammelkammer aus Hersbruck.

»Aha!«, rief der Demleitner, das seien ja wirklich einmal interessante Neuigkeiten – ob die Seibold-Müllerin vielleicht auch noch wisse, ob ...

»Nur ganz kurz dazwischengefragt«, meldete sich der Haiger da, ob die anderen auch dieses Rumpeln hörten?

Ausnahmslos alle, die damals dabei waren, hatten bereits tief ins Glas geschaut, da war keiner, der nicht mindestens so angetrunken war, dass er das Auto hätte stehen lassen müssen, wenngleich alle nicht weit nach Hause hatten und notfalls auf allen vieren kriechen konnten. Der Zepfer Martin, der im alten Schulhaus im Unterdorf wohnte, schlummerte bereits selig mit dem Kopf auf dem Biertisch.

Trotzdem stimmten alle Augenzeugen, die man hinterher befragte, absolut überein: Das Unglück geschah so schnell, dass niemand, selbst im nüchternen Zustand, eine Chance gehabt hätte, rechtzeitig aufzustehen und aus dem Weg zu gehen.

Der Steinbrocken, der sich vom Wachtfelsen gelöst hatte, schoss aus dem lichten Unterholz oberhalb der Stützmauer herab und flog schräg über die Köpfe der Gäste hinweg gegen den Stamm der altehrwürdigen Eiche an der Grundstücksgrenze, da, wo Herr Demleitner regelmäßig der Gewohnheit frönte, ein junges Schwein an den stärksten Ast zu hängen und auszuweiden.

»Die Err-Ah-Eff!«, kreischte die Seibold-Müllerin.

»Der Schnaps!«, schrie der Haiger, aber da war schon alles vorbei. Der Stein war vom Baumstamm abgeprallt und hatte den Tisch komplett abgeräumt, die Petroleumlampe war zerbrochen, und auf dem Waschbeton der Terrasse verbrannte der Hochprozentige inmitten einer großen Lache aus Lampenöl und Glassplittern.

Ein paar Sekunden lang herrschte absolutes Schweigen, in das ein Schlager aus dem Transistorradio plätscherte, dann sprangen alle auf und brüllten hektisch durcheinander. Die Demleitners beeilten sich, die große Taschenlampe aus dem Haus zu holen, die stets an einem bestimmten Platz im Flur bereitlag, falls der elektrische Strom ausfiel. Was ja damals, dem selbstlosen Einsatz von Demleitner und seinen Kollegen zum Trotz, noch regelmäßig vorkam. Beinahe stießen sie mit dem Seibold-Müller zusammen, der vom Krach aufgewacht war und nun schlaftrunken auf die Terrasse stolperte, wo seine Frau sich mit dem Rücken an einen der angetüdelten FÜW-Arbeiter lehnte, der seinen Arm um ihre Hüfte geschlungen hatte.

Die Aufregung legte sich erst langsam wieder, während der Felsbrocken, der schließlich an die Stützmauer gekracht und in zwei Teile zerbrochen war, gründlich und ausführlich bestaunt wurde. Der Stein war mit solcher Wucht vom Wachtfelsen herabgedonnert, dass die Stützmauer gerissen war. Ein fingerbreiter Sprung verlief von unten schräg hoch nach oben bis zum rechten Rand. Was es für das Haus der Demleitners bedeutet hätte, wenn die Fahrt des Geschosses nur geringfügig steiler verlaufen wäre, wollte sich keiner so richtig ausmalen. Niemand war verletzt worden, ein Wunder geradezu, als hätte eine unsichtbare Hand sie beschützt, so der Haiger, der diese seine Erkenntnis wieder und wieder laut hinausrief und dabei aus lauter Dankbarkeit jedes Mal einen großen Schluck vom Himbeerlikör nahm. Die Stützmauer, darin waren sich alle einig, würde freilich ausgebessert werden müssen, ehe sie sich auch noch aus dem Berg löste und umfiel.

Die Demleitners bemühten sich, Ordnung in den Tumult zu bekommen. Neue Windlichter wurden entzündet, das zerbrochene Glas war bald zusammengekehrt, der Tisch von den Überlandwerkern wieder aufgerichtet, deren tägliches Geschäft es war, anzupacken. Selbstverständlich waren alle noch aufgewühlt, und einige merkten erst jetzt, als sich die schlimmste Aufregung legte, wie tief der Schrecken in sie hineingefahren war, weil sie sich hinsetzen und erst einmal eine frische Flasche Bier aufmachen mussten.

Demleitner klopfte an eine Bierflasche und verkündete, dass er die Feier fortsetzen wolle, man könne in der Dunkelheit sowieso nichts anderes machen, um den Stein und die Mauer kümmere er sich morgen, einstweilen liege das Trumm gut und verhalte sich ruhig. Und seine Frau meinte, der Schreck habe sicherlich alle hungrig gemacht und zum Glück sei der halbe Saukopf, den sie frisch gesülzt habe, unbeschädigt geblieben, jetzt sollten alle zulangen. Der Demleitner machte sich daran, die Stimmung mit einem Scherz wieder aufzuheizen. Er fischte die Zunge, die er mitsamt dem Saukopf auf der Kreissäge der Länge nach halbiert hatte, aus der Sülze und steckte sie sich in den Mund. Dann tat er so, als würde das Schwein zu den Anwesenden sprechen. So ungeschickt die Darbietung war, so sehr erfüllte sie den Zweck und belustigte die Gäste. Alle lachten aus vollem Hals, als die Sau sprach: »... und dann kummt der Hans in

Stall und sacht zu mir, heit is dei groußer Dooch, blous wos dou gehm sollert, drauf ward i immer nou.«

Die Seibold-Müllerin hätte gar nicht anders gekonnt, selbst wenn sie gewollt hätte, sie musste beim Anblick der dunkelroten halben Zunge an den Penis vom Eißenpacher denken, und sobald sie sich an den Anblick erinnerte, wurde ihr übel. Sie überlegte kurz, die Übelkeit mit noch mehr Johannisbeerlikör zu betäuben, doch der Gedanke half nicht wirklich, eher im Gegenteil. Ihr wurde immer flauer und blümeranter in der Magengegend, und als sie es nicht mehr aushielt, verabschiedete sie sich hastig und stolperte zum hinteren Ende der Terrasse, wo jenseits der abschüssigen Wiese das Licht über der Tür ihres Hauses leuchtete. Werner, der Schwiegersohn der Demleitners, erbarmte sich ihrer, packte die malade Nachbarin unter der Schulter und schleppte sie quer über den Hang hinüber zu ihrem Haus. Bis vor die Tür schafften sie es nahezu problemlos, wenngleich es sie zwei- oder dreimal der Länge nach hinstreckte auf der schiefen Wiese. Doch als die Seibold-Müllerin auf ihrer eigenen Türschwelle stand, konnte sie nicht mehr. Werner schnappte sich gerade noch rechtzeitig einen Eimer, den er unter dem Blauregen am Schuppen hervorzog.

Und während sie sich übergab, fiel ihr wieder das Gespräch über die Luftwaffe ein, das vom Einschlag des Felsbrockens rechtzeitig unterbrochen worden war, ehe es ihr die Laune hatte verderben können, weil da ja auch der pensionierte Richter Eißenpacher zur Sprache gekommen wäre. Und in ihrer Benebelung hoffte sie inständig, dass sie ihre ganze Erinnerung einfach ausspucken könnte, in den Eimer mit Brennnesselsud vor ihrer Nase, aus dem es so grauenhaft nach Jauche roch. Werner, der neben ihr hockte und sie an den Schultern festhielt, war ziemlich beeindruckt von der Menge an schleimig-roter Brühe, die seine Nachbarin da ausspie und dazu so hemmungslos würgte, als wollte sie allen Schmerz und Kummer der Welt ein für alle Mal aus ihrem Inneren entfernen. Und er, der Zweite Kommandant der Freiwilligen Feuerwehr und Vorsitzende des Schützenvereins, hatte beileibe schon einer regelrechten Armee von Betrunkenen beim Übergeben zugeschaut.

Kapitel 3
Rumänienfahrt

Die Degenhardts waren am 3. August, in der Nacht vom Freitag auf den Samstag, losgefahren. Georg Degenhardt hatte zuvor in der Polizeiinspektion angerufen, ob etwas dagegenspreche, wenn er vier Wochen verreist sei. Seine Frau nannte ihn deswegen – und nicht zum ersten Mal – halb spöttisch, halb liebevoll »treudoof«. Denn natürlich bestand kein zwingender Grund für Georgs Erreichbarkeit, nachdem die Polizei von sich aus das Thema überhaupt nicht aufs Tapet gebracht hatte. Doch Georg war ein Musterbeispiel des braven Staatsbürgers und freute sich, als seine Abwesenheit genehmigt wurde, so als wäre die Expedition nach Rumänien aufgrund der Leiche im Grab des Bayerlein ernsthaft gefährdet gewesen. Im Nachhinein stellte sich natürlich heraus, dass Georg daheim durchaus gebraucht worden wäre, aber wer kann schon in die Zukunft sehen?

Und immerhin war der Familie das Transitvisum durch Ungarn verweigert worden, sodass sie die südliche Route nehmen mussten, durch Titos Jugoslawien, entlang des berühmt-berüchtigten Autoputs, jener Autobahn, die über Griechenland bis nach Istanbul reichte und auf der das ganze Jahr über Heerscharen von Gastarbeiterfamilien unterwegs waren, zurück in die Heimat oder wieder hinaus in die Fremde, die auf Namen wie Rüsselsheim oder Duisburg hörte. Der Qualm des mit Sonnenblumenöl gestreckten Diesels aus dem Auspuff eines jeden zweiten Mercedes, mit dutzendköpfigen Großfamilien überladene Kombis, im Fahrtwind schwankende Türme von Koffern und Kisten auf den Dächern, die Randstreifen links und rechts und jeder Parkplatz gesäumt von weißen Pyramiden aus Klopapier – für die Familie Degenhardt tat sich eine Welt jenseits ihrer Vorstellungskraft auf. Sie begriffen, dass sie sich auf dem direkten Weg in ein richtig großes Abenteuer befanden. Georg Degenhardts Schwiegermutter hatte 1939 einen gewissen Friedrich Bär geheiratet, der nicht ganz einen Monat später einen Zug bestieg, welcher ihn an die Front in Polen brachte. Allem Anschein nach muss dieser Friedrich Bär in den folgenden sechs Jahren seinem Namen alle Ehre gemacht haben, indem er an sämtlichen europäischen Kriegsschauplätzen mitten im schlimmsten Getümmel focht, ohne auch nur einen Kratzer abzubekommen. Winterschlachtmedaille, Nahkampfspange, Eisernes Kreuz, Panzervernichtungsabzeichen – um nur einige der Orden zu nennen, die in einer Schatulle im Degenhardtschen Wohnzimmer, oben auf dem altväterlichen Intarsienbüfett, geborgen waren. Ungefähr im Juni 1943 bekam Friedrich Bär eine Woche Urlaub, fuhr nach Hause zu seiner Frau, zeugte ein Kind und kehrte postwendend zurück nach Russland, um sein Dorf und seine Familie nie mehr wiederzusehen. Im August 1944, derweil seine kleine Tochter Almuth, die spätere Frau Degenhardt, gerade mal anfing, alleine zu sitzen, verließ ihn nämlich sein Glück. Seine Einheit wurde in Rumänien von der Roten Armee eingekesselt und marschierte in Gefangenschaft.

Kurz vor Weihnachten 1945 starb Friedrich Bär am Typhus, bei eisiger Kälte, hinter Stacheldraht, gepiesackt von Flöhen und Läusen, ausgehungert und müde, von Frau und Kind Lichtjahre entfernt. Ein sinnloser Tod, wie ihn freilich in jenen Zeiten Hunderttausende starben.

Kurz und gut: Oma Bär, die eine inbrünstig gläubige Katholikin war, hatte nur einen einzigen wichtigen Wunsch im

Leben, nämlich eine Kerze am Grab ihres Mannes zu entzünden und ein Gebet für seine Erlösung zu sprechen. Man muss bedenken, dass die Ehegatten miteinander tatsächlich weniger als zwei oder drei Monate Zeit verbracht hatten, das heißt, dass auch alles, was eine Ehe faktisch, gewissermaßen physisch und physikalisch ausmacht, eher zu kurz gekommen war. Die kleine Almuth hatte den leeren Platz im Ehebett eingenommen, und nachdem 1955 vom Suchdienst des Roten Kreuzes die so lange gefürchtete Bestätigung eingetroffen war, dass Friedrich definitiv nicht mehr nach Hause zurückkehren würde, wandte sich Almuths Mutter restlos vom irdischen Leben ab und dem Himmelreich zu.

Als liebende Tochter und resolute Ehefrau entschied Almuth schließlich, nachdem ihr eigener kleiner Sohn Christian sechs Jahre alt geworden war, dass sie »diese Sache jetzt erledigten«, wie sie sich ausdrückte. Almuth liebte es, Dinge zu erledigen, obwohl sie sich absolut im Klaren darüber war, dass hinter einem erledigten Ding stets ein weiteres zu erledigendes Ding lauerte.

Belgrad umfuhren sie auf einem Autobahnring und erreichten knapp zwei Stunden später die rumänische Grenze. Hier zeigte sich erneut, dass die Reise nicht ohne Komplikationen verlaufen würde. Die Grenzer hatten den ganzen Tag Zeit, nötigenfalls auch noch den nächsten und den übernächsten. Rauchend hockten die fünf oder sechs feisten Herren mittleren Alters in schlecht sitzenden Uniformen und mit nachlässig rasierten, kantigen Kiefern im Schatten des Betondachs der Grenzstation und gaben Anweisungen in rumänischer Sprache. Almuth übernahm die Verständigung, indem sie ihr Schulfranzösisch auspackte. Im verbrannten Gras neben der Betonpiste stand eine Reihe ausgemusterter Tapeziertische, abgeschabt und klapprig.

Darauf sollte die Familie den gesamten Inhalt des Kofferraums schaffen, die Koffer öffnen und ausleeren. Almuth schluckte heftig, denn sie hatte das Gepäck für fünf Personen sorgfältig zusammengesucht und nur unter Mühen in sieben oder acht Koffern und Taschen verstaut. Die Grenzsoldaten störte es nicht im Geringsten, dass Almuth protestierte, die Prozedur würde sie Stunden kosten. Sie lachten hämisch, aber ob sie verstanden hätten, was Almuth gesagt hatte, war unklar, und wahrscheinlich freuten sie sich sogar ein bisschen darauf, die zahllosen Wäschestücke und Kosmetikartikel aus westlicher Produktion in die Hand zu nehmen. Eventuell sogar, ohne sie wieder herzugeben.

Doch im Gegensatz zu ihren eigenen Anweisungen standen zwei Offiziere auf, als Georg alle Bündel auf die Tische gewuchtet hatte, und winkten ab. Sie wiesen Almuth lediglich an, zwei Taschen zu öffnen, worauf sie – mit ihren sehr schmutzigen Händen, wie Almuth missbilligend registrierte – hineinfassten und ein wenig in der Wäsche, dem Strandspielzeug und den Badeschuhen herumtasteten. Dann brodelte plötzlich eine heftige Diskussion auf, die Offiziere ließen ab vom Gepäck und eilten hinüber zum geöffneten Kofferraum des Mercedes, wo vier oder fünf Soldaten lautstark zu debattieren begonnen hatten. Die Diskussion zog sich ein paar Minuten lang hin, dann wandte sich der kommandierende Soldat an Frau Degenhardt. Man verdächtige die Familie, Waffen zu schmuggeln, erklärte er ohne Umschweife. Zwischen Rücksitz und Kofferraum sei ein verborgener Hohlraum, hätten seine Männer herausgefunden, von genau der richtigen Breite und Höhe, um Sturmgewehre darin zu verstauen.

Georg und Almuth warfen sich ratlose Blicke zu. Sie hatten nicht damit gerechnet, schon an der Grenze auf solche

Schwierigkeiten zu stoßen. Georg wurde es flau im Magen, als er begriff, dass niemand die Soldaten davon würde abhalten können, das Auto komplett zu zerlegen und dabei, daran konnte es keinen Zweifel geben, komplett zu zerstören. Er sah sich bereits zwischen aufgerissenen Koffern und einem Haufen Schrott irgendwo im Gebirge zwischen Serbien und Rumänien stehen, außerstande, seine Familie sicher zurück nach Hause zu bringen. Er war nicht mehr als ein Systemfeind ohne Rechte, rettungslos einer Horde abgerissener Soldaten preisgegeben.

Der Ruf eines Grenzers, der es sich bereits auf dem Beifahrersitz bequem gemacht hatte, riss die Degenhardts aus der Schockstarre. »Abba«, rief der Soldat, »Abba.« Er hatte ein halbes Dutzend Musikkassetten aus dem Handschuhfach gefischt und auf die Kalaschnikow, die quer über seinen Oberschenkeln lag, gestapelt. Die anderen Soldaten sahen auf, die beiden Offiziere umrundeten den Wagen und beugten sich über die Plastikhüllen, in denen die bunt bedruckten Beipackzettel steckten. Almuth, die instinktiv kapiert hatte, was zu tun war, drängte sich nach vorne und zog weitere Kassetten aus dem Fach in der Tür. »Sailor«, rief sie, und »Boney M.«

Sie verstauten eilig, aber sorgfältig das Gepäck im Kofferraum, schauten sich zudem noch einmal gründlich um, ob auch nichts liegen geblieben war, und schoben die Oma, die den ganzen Vorgang gottergeben beobachtet hatte, auf den Rücksitz, die beiden Buben dazu. Die Truppe der Grenzwächter saß derweil schon in der Wachstube vor dem japanischen Kassettenrekorder, den sie weiß der Himmel welchen anderen Reisenden aus dem Westen abgenommen hatte, und sang in einem sinnlosen Phantasieenglisch zu *Rivers of Babylon*. Jeglicher Unterschied zwischen

Offizieren und Mannschaften war aufgehoben, und eine Flasche Schnaps kreiste in der Runde.

Vier Kassetten, darauf hatte man sich schließlich geeinigt, zwei Alben von Abba, eines von Boney M. und eines von Sailor, waren der Eintrittspreis in Ceauşescus sozialistische Republik. Vor allem um Letzteres tat es Almuth gehörig leid, denn sie war ein großer Fan des Nickelodeons, für sie der Inbegriff des Einfallsreichtums moderner Popmusik. Sie hatte so oft davon geschwärmt, dass Ferdinand sich insgeheim fest vorgenommen hatte, ebenfalls ein neues Musikinstrument zu erfinden, wenn er einmal groß wäre, um seine Mutter damit zu beeindrucken. Doch vorerst mussten sie ohne *Girls, girls, girls* auskommen.

In Bukarest machten sie Station. Nachdem sie im *Interhotel* ihre im Beige der kommunistischen Sachlichkeit eingerichteten Zimmer bezogen hatten, machten sie sich gerade auf die Suche nach einer Gaststätte, als der Strom ausging. Mit einem Schlag war alles finster. Kein einziges Fahrzeug war unterwegs auf den vielspurigen Paradestraßen, hinter den zahllosen Fenstern der Plattenbauten flackerte das gelbe Licht von Kerzen. Nach einigem ziellosen Herumgeirre fanden die Degenhardts eine Art Kantine, die noch geöffnet hatte. Zu essen gab es, wie ihnen der stämmige Kellner mitteilte, der in einer weißen Kochweste steckte, jedoch nichts mehr. Auf ihre beharrlichen Nachfragen erklärte er, zur Not könne er zwei Fladenbrote und eine große Dose Ölsardinen auftreiben. Sie aßen hastig bei Kerzenschein und blieben keine Sekunde länger als notwendig.

Als sie auf dem Weg zum *Interhotel* einen gigantischen, völlig ausgestorbenen Kreisverkehr überquerten, entdeckte Georg einen dunklen Gegenstand, der aus dem Brunnen ragte, welcher ins Zentrum des Platzes betoniert war. Sie traten näher. Es dauerte eine Weile, bis sie alle im fahlen Licht erkannten, was auf der schwarz glänzenden Folie der Wasseroberfläche schaukelte – ein aufgedunsener toter Hund mit grau triefendem Fell trieb da bauchoben unter den Stacheln des halbrunden Wasserspeiers, der mangels Strom wie ein riesiger Seeigel sinnlos die Luft aufspießte. Dieser Anblick war endgültig zu viel für den kleinen Christian, den die Strapazen der Reise am meisten mitnahmen. Er erbrach öligen Schleim und Fischbröckchen ins Wasser. Rechtschaffen verstört zog sich die Sippe zurück in die Hotelzimmer, fest entschlossen, diese unwirtliche Stadt so schnell wie möglich wieder zu verlassen.

Am nächsten Tag brachen sie dann auch mit dem Sonnenaufgang auf in Richtung Norden. Zwei Tage später erreichten sie das Städtchen Focşani am Fuße des Gebirges, wo der Suchdienst die sterblichen Reste Vater Bärs verortet hatte. Die Straße in Richtung der Berge ging ein paar Hundert Meter hinter der Ortschaft in einen Feldweg über, der zwischen Wiesen und Maisfeldern verlief. Oben auf einem flachen Hügel spaltete er sich auf, stieg nach links zwischen den Feldern weiter an, fiel nach rechts leicht ab und geriet bald hinter ein Gebüsch biegend außer Sicht.

Eine Weile standen sie ratlos neben dem Auto, die Hitze drückte herab, unzählige Grillen zirpten, ansonsten war da nur noch der laue Wind, der über das Gras strich und verhinderte, dass die Stille total wurde. Hier oben, so hatte man ihnen im Dorf bedeutet, müsste der Friedhof sein. Almuth hatte zwei kleine Glasfläschchen mit giftgelber Limonade und türkischen Honig für die Kinder auf die Ladentheke des winzigen Geschäfts gestellt, das als Einziges im ganzen Ort geöffnet war. Denn Almuth hatte schnell gelernt, alles immer dann sofort zu kaufen, wenn es angeboten wurde, da niemand wusste, wo und wann es das nächste Mal irgendetwas geben würde.

Ja, dort mochten deutsche Soldaten beigesetzt sein, viele, aus dem ersten Krieg und dem zweiten auch, aber so genau wisse es niemand zu sagen, mein Gott, so lange her. Die Frau, die ihnen den Weg geschildert hatte, sah sich dabei ständig ängstlich nach links und rechts um, denn sie sprach Deutsch mit den Degenhardts, was anscheinend nicht auf das Wohlgefallen ihrer rumänischen Kunden gestoßen wäre. Ein seltsames Deutsch, verstaubt und wie aus einem Grimm'schen Märchen entliehen, verdrehte Sätze und urtümliche Wörter aus einer fernen Vergangenheit, als bettelarme Schwaben donauabwärts gezogen waren, um ihr Glück zu suchen.

Nach einer Weile kamen über die hochsommerlich erhitzte, würzig duftende Wiese drei Kinder in Begleitung einer bunten Schar Ziegen und Schafe getrottet. Die Kinder hatten dunkelbraune Gesichter und lange lockige und verfilzte Haare, ihre nackten Füße waren schwarz von Dreck, aber keinen Deut schmutziger als ihre Hände, die sie den deutschen Touristen, die ihnen wie Außerirdische vorkommen mussten, entgegenstreckten, um zu betteln.

»Lei, Lei, Lei«, erklang ihr leiser Singsang, und mit riesig großen schwarzen Augen flehten sie Almuth an, die unwillkürlich den Wunsch verspürte, diese Kinder erst zu waschen und ihnen dann eine ordentliche Mahlzeit vorzusetzen. Almuth zog ein Bündel Geldscheine aus ihrer Umhängetasche, die sie nicht einmal beim Schlafen ablegte. Doch sie schaltete schnell und fragte in den Bettelgesang hinein immer wieder nach »allemand« und »militaire« und »tombe«. Sie wiederholte hartnäckig die drei Wörter und wedelte mit den vier oder fünf rumänischen Lei in der Hand, bis das älteste der Kinder, ein Mädchen mit schmalem Gesicht und golden glänzenden Ohrringen, verstand und Almuth am Handgelenk fasste. Mit der anderen Hand deutete sie hinter sich und beschrieb einen Halbkreis, der die ganze Fläche vor ihnen umfasste. Nun waren es Almuth und Georg, die nicht verstanden, bis sich ein Junge, der ebenfalls kapiert hatte, wonach die Fremden suchten, auf den Boden kniete, den Kopf ganz nahe über den staubigen Fahrweg senkte und zur Wiese deutete. Georg begriff als Erster und bückte sich. Und dann sahen sie es plötzlich alle: eine unmerkliche Erhebung in der sanft gewellten Grasfläche, zwanzig oder dreißig Meter breit in jeder Richtung. Das war das Massengrab, in dem die Tausenden toter Soldaten lagen. Familie Degenhardt war angekommen.

Oma Bär setzte behutsam die viele Jahre gehegte, blau und golden verzierte Kerze an den Feldrand, die sie von einer Busreisewallfahrt aus Lourdes mitgebracht hatte. Auch eine kleine Madonnenfigur aus rotem Plastik beförderte sie aus ihrer Handtasche – bis zum Rand gefüllt mit Weihwasser, das der Priester zu Hause zur Sicherheit mehrmals gesegnet hatte. Liturgisch fehlte es an nichts, als Georgs Schwiegermutter sich am Feldrand niederkniete und vollkommen in sich selbst versunken den wichtigsten Gottesdienst ihres Lebens zelebrierte. Almuth stand etwas abseits. Ihr war natürlich klar gewesen, dass es am Ziel der Reise nicht ohne das katholische Spektakel abgehen würde, doch war sie selbst alles andere als religiös. Und mit ihrem Vater, den sie nie gesehen hatte und von dem sie nichts anderes kannte als ein paar Orden und ein Schwarz-Weiß-Bild mit Wehrmachtsuniform, verbanden sie keinerlei Gefühle. Er war abstrakt, ein logisches Konstrukt, das selbstverständlich existiert haben musste, um sie den Gesetzen der Biologie folgend gezeugt zu haben. Mehr jedoch nicht.

Die rumänischen Kinder hatten instinktiv verstanden, dass die deutsche Familie hier war, um Abschied von einem toten Verwandten zu nehmen, und waren, einer ursprünglich-menschlichen Pietät gehorchend, mitsamt Schafen und Ziegen hinter dem Hügel verschwunden. Auch Georg hatte sich mit den Buben dezent verzogen. Sie durchstreiften ein lichtes Gebüsch weiter unten am Feldweg, wo sie auf Gräber aus dem Ersten Weltkrieg stießen, verwitterte Steine mit den Namen von Offizieren, die noch nach dem Tod die üblichen Sonderrechte genossen und in Einzelgräbern die Ewigkeit verbrachten.

Georg war außergewöhnlich still. Er war über sich selbst erschrocken und grübelte, ob es an dieser ungewohnten Welt lag, durch die sie sich bewegten, an der Sonne, die unbarmherzig vom Himmel brannte, an den Strapazen der Reise – warum auch immer, als er am Rand des sanft gewellten Massengrabes gestanden hatte, auf dem die Schafe der Roma weideten, war ihm unwillkürlich ein Bild vorm inneren Auge erschienen: wie er und Eiwei einen Schacht, so breit wie der Rumpelbach in Artelshofen, durch die fette Erde wühlten, mit nackten Oberkörpern und nichts als Schaufel und Spitzhacke bewaffnet, links und rechts Knochen und Schädel häufend, auf die ihre Werkzeuge knirschend einstießen. Ein altes Motiv war das, sinnierte Georg, wonach am Tag der Auferstehung die Knochen aus den Gräbern stiegen, um sich wieder zu lebendigen Menschen zusammenzusetzen. Eine furchtbare Aussicht, wie er fand, und zudem würden wohl zahlreiche Verstorbene recht wütend sein auf ihn und Eiwei, wegen des Durcheinanders, das sie hier verursachten. Gab es da nicht eine Redewendung, nach der Steine die »Gebeine der Erde« genannt wurden? Wenn man an die mageren Äcker auf einer mittelfränkischen Hochebene dachte, die gespickt waren mit weißen Kalksteinbrocken, dann mochte man den Ausdruck wohl treffend finden. Und als sich in seiner Vorstellung auch diese bleichen Brocken am Jüngsten Tag erhoben, sich aufrichteten und zu modrigen Riesenwesen formten, turmhoch wie die Felsen der Artelshöfer Wacht, mit gewaltigen Mäulern und Fäusten, lief es Georg eiskalt den Rücken hinunter, und er befürchtete, einen Sonnenstich erlitten zu haben.

Er zwang sich unter einigen Mühen, diese Phantasie abzuschütteln und sich wieder auf das Hier und Jetzt zu konzentrieren. Ferdinand hielt ihm eine Grille, wie sie ihm zu Hause noch nie untergekommen war, unter die Nase, und Christian, der den Grabstein des »Dr. Theodor Krummbichler St.Arzt °11.10.1912 †6.11.1944« erklommen hatte, schrie nach väterlicher Aufmerksamkeit. Die Sonne schien, die Schwiegermutter seufzte und weinte ein paar Tränen, und seine Frau, welche die Situation achtsam beobachtete, sah entspannt aus, sogar ein wenig zufrieden. Nur einmal noch blitzte das Bild eines Knochenhaufens in seinem Kopf auf, doch hatte der viel mehr Ähnlichkeit mit den beiden Skeletten in Düsselbach als mit den Überbleibseln einer halben Armee der Wehrmacht.

Nachdem das eigentliche Ziel der Reise erreicht war, ging es noch nicht gleich zurück. Nicht nur Oma Bär, die ganze Familie war erschöpft von den Strapazen, der Hitze, den staubigen Holperpisten, dem emotionalen Ausnahmezustand. Daher führte sie die nächste Etappe von den östlichen Ausläufern der Karpaten hinunter zum Schwarzen Meer, nach Konstanza, um dort noch zwei Wochen Badeferien am Strand zu machen. Die Straßen waren mit den geschniegelten Asphaltbahnen in der Heimat nicht vergleichbar, zudem war es Georg nur unter Mühen gelungen, zwei halbwegs aktuelle Straßenkarten aufzutreiben, sodass es weitere zwei Tage dauerte, bis die Familie einen Bungalow in einer Strandsiedlung bezog, am selben Tag, als beim Demleitner der Stein in die Stützmauer rauschte. Die beiden Beschatter der Staatssicherheit, die sich mit ihrem grauen Trabant spätestens in Bukarest an ihre Fersen geheftet hatten, folgten geduldig und stellten sich gleich nach der Ankunft den drei Frauen, die für die Reinigung und Versorgung des Bungalows zuständig waren, vor, ohne sich um die Degenhardts zu kümmern, die im Benz warteten, bis die Zimmer bezugsfertig waren. Es gab keinen Grund, die Überwachung der westlichen Besucher zu verheimlichen – die Rumänen wussten sowieso Bescheid, und die Degenhardts gewannen aus der ständigen Anwesenheit der beiden Agenten der Securitate sogar so etwas wie, ja: Sicherheit.

Oma Bär kam mitsamt Kerzen und Madonna in einer schmalen Kammer auf der Seite zur Straße unter. Die beiden Buben hatten sich gewünscht, im großzügig geschnittenen Wohnzimmer des Bungalows auf den Sofas übernachten zu dürfen, damit sie am Morgen, wenn sie wach wurden, gleich hinaus zum Strand konnten. Georg und Almuth bekamen das große Schlafzimmer mit dem Doppelbett. Sobald sie unter sich waren, sprach Almuth über ihre Sorge, dass die alte Mutter von der Reise und dem Gefühlssturm am Massengrab doch inzwischen arg mitgenommen war.

»Was machen wir, wenn die Oma einen Hitzschlag kriegt?«, fragte sie Georg. »Oder noch schlimmer ... wenn sie ...«

»Du meinst, was machen wir mitten in Rumänien mit einer toten Oma im Auto?«

»Ja. Genau.«

Georg dachte nach. Ihm steckte noch der Schreckmoment von der Einreise in den Knochen. Sich mit einer Leiche bei der Miliz zu melden, erschien ihm ausgeschlossen. Die Oma im Auto sitzen zu lassen, womöglich tagelang, bis sie die Grenze erreichten? Dort vorzugeben, dass die alte Dame nur schlief? Das konnte nicht gut gehen. Nein, sie würden die Schwiegermutter beerdigen müssen, direkt vor Ort. Wenn er Spitzhacke und Schaufel dabeigehabt hätte, wäre das kein Problem gewesen, da war er sich sicher. Aber ohne?

Dann fiel ihm eine Lösung ein, mit der er sich herauszurücken wagte. Sie würden, begann er behutsam, die Oma im Auto sitzen lassen und langsam über die Dörfer in Richtung jugoslawische Grenze fahren. Die beiden Geheimdienstler waren im Laufe der Suche nach dem Massengrab nachlässig geworden. Zu offensichtlich war es, dass Familie Degenhardt nichts Böses im Schilde führte. Georg hatte nur äußerst selten seine Kamera hervorgeholt und fotografiert, nachdem ihnen die herausgerissenen Filmrollen aufgefallen waren. Die waren am Ortseingang vieler Dörfer und Städtchen unterhalb der Schilder, die einen durchgestrichenen Fotoapparat zeigten, an die hölzernen Masten der sich unermüdlich entlang der Straßen reihenden Stromleitungen genagelt. Sie würden hier und da an einem Friedhof Halt machen, ein wenig zwischen den Gräbern spazieren, als suchten sie nach einem weiteren Verwandten. Und wenn sie dann ein frisch ausgehobenes Grab entdeckten, wäre es kein Hexenwerk, zumal für einen erfahrenen Erdarbeiter wie Georg, die Oma halbwegs würdig zu bestatten. Nach Einbruch der Dämmerung natürlich, sodass am nächsten Tag der rechtmäßige Bewohner der Grube auf der eingeschmuggelten Toten beigesetzt und niemals irgendjemand etwas bemerken würde.

»Du spinnst«, wisperte Almuth mit so viel Nachdruck, wie die gedämpfte Lautstärke ihres Gesprächs es gerade noch zuließ. Damit war für sie das Thema beendet, doch Georg ging, kaum hatte er seinen – natürlich nicht ganz ernst gemeinten – Plan zu Ende gedacht, ein Licht auf.

Kapitel 4
Tutenchamun

Fast den gesamten September über war der Himmel von einem strahlenden Blau, wie es vielleicht sonst nur Taucher kennen, die aus großer Tiefe der Wasseroberfläche über sich entgegenschweben.

Eines Tages gegen drei Uhr nachmittags kroch direkt über die Wipfel der Kiefern auf der östlichen Hochebene ein dicker weißer Streifen, wie wenn ein Finger mit weißer Ölfarbe einen Strich über farbiges Papier zöge. Ein in der Sonne funkelndes Flugzeug, hoch oben, was damals nicht allzu oft zu bewundern war, in jenen Jahren, als man sich noch nicht daran gewöhnt hatte, dass alle Tage ein hässliches Gewirr von Kondensstreifen die leuchtende Himmelskuppel zerkratzte.

Tiefflieger gab es sehr wohl regelmäßig zu bestaunen, wenn sie entlang des Oberlaufs der Pegnitz den Kurvenflug im engen Tal übten, sie gehörten zu den alltäglichen Erscheinungen, wie Füchse im Hühnerstall und Schneebruch im Januar. Wer nur etwas weiter oben am Hang des Tales sein Haus hatte, schaute den amerikanischen Piloten direkt von oben in die Kanzeln ihrer A-10 Thunderbolts. Es war gleichermaßen normal, dass Panzer durch die Felder pflügten und Jeeps durch den Wald rumpelten. Schon für den Januar des nächsten Jahres war ein Großmanöver vom Typ REFORGER* in der Oberpfalz zwischen Grafenwöhr und Schwandorf angekündigt, dessen Ausläufer sicherlich auch das Nürnberger Land streifen würden.

Eiwei, der Schutt in einen Schubkarren schaufelte, ließ das Werkzeug im Haufen stecken, öffnete eine neue Bierflasche und nahm einen tiefen Schluck. »Eiwei, siehst du? Ein Satollit!«, rief er über die Schulter Georg zu und fuchtelte mit der Flasche in Richtung oberes Dorf. Georg, der hochkonzentriert mit der Wasserwaage hantiert hatte, brauchte einen Moment, um zurückzufinden in die Welt, die ihn umgab, ehe er den Blick hob und endlich den Kondensstreifen ausmachte.

Exakt zur selben Zeit hockten Stefan Steigners jüngerer Bruder Klaus und dessen gleichaltriger Freund Ferdinand Degenhardt oberhalb des Friedhofs im Gras des Angers und überlegten, was sie spielen sollten. Die beiden Buben waren unzertrennliche Freunde und steckten in jenem Jahr mittendrin in der Metamorphose vom Kind zum Mann, sodass sie heute noch ganz harmlos Ritter und Pirat spielten, während sie am nächsten Tag schon oberhalb des stillgelegten Steinbruchs an der Großmeinfelder Straße auf der Lauer lagen und sich anstrengten, aus dem schützenden Gebüsch heraus einen Blick auf den nackten Körper der Postbotin zu erhaschen, die im Badezimmer vor dem Spiegel stand und keinen Anlass sah, das Fenster, das nach oben hinaus zur Straße und hinauf in den Wald ging, mit einem Vorhang zu versehen.

Alles andere als ein großer Zufall war es, dass Ferdinand denselben Flieger am Himmel erspähte, den Eiwei ein paar Kilometer weiter für einen Satelliten hielt. Ferdinand starrte wohl eine geschlagene Minute dem weißen Strich hoch oben am Himmel hinterher, dann rief er zu Klaus: »Kuck mal, jetzt schlüpfen die Segelflieger.«

»Ha? Spinnst du? Das ist eine Phantom, das beste Kampfflugzeug der Welt!«

»Aber vielleicht muss jedes Kampfflugzeug erst als kleiner Segelflieger aus einer Raupe schlüpfen, wie ein Schmetterling?«

»Willst du jetzt ein Mädchen werden, oder was? Das ist doch voll der Quatsch aus dem Poesiealbum.«

Ferdinand zeigte seinem Freund die kalte Schulter. Er war nicht der Typ, der sich ständig gegenüber den Mädchen und deren Gehabe abgrenzen musste. Ihn beschäftigte das Gefühl, das die Formulierung des Bildes vom Segelfliegerbaby in seinem Bauch ausgelöst hatte. Ein Gefühl, das nur langsam abklang, wie die Restwärme in einem weißen Kalkstein, der einen ganzen Tag lang in der Sonne gelegen hatte. Es konnte nichts Falsches sein, mit nichts als einem Spiel der Gedanken eine wohlige Empfindung zu erzeugen.

»Also, was jetzt? Lass uns Gollum einfangen!«, sagte er schließlich, und schon rannten sie los, um sich Christian zu schnappen.

Georg hatte seinem Sohn das Buch *Der Herr der Ringe* geschenkt, drei dicke Bände, in grüne Pappe gebunden und mit in den Umschlag gefalteten Landkarten. In Georgs Familie war nie viel gelesen worden, aber durch irgendeinen Zufall war er Anfang der Siebziger auf Tolkiens Megasaga aus Mittelerde gestoßen und seitdem glühender Verehrer des Werkes. Auch sein Sohn hatte den Roman auf der Reise durch Rumänien förmlich verschlungen und spielte seit der Rückkehr die Geschichte in tausenderlei Varianten mit dem Nachbarsjungen nach. Eine Konstante war hierbei der Einsatz von Ferdinands kleinem Bruder Christian, der den Gollum geben musste, ein hässliches, feucht-klebriges Wesen aus der Unterwelt.

Am zweiten Tag nach ihrer Heimkunft hatte Ferdinand Klaus Steigner bereits so weit ins Bild gesetzt, dass sie sich daranmachen konnten, die Jagd nach Gollum aufzunehmen. Klaus steuerte dabei ein wichtiges Utensil bei: einen auffälligen Ring, der aus drei ineinander verschlungenen silbernen Schlangen geschmiedet war. Ferdinand war außer sich vor Freude, als Klaus ihm den Ring schenkte. Er, Klaus, brauche ihn sowieso nicht, er habe ihn nur zufällig gefunden auf dem Wanderweg durch den Wald nach Enzendorf.

***

Nach seiner Rückkehr aus Rumänien machte sich Degenhardt, in gewohnter Manier unterstützt von Eiwei, wieder an die Arbeit, zumal das prachtvolle Septemberwetter keinen Grund zur Klage gab. Eine Handvoll Baustellen erwarteten ihn: Hier stand ein Fensterdurchbruch an, da galt es ein Abwasserrohr zu flicken, dort eine Garagenzufahrt zu pflastern – und eine Stützmauer auszubessern, in die ein Felsbrocken gekracht war, der sich gut drei Wochen zuvor von der Wacht gelöst hatte.

Zur selben Zeit, mehr als einen Monat nach dem Fund in Düsselbach, rückte dann endlich die Polizei mit einer Mitteilung heraus, wonach die Tote habe identifiziert werden können, während die Todesursache und alle weiteren Umstände jedoch noch völlig unbekannt seien. Eine Prostituierte sei die Dame gewesen, Kreszentia Thüringer mit Namen, zuletzt wohnhaft in Nürnberg, polizeibekannt und an ihrem Gebiss zweifelsfrei identifiziert. In der Vorderen Sterngasse habe sie sich in den für diesen Zweck eingerichteten Etablissements verdingt, sei vor allem bei den im Großraum von Schwabach bis Erlangen stationierten US-Soldaten gefragt gewesen. Dass sie spurlos verschwunden sei, das hätte eine Kollegin bei der Polizei gemeldet, und zwar zwei Tage vor der Bestattung des rechtmäßigen Inhabers des Grabes. Doch die Freunde und Helfer hatten nie wirklich intensiv nach der Vermissten gesucht. Prostituierte mussten eben manchmal plötzlich verschwinden, so die damals gängige Ansicht der Beamten von der Sitte, sie hätte sich durchaus zu einer Schönheitskur oder zur Behandlung eines Trippers ins Allgäu zurückgezogen, in Holland einen Engelmacher aufgesucht haben können oder mit einem G. I., der sie zu seiner rechtmäßigen Frau zu machen versprochen hätte, in die USA emigriert sein.

Der richtige Name der Freundin, die sich mit der Thüringer ein überteuertes Zimmer im zweiten Stock geteilt hatte, stand nicht in der Zeitung. Aber ein Redakteur der *Abendzeitung* wusste zu berichten, dass diese Freundin damals in den entsprechenden Kreisen als »Sexie Flexie« bekannt gewesen sei, da sie wegen eines angeborenen Hüftschadens stark hinkte, wenn sie vor der Absteige auf und ab promenierte. Der Zeitungsschreiber schien sich im Übrigen bestens auszukennen, denn er wies abschließend darauf hin, dass nur ein Haus weiter das Gebäude stand, in dem das *Apollo-Kino* untergebracht war, und dass um die Ecke das *Lucky Seven* residierte, ein chinesisches Restaurant in der Luitpoldstraße, wo man auf Anfrage angeblich eine zweite, geheime Speisekarte ausgehändigt bekam, aus der gleichermaßen anspruchsvolle wie vertrauenswürdige Gäste traditionelle Gerichte mit Hund oder Schlange ordern konnten.

Der Diskussion, wie die tote Thüringer auf dem Düsselbacher Friedhof, zumal ohne offizielle Genehmigung, im Grab eines Selbstmörders gelandet war, gab der Bericht natürlich frische Nahrung. Alle Hypothesen, die auf Kriegswirren und lange vergessenen Dramen aufbauten, wurden obsolet. Der Autohändler Rammelkammer, aber auch der Deißner, der

Dotzauer, der Prütting und viele andere mussten einsehen, dass sie falsch geraten hatten. Vor allem die Verbindung zum Rotlichtmilieu in Nürnberg verlieh den Spekulationen Auftrieb, wobei einigen auffiel, dass sich der Rammelkammer vornehm zurückhielt. Der Zahnarzt Winkler war immer noch irgendwo im Süden am Meer und wusste noch nichts von seiner Niederlage bei den Stammtischermittlungen.

Georg nahm sich in jenen Wochen nach der Rückkehr aus Rumänien immer wieder vor, zur Polizeidienststelle nach Hersbruck zu fahren und von seiner Eingebung zu erzählen, die er gehabt hatte, als es darum ging, wie man die sterblichen Überreste einer alten Dame unauffällig in einem frisch ausgehobenen Grab verschwinden lassen konnte. Doch er fand weder die Gelegenheit noch den Mut dazu. Vielmehr kam er sich lächerlich dabei vor, der Polizei erklären zu wollen, was womöglich der wahre Grund für das überzählige Skelett im Grab des Bayerlein gewesen war. Wie ein Schüler, der zu viele Kinderkrimis gelesen hatte, fühlte er sich bei dem Gedanken. Zumal er keinerlei Hinweis hätte liefern können, wer da möglicherweise eine frische Leiche zu entsorgen gehabt hatte.

Als sich Georg dann endlich aufraffte und bereits den festen Entschluss gefasst hatte, seine Vermutung zu melden, passierte wieder etwas, das große Aufregung verursachte und worüber die Frauenleiche beinahe in Vergessenheit geriet.

Sie hatten eineinhalb Tage gebraucht, um das schwere Werkzeug hoch auf die Terrasse des Demleitnerschen Anwesens zu schleppen, den riesigen Findling zu zerkleinern und den geborstenen Teil der Stützmauer von oben zu sichern, indem sie ein paar Felsdübel in die Wand trieben. Letzten Endes war das Bauwerk nur am äußersten Rand beschädigt worden, sodass kurzfristig kein Einsturz drohte.

Die Reparatur war natürlich auf längere Sicht notwendig, ehe Regen und Schnee eindrangen und das Konstrukt unterhöhlten.

Gegen Mittag hatte Georg dann Eiwei den vorsintflutlichen Presslufthammer in die Hand gedrückt und gesagt, er solle die abgebrochene Ecke in so kleine Stücke wie möglich zertrümmern. Er selbst werde kurz nach Alfalter zum Haußner Anton fahren, wo er nach passenden Armierungseisen schauen wolle.

Eiwei stutzte, als er die Hand freilegte. Schwarze Finger griffen aus dem Loch in der Betonwand, als wollten sie den Brocken, der sich gerade gelöst hatte, beiseiteschieben – um den erstbesten Menschen, der da draußen wartete, an der Gurgel zu packen.

Eiwei ließ den Presslufthammer fallen und machte zugleich einen Satz nach hinten, wie eine Katze, die einen Kübel Wasser auf den Kopf geschüttet kriegt. Dabei stolperte Georgs Gehilfe beinahe über den Schlauch, der zum Kompressor führte, während die klobige Maschine rüttelnd und zuckend am Boden lag.

Vor Schreck wie eingefroren stand Eiwei mit hängendem Kinn da und konnte den Blick nicht mehr von der Hand abwenden, die geradewegs aus der Unterwelt heraus auf ihn zu zeigen schien. Mit schier unwahrscheinlich langen und gelben Fingernägeln.

Eiwei war so starr, dass er nicht einmal zuckte, als ihn Georg, dessen Rückkehr er nicht bemerkt hatte, plötzlich auf die Schulter tippte. Degenhardt zog ihn fort von dem Loch, schubste ihn sanft auf einen Sandhaufen und drückte ihm eine Flasche Bier in die Hand.

»Eiwei«, keuchte Eiwei, »jetzt weiß ich es. Fingernägel eiwei Haare wachsen nach dem Tod weiter. Echt! Erst hab ich gedacht, es ist eiwei der Werwolf, der will mir an den Kragen. Aber es ist ein toter eiwei Opa.«

Sein Gesicht, das kreideweiß gewesen war, nahm wieder etwas Farbe an, nachdem er die Flasche in einem Zug ausgetrunken hatte. Georg untersuchte den Hohlraum gründlich, beäugte lange die ledrigen Finger und gab sich schließlich einen Ruck. Er hob den Druckluftmeißel vom Boden auf und hatte in wenigen Minuten nicht nur den kompletten Arm, sondern die sterblichen Reste einer ausgewachsenen Person, die hinter der Wand hockte, freigelegt.

Als Georg zu Hause Almuth schildern wollte, in welchem Zustand sich die Leiche befunden hatte, kamen ihm unwillkürlich die alten Ägypter in den Sinn. Almuth interessierte sich nämlich sehr für Ausgrabungen, für Schatzsuchen und speziell für das Reich der Pharaonen. Im Alltag hob sie alles auf, was sie fand und ihr irgendwie »bedeutsam« erschien. Schrauben ebenso wie Schneckenhäuser. Manchmal auch arg mitgenommene Münzen aus der Weimarer Zeit oder Messingknöpfe und Gürtelschnallen, die ein Jäger vor Jahrzehnten im Wald verloren haben mochte. Oft genug hatten die Eheleute über eine mögliche Reise zu den Pyramiden gestritten. Ein solcher Ausflug erschien Georg als das sinnloseste Unterfangen von allen, denn seiner Meinung nach waren Pyramiden heruntergekommene Bauten, die entweder ordentlich renoviert oder am besten gleich abgerissen gehörten.

»Stell dir vor«, berichtete er Almuth, »wir haben den Tutenchamun von Artelshofen gefunden.«

Er grinste dabei über das ganze Gesicht. Aber Almuth hatte schon davon gehört, die Neuigkeit hatte sich wie ein Lauffeuer im Dorf verbreitet. Sie erwiderte Georgs Grinsen: »Du meinst die Mumie hinter der Stützmauer vom

Demleitner ... Wer hat die Leiche als Erstes gesehen? Du? Oder Eiwei?«

»Keine Sorge. Wir sind nicht verflucht. Das war keine Grabkammer voller Goldstatuen und vertrockneter Hunde. Der Typ steckte im Lehm, ein Felsbrocken hatte ihn völlig zusammengequetscht.«

»Echt? Wie sah er aus? Jetzt erzähl schon!«

Almuth versuchte sachlich und betroffen zu klingen, aber Georg konnte zweifelsfrei die Begeisterung aus der Stimme seiner Frau heraushören. Er beschrieb den Kadaver, so gut es ihm eben möglich war: Die Haut wie krachtrockenes Leder, die Finger gelblich-braun, als hätte der Besitzer der Hand pausenlos zehn filterlose Zigaretten gleichzeitig geraucht. Verfilzte sandgraue Haare, wie Spinnweb um den Kopf gewickelt. Verschimmelte Kleidungsfetzen, Lederfransen, die Überreste einer Jeans vermutlich.

»Es half ja alles nichts, wir mussten die Polizei rufen. Es waren dieselben Beamten wie in Düsselbach. Und wir wussten ja auch ungefähr, wie es weitergehen würde: Die holten die Mumie ans Licht, wir schaufelten Dreck auf ein Sieb, drei Stunden lang. Dann haben sie den Kerl und die ganzen Kleinteile mitgenommen, aber da war nichts Spektakuläres dabei.«

Nachdem die Männerleiche gefunden worden war, gab es kein Halten mehr. Fieberhaft diskutierte man in jeder Stube, beim Wirt und auf der Straße, im Wald und am Fluss über die »Serie«. Die Spekulationen trieben die wildesten Blüten, aber auch für Spott war gesorgt: Die einen machten bald aus der skelettierten Stöckelschuhfrau die Gattin des ledrigen Leichnams hinter der Betonwand und schmückten mutmaßliche Szenen dieser Ehe solcherart aus, dass sie definitiv nicht für Kinderohren geeignet gewesen wären.

Andere nahmen Georg und seinen, so die allgemeine Wahrnehmung, »blödgesoffenen« Hilfsarbeiter aufs Korn und scherzten, dass die beiden offensichtlich in der Lage seien, aus jedem Kaninchenbau eine Leiche zu zaubern.

»Lasst euch das mal nicht zur Gewohnheit werden!«, lautete noch eine der harmloseren Sticheleien. Der Demleitner hielt sich verständlicherweise zurück, aber der Rammelkammer und der Eißenpacher stellten, als beim Stammtisch Gelegenheit dazu war, die spöttische Frage, ob Georg sich schon überlegt habe, wen er in die Baugrube hineinzaubern wolle, wenn er demnächst bei ihnen zu Erdarbeiten anrückte.

Georg lachte anstandshalber mit, fürchtete jedoch insgeheim um seinen Ruf und in der Folge um sein unternehmerisches Überleben. Für das breite Publikum war es sicherlich unterhaltsam, wenn er einen toten Menschen nach dem anderen ans Tageslicht zerrte. Bauherren allerdings bevorzugten es in der Regel, wenn die Arbeiten nicht anders als nach Plan und zügig über die Bühne gingen. Und vor allem ohne die tagelange Anwesenheit einer Kompanie Landpolizei und der Kripo, die sich nach allem und jedem erkundigten und ihre Nasen überall hineinsteckten. Wo es dann noch jedesmal Diverses zu entdecken gab, das mit der Aufklärung eines Mordes weniger bis gar nichts zu tun hatte.

Der Demleitner, beispielsweise, kam im Zuge der Ermittlungen nur um Haaresbreite an einer Anzeige wegen Schwarzschlachtung vorbei, nachdem der Bürgermeister vor Zeugen schwor, dass er ihn ausnahmsweise dazu gedrängt habe wegen seines eigenen fünfundzwanzigjährigen Dienstjubiläums und Demleitners sechzigsten Geburtstags, der zufällig zur gleichen Zeit zu feiern gewesen sei, quasi als ob Ostern und Weihnachten auf denselben Tag gefallen seien, und dass es das erste und garantiert auch das letzte Mal gewesen sei.

Es war offensichtlich, dass keiner der Anwohner, die befragt wurden, auch nur im Geringsten etwas von der Leiche hinter der Mauer geahnt hatte, geschweige denn mit dem Ableben der betreffenden Person in Verbindung stand – sei dies durch einen Unfall oder, nahezu unausdenkbar, einen Mord. Einer der Hersbrucker Polizisten machte den Witz als Erster. Er wandte sich an Georg und Eiwei und sagte: »Gebt's zu, ihr vergrabt die vorher doch selbst!« Noch hatte niemand Lust zu lachen, nur ein paar Meter entfernt vom Loch in der Wand, aus dem im selben Moment der Kadaver gezogen wurde. Manche Leute, denen der Fund der Mumie schlicht und einfach unheimlich war, hielten sich auch in den folgenden Tagen zurück, wenn die Gespräche ins Alberne abdrifteten. Denn die überraschende Entdeckung bedeutete, dass das wie auch immer geartete Böse wohl von außerhalb unbemerkt und ohne erkennbare Ursache ins Dorf gekommen war. Wenn ein Einheimischer die Finger im Spiel haben sollte, dann verstand er es meisterhaft, seinem verbrecherischen Tun nachzugehen, was praktisch jeden verdächtig machte und zugleich keinen.

Der Amtsarzt aus Lauf, der die Mumie einer ersten Untersuchung unterzog, wollte seinen Auftritt ein wenig genießen. Er wandte sich an den Kreis der Umstehenden und verkündete mit lauter Stimme die Ergebnisse seiner professionellen Inaugenscheinnahme. Dem Mann – insofern es wirklich einer sei – habe man in den Rücken gestochen, eine abgebrochene Klinge stehe aus der ledrigen Haut. Er sehe zudem keine einfache Möglichkeit, den mumifizierten Toten zu identifizieren, da alle Zähne ausgeschlagen seien.

»So sauber, als hätte es ein Zahnarzt getan«, vermeldete er, und: »Keine Zähne, keine Identität.« Er zuckte mit den Schultern, zog sich die Gummihandschuhe aus und trat zur Seite, um zwei uniformierten Beamten Platz zu machen, die den eingetrockneten Kadaver in eine grüne Plastikwanne hievten.

»Jetzt müssen wir uns schon mit Mumien beschäftigen«, seufzte der Ermittler, »fast als hättet ihr einen Pharao aus dem Loch gepult. Aber mit Sicherheit ist der Herr in der Zinkwanne hier ein Furz im Vergleich mit einem ägyptischen König, den sie in Gold eingewickelt und das eigene Gehirn zwischen die Beine gelegt haben, ehe ein paar Millionen erbarmungswürdiger Sklaven eine idiotische Pyramide errichten mussten, um den Typen dauerhaft zu verräumen.«

Georg glotzte den Polizisten, der sich offenbar ebenso wenig für Ägyptologie begeistern konnte wie er selbst, mit großen Augen an.

Der Beamte jedoch missverstand Georgs zustimmenden Blick: »Mit Sklaven meine ich natürlich nicht euch zwei.« Er zog eine Schachtel Peter Stuyvesant aus der Hemdtasche und zündete sich eine Zigarette an.

Ob er denn eine Verbindung sehe zur Frauenleiche am Düsselbacher Friedhof, wollte Eißenpacher noch wissen, doch der Kripobeamte musterte nur gründlich den Halbkreis der ihn dicht umringenden Nachbarn und Neugierigen und sagte seinen üblichen Spruch: Wenn jemandem doch noch etwas Ungewöhnliches ein- oder auffallen sollte, was mit dem Fund des Toten in Zusammenhang stehen könnte, möge er sich im Präsidium in Nürnberg melden. Dann stieg er in sein Auto und fuhr davon.

Georg war es sofort aufgefallen. Er bat seine Frau, in den alten Büchern nachzusehen, um wirklich sicher zu sein.

Und in der Tat: Der Bau der Stützmauer hinter dem Haus der Demleitners hatte etwa drei Wochen gedauert, von Ende Juni bis Mitte Juli 1972. In diese Zeitspanne fiel auch der Selbstmord des Bayerlein.

Kapitel 5

Jedem Dorf seine Dramaqueen

Anfang Juli erst, wie alle Jahre an seinem Todestag, hatte sich die versammelte Truppe an den unseligen Bayerlein erinnert. Man war beim Frühschoppen in der *Juraschanze* gesessen und hatte die Ereignisse von 1972 besprochen, wobei im Laufe der Jahre natürlich eine gewisse Legendenbildung stattgefunden hatte. Details, die mit immer denselben Worten beschrieben wurden, gehörten ebenso dazu wie eine Handvoll Pointen, die in einer unabänderlichen Reihenfolge abgefeuert werden mussten.

Gut fünf Wochen, nachdem in Frankfurt im Laufe seiner Verhaftung eine Polizeikugel den Terroristen Andreas Baader in den Hintern getroffen hatte (was für viele im Dorf das wichtigste Detail überhaupt darstellte)*, war der Bayerlein zwischen zwei Bifangen im Dreck gelegen, auf den die warmen Tropfen eines Sommergewitters prasselten.

Die Serie der Sprengstoffanschläge im Mai und die Verhaftung der Baader-Meinhof-Bande im Juni bildeten mit dem Bayerlein-Selbstmord im kollektiven Gedächtnis der Leute ein unentwirrbares Konglomerat, ein Knäuel von schrecklichen Ereignissen, die ihren konkreten Höhepunkt in den Pflanzgärten an der Pegnitz unterhalb der verfallenen Skisprungschanze erreichten.

Bayerleins grobe Schuhe, seine dutzendfach geflickte Arbeitshose, sein in grellen Farben kariertes Hemd, seine auffällig schmalen, unbehaarten Hände, seine bartlose, noch im Tode merkwürdig rosige Wange – alles war mit Sandkörnchen und Dreckspritzern gepunktet. Wobei natürlich die Hälfte seines Gesichts gemeint ist, die nach oben schaute und noch halbwegs nach Mensch aussah. Die andere, zerfetzte Hälfte versank im feuchten Schlamm, und eine Nacktschnecke kroch völlig unbeeindruckt vor den Augen von einem Dutzend Zuschauern über Bayerleins feucht glänzendes Ohrläppchen.

Drei Tage später war die Beisetzung in Bayerleins Heimatdorf Düsselbach. Im Anschluss fuhren die Artelshöfer zurück in ihr Dorf und fielen beim *Pechwirt* ein, wo dann bis in die Nacht gezecht und debattiert wurde. Nahezu vollzählig hatten sie sich in der Wirtsstube auf allen verfügbaren Bänken und Stühlen zusammengedrängt, Demleitner und Deißner, der Proppenstädter, der damals noch lebte, der alte Seibold und der Dotzauer, der Steigner und sein Schwager Klaus Prütting, sämtliche Feuerwehrler, drei Stammgäste aus Großmeinfeld, aber auch Dr. Alfred Winkler und Bernd Rammelkammer, und schließlich Georg selbst.

Schon vom Äußeren her unterschieden sich der Zahnarzt und der Autohändler, wie sich zwei Herren Anfang bis Mitte fünfzig nur unterscheiden konnten. Winkler war von eher gedrungener Statur, der runde Schädel saß ohne Hals direkt auf den breiten Schultern. Früher war er wohl rotblond gewesen, aber inzwischen erlaubte er nur noch kurzen grauen Stoppeln, seinen Kopf zu besiedeln, im Vergleich zu denen der sorgfältig gepflegte Dreitagebart dicht stand und in einigen Ecken noch etwas rötlich schimmerte.

Ganz anders Rammelkammer, der groß und schlank war und eine gewisse Distinguiertheit ausstrahlte, die den Frauen gefiel. Sein grau meliertes Haar hing ihm bis in den Nacken, aber er wirkte stets gepflegt und besaß bis auf die füllige Frisur eine gewisse Ähnlichkeit mit dem französischen Staatspräsidenten Giscard d'Estaing*, die er seiner an der Spitze nach unten gebogenen Nase, seinem vorspringenden Kinn und den dunklen Tränensäcken unter den Augen verdankte.

»Soll ich dich noch töter töten?« Wie der Vorsitzende eines Zentralkomitees hatte der Winkler die Nachbesprechung eröffnet, indem er mit heller Stimme diese Frage in den Raum warf und sein frisch gefülltes Bierglas hob. Und dabei übers ganze Gesicht grinste. Winkler gab nicht zu erkennen, dass er von der verzweifelten Werbung des Bayerlein um seine Ehegattin gewusst hatte. Zumindest ließ er sich weder damals noch in den folgenden Jahren das Geringste anmerken, wenn die Erinnerungen zum x-ten Male durchgesprochen wurden und es hoch herging beim zweiten, dritten oder gar vierten Bier – der Selbstmord des jüngeren der beiden Bayerlein-Brüder war schließlich das spektakulärste Ereignis, das sich seit der Mondlandung im Dorf zugetragen hatte. Mit einer Leiche buchstäblich zum Anfassen.

Man könnte meinen, der Winkler sei Kummer gewöhnt gewesen, da seine Frau immer wieder für Gerüchte sorgte, im Dorf und in der ganzen Gemeinde, zwischen Eschenbach und Lungsdorf. Bemerkenswerterweise blieb es immer nur bei haltlosem Gerede, das nie wirklich bestätigt werden konnte, so als ginge es der Winklerin selbst und ihrem in der Tat außergewöhnlich prachtvoll entwickelten Busen nur darum, im Gespräch zu bleiben. Als Zahnarzt kannte der Winkler zwar praktisch jeden Einwohner des oberen Pegnitztals aus allernächster Nähe, sozusagen in- und auswendig, und er war bestens sowohl über die Zahngesundheit der Menschen als auch über ihre verwandtschaftlichen Bande im Bilde. Da seine Patienten in der Regel aber nicht in der Lage waren zu sprechen, erfuhr er bei der Arbeit so gut wie nichts davon, was geratscht und geklatscht wurde in den Dörfern. Auch außerhalb der Winklerschen Praxis wäre niemand so töricht gewesen, den Zahnarzt direkt auf die im Endeffekt tödliche Leidenschaft des Dorfhallodris anzusprechen – obwohl jedes Kind Bescheid wusste.

Jammerschade war es vielleicht nicht um den Bayerlein, aber als er tot war, entdeckten die meisten, dass sie ihn vermissten. Zu ihrer eigenen Überraschung freilich. Georg erinnerte sich noch haargenau an das Datum, an dem sie den Selbstmörder gefunden hatten. Das war nämlich an ihrem fünften Hochzeitstag. Und geheiratet hatten sie am 11. Juli 1967, einem Samstag. Seiner Frau hätte ein Datum wie der 6. Juli viel besser gefallen, ganz wie einer Studierten eben, die Zahlenspielereien liebt. Aber in diesem Zeitraum hatte Georg schon einen Auftrag angenommen, der sich nicht mehr verschieben ließ. Generell herrschte im Sommer Hochsaison im Baugewerbe, und so führte Georg, dem jegliche Zahlenakrobatik fremd war, sie am erstbesten Tag, an dem es sich einrichten ließ und der nicht durch einen traurigen Jahrestag wie den eines Atombombenabwurfs auf Japan überschattet war, vor den Traualtar. Am liebsten hätte Almuth einfach bis zum 1. September gewartet. Bloß hätte das noch einmal inakzeptable drei Wochen Verzögerung bedeutet, eingedenk dessen, dass sie damals schon schwanger war. Ferdinand, der Erstgeborene, kam dann im Februar 1968 folgerichtig als Siebenmonatskind zur Welt, wie es so schön heißt. Solche waren ja früher viel häufiger als heute, früher, als es keinen Verkehr gab außer dem ehelichen.

Da das Gärtchen hinter ihrem Haus mit Blumenbeeten und Ferdinands Sandkasten bereits komplett ausgefüllt war, pachtete Almuth, nur ein paar Meter von Bayerleins Parzelle entfernt, vom Deißner einen Streifen in den Pflanzgärten, die direkt am linken Ufer der Pegnitz lagen und sich fast bis nach Enzendorf hinzogen, wo die Bahn auf einer der historischen Stahlfachwerkbrücken erneut den Fluss querte, um direkt anschließend im ersten der zahlreichen Tunnel bis Neuhaus zu verschwinden. Almuth pflanzte Salat, Bohnen, Erbsen und Gelbe Rüben, die sie direkt aus der Erde an ihre Buben verfütterte. Für den unglücklichen Selbstmörder hatte sie eine gewisse Sympathie empfunden, wenngleich er nicht wie Almuth aus ökologischem Idealismus gärtnerte, sondern im – übrigens vergeblichen – Bemühen, zwischen Sonnenblumen versteckt im oberen Pegnitztal Cannabispflanzen aufzuziehen.

***

Der Fund der beiden toten Unbekannten wühlte sieben Jahre später die Vergangenheit frisch auf und verlieh der »Affäre Bayerlein« völlig neuen Glanz und Frische. Inzwischen hieß der Wirt in der *Juraschanze** Crohnberger und war selbst sein bester Gast. Er hatte die Gaststätte im Vorjahr von der alten Frau Österreicher übernommen, die sich mit über siebzig aufs wohlverdiente Altenteil zurückgezogen hatte. Crohnberger hatte zuvor als Koch für Frau Österreicher gearbeitet, und obwohl er nun als Wirt direkt an der Quelle saß, verdiente er sich immer noch als Totenträger – ein gutes Dutzend Mal im Jahr, wenn es in der Gemeinde welche brauchte – ein paar Mark Trinkgeld dazu. Seine Frau, die ein so stark behaartes Kinn hatte, dass ihr der Winkler einmal an Weihnachten beinahe einen elektrischen Rasierapparat überreicht hätte, wenn ihn nicht die anderen vehement zurückgehalten hätten, schmiss die Wirtschaft, während ihr Gatte mit den Stammtischbrüdern über Gott und die Welt redete.

»Wenn der Bayerlein das noch erlebt hätte«, brüllte Crohnberger, »der hätte seine helle Freude gehabt!«

»Aber wenn er noch leben würde, wäre die Nutte in seinem Grab nicht gefunden worden«, wandte Hans Demleitner ein.

»Hm, aber ...«, brummte der Crohnberger, den seine eigene Was-wäre-wenn-Erörterung plötzlich überforderte.

»Ganz grundsätzlich verpasst du alles, was nach deinem Tod geschieht. Selbst den Atomkrieg«, mischte sich Rammelkammer ein.

»Aber die Mumie hinter der Stützmauer, die hätte er sich gerne angeschaut«, beharrte der Crohnberger.

»Ob sie sich gekannt haben?«, rätselte der Prütting. »Ist es nicht so, dass sich alle Toten kennen, sagt das nicht immer der Pfarrer?«

»Überhaupt«, fuhr der Demleitner unbeirrt fort, »weil die beiden Kadaver kurz nacheinander ausgebuddelt wurden, denkt ein Hirnheiner wie du, sie müssen miteinander zu tun haben. Im Gegenteil: Es war purer Zufall, dass sie der Degenhardt hintereinander aufgestöbert hat. Für mich absolut unwahrscheinlich, dass sie auch noch zur gleichen Zeit versenkt wurden.«

Wie gesagt, der Crohnberger war ein routinierter Trinker. Damals, als er mit den drei anderen Sargträgern den Bayerlein über den Gottesacker in Düsselbach schleppte, stolperte er mehrmals über die Grabsteine entlang des Wegs. Seine Kollegen hatten nicht weniger Schnaps intus, das gehörte einfach dazu. Niemand nahm daran Anstoß, solange sie sich aufrecht hielten, bis der Sarg auf den beiden Querbalken über der schwarz gähnenden Grube abgesetzt war.

Sieben Jahre danach dachten sich natürlich einige, aber nur im Stillen freilich, dass es vielleicht besser gewesen wäre, einer der torkelnden Sargträger wäre damals ins Loch gefallen. Weil dann wäre das Grab noch einmal gründlich bis ganz unten inspiziert worden, sodass man heute mit Sicherheit sagen könnte, ob Knochen und Schuhe bei Bayerleins Beerdigung schon in der Grube gelegen waren oder nicht. Manch einer ging sogar so weit, sich vorzustellen, der Sarg wäre bereits auf seiner schlingernden Reise hoch über denen, die schon länger in ihren Kisten schliefen, den schwankenden Friedhofsdienern entglitten und aufgesprungen – dann hätte man sozusagen in letzter Minute noch einmal kontrollieren können, was da alles darinnen gelegen war in Bayerleins hölzernem letztem Gehäuse.

»Ja, und wenn schon?!«, griff der Crohnberger erneut ein. »Wenn die zusammengehört haben, dann war es vielleicht ein Ehepaar, das mit dem Bayerlein eine ›Menascherie au troa‹ getrieben hat!«

»Urlauber aus Berlin werden es gewesen sein«, rief Brunzfritz, »die extra heruntergefahren sind, um hier die ewige Ruhe zu genießen!«

Damit war der Punkt erreicht, an dem die Aufmerksamkeitsspanne – um in der Diktion von Almuth Degenhardts pädagogischen Lehrbüchern zu sprechen – der Zuhörer endete, die kollektive Denkleistung rapide abfiel und die Lebenslust lautstark aus allen herausquoll, vom unerträglichen Durst befeuert wie aus einem überschäumenden Fass. Alles schrie durcheinander, dass die Fensterscheiben klirrten – ein brüllendes Tohuwabohu.

Behutsam und näherungsweise ins Hochdeutsche übertragen: »Du Klugscheißer! ... Loch ist Loch – und der Zipfel hat keine Augen! ... Mit seine Stinkschwassler auf ihrem Gesicht ... Ein warmer Bruder auf Bleistiftabsätzen ... Hat der Mumie einer noch den Hosenschlitz zugemacht? ...«

Drei sind es, überlegte Georg, drei Tote, die ungefähr zur gleichen Zeit im Boden verschwanden, nur dass man lange Zeit bloß von dem einen gewusst hatte. Das konnte doch kein Zufall sein, oder? Aber er behielt den Gedanken für sich. Es ging ihn schlichtweg nichts an, sagte er sich, und daher sollte es ihm auch egal sein.

Jedenfalls, erst als der Bayerlein nicht mehr war, merkten alle, dass dem Dorf jetzt eine Dramaqueen fehlte. Ein klassischer Luftikus war das gewesen, einer, der als Erster quietschbunte Schlaghosen trug, als die Hippiemode den Quelle-Katalog überflutete, einer, der auch bei schlechtem Wetter verspiegelte Sonnenbrillen aufsetzte, der über die Schafkopfspieler im Wirtshaus spöttelte, dass sie ihre Pfennige jahrelang nur im Kreis herumschoben, der selbst aber Lotto spielte – was jedermann wusste, da er bei der Abgabe seines Scheines beim Wörner, dem Kramladen unten an der Hauptstraße, stets lauthals verkündete, demnächst Millionär zu sein, und dass ihn dann alle mal gernhaben könnten.

Bayerleins Pech war es, dass sich das Lottoglück viel Zeit ließ, sehr viel Zeit überdies, sodass er seinen Lebensunterhalt mit diversen Aushilfsarbeiten bestreiten musste. Seine Familie, Bruder und Eltern, hielt sich vornehm zurück mit finanzieller Unterstützung, da sie den nicht vollkommen unbegründeten Verdacht hegte, ein Großteil jeglicher Alimentierung ginge im Handumdrehen in würzig riechenden Rauch auf. Denn der jüngere Bayerlein verbrachte die halbe Woche bei seinen Freunden – hauptsächlich Auswärtige, aus Nürnberg oder noch weiter her – in der *Grauen Gans*, dem Gasthaus in Eschenbach. Von der alteingesessenen Bevölkerung war allenfalls noch der Rammelkammer, dessen Autohandel viele ebenfalls für zumindest halbseiden erachteten, so eine Art von Kumpel für den Bayerlein. Ein Weilchen hieß es sogar, der Bayerlein würde, finanziert vom Rammelkammer, einen Reifenhandel eröffnen, oben am Raitenberg, günstig auf dem Weg zum Autobahnanschluss in Hormersdorf gelegen. Doch nachdem sich monatelang nichts tat, verschwand auch dieser Plan im Orkus des kollektiven Vergessens, weil der vielleicht nichts weiter als ein Gerücht gewesen war, mit dem sich die Kunden beim Wörner gegenseitig in Aufregung versetzten, während sie an der Kasse warteten.

Der »Wörner« hörte einfach auf den Namen seines Besitzers, der bedachtsam und mit unerschütterlicher Ruhe die Preise mit dem Zeigefinger in eine museumsreife Registrierkasse stocherte, mochten auch zehn Frauen mit voll bepackten Einkaufskörben und quengelnden Kindern Schlange stehen. Herr Wörner hatte ursprünglich Bäcker gelernt, doch dann hatte ihn eine Mehlstauballergie befallen. Er stopfte die Backstube, die sich wie ein Gewölbe im hinteren Teil des Erdgeschosses in den Berg hineinbeulte, mit Regalen voll, in deren unbeleuchteten Tiefen sich mit der Zeit abgelaufene Konserven, Nudel- und Reispackungen ansammelten. Den Verkaufsraum vorne teilte er mittels einer langen Sperrholzwand in zwei Gänge, die zu beiden Seiten ebenfalls dicht mit Regalbrettern bestückt wurden. Verkaufsfläche und Warenlager waren eins, fast alle Haushaltswaren und Materialien waren vorrätig, selbst wenn sie nur einmal in zehn Jahren nachgefragt wurden. An der Stirnseite prunkte eine Verkaufstheke, wo Wörner mit einer antiken Wurstschneidemaschine hantierte. Auch die Balkenwaage fürs Brot und Obst stammte noch aus Vorkriegstagen, aber die Kinder liebten es, mit den zahlreichen Gewichten aus Messing zu spielen, die in einem abgegriffenen Holzkasten aufbewahrt wurden, jedes Gewicht in einer exakt passenden Bohrung.

Ein Geschäft nach dem anderen plante Bayerlein zu eröffnen – ein Reisebüro werde er aufziehen, konnte er an einem Tag noch verkünden, den Pauschalurlaub ins Dorf bringen. Und schon am nächsten Tag bekannt geben, dass er mit Schallplatten handeln werde, das sei schließlich die Goldgrube schlechthin. Über Nacht änderte er seine Meinung und beabsichtigte nun, eine komplett automatisierte Backstube für Fabrikteig nach Vorra zu holen und sich dabei, wie stets, wenn er lauthals seine Ideen präsentierte, eine goldene Nase zu verdienen. Vielleicht war die eine oder andere seiner Ideen gar nicht so schlecht, doch mit der Umsetzung haperte es noch jedes Mal.

Am Tag nach seinem Tod kam das Gespräch darauf, ob der unglückliche Selbstmörder noch zu retten gewesen wäre, wenn er früher aufgefunden und entsprechend medizinische Hilfe geleistet worden wäre. Jedoch wäre der Bayerlein, so stellte es der Deißner stellvertretend für die ganze Runde fest, selbst wenn ihm die Kugel nicht sofort den Garaus gemacht hätte, ganz gewiss ertrunken, so wie er mit dem Gesicht nach unten in der Pfütze lag. Daraufhin verkündete der Winkler sein *Lohengrin*-Zitat, und der pensionierte Richter gab eine wahre Geschichte über eine Ehefrau zum Besten, die kurz nach dem Krieg in Fürth ihren sturzbetrunkenen Ehemann ermordet hatte, indem sie ihn zu einer Wasserpfütze schleppte und bewusstlos bäuchlings darin liegen ließ. Mord, habe das Urteil gelautet damals, und zwanzig Jahre Zuchthaus. Fahrlässige Tötung habe er nicht gelten lassen, so Dr. Ludwig Eißenpacher, Richter a. D.

Niemand zweifelte daran, dass sich der Bayerlein selbst die Waffe an den Kopf gesetzt hatte. Allerdings glaubten die meisten, dass der melodramatische Windbeutel eher aus Versehen abgedrückt hatte. Nicht lange zuvor hatte er einigen Leuten gegenüber angedeutet, dass er »rasend« verliebt sei in die Frau des Zahnarztes, und dass er, wie er mit großer Geste unterstrich, sich nicht vorstellen könne, ohne Babette noch einen einzigen Tag länger leben zu können. Natürlich hatte niemand dieses Gerede ernst genommen, und so lag es nahe, dass Bayerlein sein Spiel übertrieb und im Grunde bei einem Unfall starb. Nämlich während der Generalprobe einer theatralischen Szene, die er vor seiner Angebeteten hatte aufführen wollen. Den Beweggrund, warum er dafür den Pflanzgarten an der Pegnitz aufsuchte, hatte er wohl für immer mit sich ins Grab genommen. Dass er jedoch als Zeitpunkt die Viertelstunde ausgesucht hatte, während der sich ein gewaltiges Gewitter mit blau-violetten Wolkentürmen und von ferne herbeirollendem Donner über dem Dorf in Stellung brachte, erschien aus dieser Sicht der Dinge nichts weniger als absolut logisch.

Ein paar Kinder, die im Wäldchen über dem Eingang zum Eisenbahntunnel vor Enzendorf herumgelungert waren, hatten den Schuss gehört und den frischen Toten gefunden. Auch der kleine Ferdinand und Klaus Steigner befanden sich unter der kleinen Schar, die mit großen Augen den ersten toten Menschen ihres Lebens bestaunten. Und sich fragten, ob dem Bayerlein auch noch nach dem Tod die Stiche jucken würden, die er abbekam.

Die feuchte Luft summte vor Insekten, dicke Bremsen schwirrten um den Goldregen, dessen gelbe Dolden sich über den Feldrain neigten. Misstrauisch behielt der kleine Ferdinand die fliegenden Blutsauger im Auge, denn er wusste, wie unangenehm deren Stich war. Was er in seiner kindlichen Einfalt nicht ahnte, war, wie unangenehm das Donnerwetter werden würde, das aus dem Mund seiner Mutter später über ihn noch niedergehen würde – und im gleichen Rundumschlag auch über Georg – wegen der Kletterei über dem Tunneleingang und weil der Anblick einer zerschossenen Leiche nichts für Kinder sei und sich während eines Gewitters grundsätzlich kein Angehöriger ihrer Familie im Freien aufzuhalten habe. Almuth war schwanger, und die beiden Delinquenten schämten sich tatsächlich ein paar Tage lang.

Almuth hatte Georg schon früher gehörig zusammengestaucht, als er dem Jungen erklärt hatte, im Wilden Westen würden die Indianer über Tunneleingängen auf die Züge der weißen Siedler lauern, um im richtigen Augenblick in den Schornstein der Lokomotive zu spucken. Denn Dampflokomotiven würden sofort explodieren, wenn ein Tropfen Spucke in den Schornstein fiel. Dass man nie von einer realen Explosion einer Dampflok aufgrund von Kinderspucke hörte, erst recht nicht im Tunnel zwischen Artelshofen und Enzendorf, tat der Glaubwürdigkeit des Vaters keinen Abbruch. Georg dachte sich diese Unsinnsgeschichten aus, lange ehe professionelle Kinderbuchautoren mit Ähnlichem viel Geld verdienten, einfach nur, um seine Söhne zu belustigen, aber Almuth fand das überhaupt nicht lustig, denn sie war der Ansicht, dass ihr Gatte den Kindern gefährliche Ideen in den Kopf setzte. Vielleicht lag es den Einwohnern der kleinen Dörfer in der Hersbrucker Schweiz einfach im Blut, bisweilen seltsame Einfälle auszubrüten, gleichsam als eine regionale Spezialität. Zugezogene allerdings verwiesen gerne auf die Friedhöfe der winzigen Ortschaften, deren Grabsteine fast durchweg dieselben zwei oder drei Familiennamen tragen, und tippten dabei mit dem Finger an die Stirn. Eine Andeutung, die die Betroffenen natürlich nur als städtische Arroganz abtaten.

Ferdinands Vater war am Tag, als Artelshofens Dramaqueen starb, mit einem Hänger voll Schutt unterwegs zur Behelfsbrücke unterhalb der Skisprungschanze gewesen, als er die kleine Gruppe sah – eigentlich nicht mehr als ein schwarzer Fleck, der sich kaum bewegte im strömenden Regen, der auf die Pegnitzwiesen und die Pflanzgärten fiel. Der Grund gehörte dem Deißner, von dem hatte ihn Fritz Bayerlein gepachtet, um darauf Kartoffeln und Sonnenblumen anzubauen. Dicke, bläuliche Kartoffeln, die er im Herbst stolz jedem zeigte, der an seinem Gärtchen vorbeispazierte. Ziemlich unrunde, knollige Dinger wühlte er da aus der Erde, die aber zum Bayerlein passten, denn für Georgs Gefühl war dieser ein unrunder Mensch gewesen, einer, der holperte und stolperte und nie geradeaus in ein Ziel gerollt wäre. Meistens hing ihm das ungewaschene, schmutzigblonde Haar ins Gesicht, und die zwei tiefen Falten neben dem Mund hatten ihn älter und ernster aussehen lassen, als er wirklich war. Solange er noch am Leben war, freilich.

Dr. Matjewitz, der Tierarzt vom Raitenberg, war zufällig im Ort und wurde herbeigerufen. Da eine medizinische Behandlung keinen großen Sinn mehr ergab, stand auch Matjewitz untätig zwischen den Stangenbohnen und dem Kartoffelbeet und wartete mit den anderen auf das Eintreffen des Pfarrers und der Polizei. Mit seinem Fachwissen konnte er allerdings zur Beurteilung der Situation beitragen. Er wies die Zuschauer auf die großflächige Eintrittswunde hin und den Umstand, dass keine Austrittswunde zu sehen war. Seine präzise Diagnose lautete: Selbstmord mit einer altersschwachen Pistole. Einer der Hersbrucker Polizisten, der nach etlichen Jahrzehnten Dienst im Nürnberger Land seine Pappenheimer kannte, sagte, wenn sich endlich jeder erschossen haben würde, der eine illegale

Pistole aus dem Krieg oder vom Großvater zu Hause hätte, wäre die Gegend wohl nahezu menschenleer.

Bayerleins Waffe verursachte wenig später noch große Aufregung, denn einer der Jungen, die die Leiche gefunden hatten, hatte sie kurzerhand eingesteckt, kurz bevor das Gewitter mit voller Wucht loslegte. Obwohl im Fernsehen seit Monaten praktisch täglich über Fingerabdrücke berichtet wurde, die auf die Fährte der Terroristen führen sollten, dachte niemand daran, die Waffe einer Spurensicherung zu unterziehen. Es ging in der Nachlese lediglich darum, dass so ein Ding nichts in Kinderhänden verloren hatte. Und so gab es später noch ein paar ordentliche Ohrfeigen für den großen Sohn der Proppenstädters, bei dem das Schießgerät schließlich zum Vorschein kam. Damals lebte ja der Großbauer noch und konnte demzufolge auch noch selbst den Watschenbaum schütteln, der groß und mächtig gewachsen war bei der Familie Proppenstädter, die mit zwei Söhnen und drei Töchtern zu den kinderreichsten im Dorf zählte.

Dr. Matjewitz' Expertise reichte auch den beiden Streifenpolizisten, die sich mit dem VW-Käfer, den die Polizei erst Anfang der Achtzigerjahre ausmusterte, auf den langen und mühsamen Weg von Hersbruck ins obere Pegnitztal gemacht hatten. Denn Matjewitz mochte zwar nicht direkt Humanmedizin studiert haben, aber er besaß reichhaltige praktische Erfahrung, da er manches Mal zur Not einsprang, wenn der Hausarzt Reichinger verhindert war. Dr. Egon Reichinger, der in Vorra residierte und an einer Habilitationsschrift über Krampfadernentfernung bastelte. Demnach an seiner Karriere »herumdokterte«, wie der Rammelkammer kalauerte.

Matjewitz behandelte nicht nur Kuh oder Katze. Er renkte auch eine Schulter wieder ein, wenn er zufällig im Dorf war, und kurierte ein Überbein am Handgelenk, indem er eine Münze darauflegte und mittels eines geschickten Schlags mit der Faust die Beule beseitigte. Der Viehdoktor Matjewitz war der Mann, dem die Bauern vertrauten, nicht zuletzt, weil er eiserne Disziplin übte und niemals seinen BMW in den Straßengraben steuerte, selbst wenn er vom frühen Vormittag an bei jedem seiner Klienten mit Schnaps angestoßen hatte – auf das glücklich in die Welt beförderte Kalb, die Kastration des Kettenhunds, die reibungslose Besamung der preisgekrönten Milchkuh, auf Fleischbeschau und Impfung und auf die erfolgreiche Behandlung von Moderhinke und eines entzündeten Euters.

Ende August begannen dann in München die Olympischen Sommerspiele, die auch in der Gemeinde große Beachtung fanden, einschließlich des feigen Anschlags auf die israelische Mannschaft, sodass sich kaum jemand noch mit Nebensächlichkeiten beschäftigte. Wie etwa der Frage, wo der Bayerlein eigentlich die Waffe, durch die er zu Tode gekommen war, aufgetrieben hatte. Oder wie die Winklerin dazu stand, dass sie als die mutmaßliche Ursache für das Drama galt.

Kapitel 6

Auf der schiefen Ebene

Man muss es auch einfach einmal sagen, wie es ist: Nicht jeder Einwohner der vier Dörfer Artelshofen, Düsselbach, Alfalter und Vorra, die seit der Gebietsreform 1972 als Gemeinde Vorra firmierten, konnte damit rechnen, so friedlich im Bett zu sterben wie Großvater Steigner, der mit der Bimmel des Gemeindeausrufers im Arm am Neujahrstag des Jahres 1980 im Kreise seiner vieldutzendköpfigen Nachkommenschaft entschlafen sollte.

Denn immer mal wieder schlug ein Unstern zu und riss, wie es in den Todesanzeigen der *Hersbrucker Zeitung* dann gerne umschrieben wurde, einen Mitbürger »plötzlich und unerwartet«, »viel zu früh« und »eine unersetzliche Lücke hinterlassend« (je nach Mitgliedschaft im Ski-Club, Schützen- oder Gesangsverein) aus dem Leben. Den Sohn der Volkmars zum Beispiel, der in der Ziehkurve kurz vor Hohenstadt an der Abzweigung nach Eschenbach die Lenkung seines Opel Rekord vor eine unlösbare Aufgabe stellte, im Schleudern den entgegenkommenden Volvo einer Familie aus Reichenschwand rammte und schließlich von dem Untergestell der Bahnschranke in mehrere Teile zerpflückt wurde. Der fünfköpfigen Familie im anderen Wagen wurde dabei kein Haar gekrümmt, weshalb Almuth seitdem unaufhörlich von ihrem Mann die Anschaffung eines Volvo forderte, sich allerdings nicht gegen das 300er-Dieselschiff der Firma Mercedes-Benz durchsetzen konnte, mit dem sie schließlich ins Reich des Ceauşescu geschippert waren.

Auch der ledige Bruder vom Witzl aus Großmeinfeld wurde nicht so alt, wie er es ursprünglich wohl vorgehabt hatte, denn er fiel recht unglücklich in die laufende Motorsäge, als die Geschwister im Wald Sturmschäden aufräumten. »Eine arge Schönheit wäre er so oder so nicht mehr geworden«, spottete der Winkler, wenn danach angelegentlich die Rede auf das grässlich gespaltene Gesicht des Verunfallten kam. Dass dessen Bruder eine ölverschmierte blonde Haarsträhne im Portemonnaie trug, die er ein paar Wochen nach dem Unglück aus dem Getriebe der Motorsäge gezogen hatte, hielt den Winkler nicht davon ab, seinem Lästermaul freien Lauf zu lassen. Aber er war eben ein Zahnarzt, dachten sich die anderen, die beim *Pechwirt* um den Wirtshaustisch herumsaßen und betreten in ihre Biergläser schielten, und es war ja irgendwo auch nicht anders vorstellbar, als dass alle Ärzte das Gemüt eines Metzgerhundes hatten, sonst wären sie überhaupt nicht in der Lage, ihren Beruf auszuüben.

Und obschon dieses Unglück nicht tödlich ausging, darf in einer Auflistung der Unfallopfer Frau Fichtner nicht ungenannt bleiben, die sich mit der Kreissäge beim Brennholzmachen den rechten Unterarm absägte. Sie musste, nachdem man sie nach nur einer Woche aus dem Kreiskrankenhaus entlassen und mit einer weißen Socke über dem Stummel nach Hause geschickt hatte, mühsam lernen, alle Arbeiten in Haus und Hof mit der Linken zu verrichten, was bei einer Frau, wie es der kantige Winkler höchst unsensibel ausdrückte, »einem Totalschaden« gleichkam. Woran der Rammelkammer, der ein Liebhaber der fränkischen Kost war, anschloss, dass sie nun die »Klöß bloß unter der anderen Achsel rollen« müsse, eine im oberen Pegnitztal weitestgehend akzeptierte Erklärung für Haare im Teig.

Und so, wie nicht jeder friedlich im Bett starb, war es auch nicht jedem vergönnt, vor dem Tode in Liebe und Eintracht mit seinen Mitmenschen zu leben. Hermann Proppenstädter besaß nicht nur das größte Anwesen weit und breit, von Stöppach bis Großmeinfeld und bis nach Velden hinauf – obendrein war der Großbauer in der Gemeinde diejenige Person, welche die meiste Missgunst und Gehässigkeit auf sich vereinigte. Und nicht etwa deswegen, weil er riesige Waldgebiete und schier grenzenlose Felder auf der Hochebene sein Eigen nannte.

Auch nicht wegen des mordsmodernen Mähdreschers, den er sich angeschafft hatte. Nein, dafür hätte jeder Verständnis gehabt, und auch der Neid hielt sich in Grenzen. Denn eine Hochebene sieht nicht so aus, wie man sich das vielleicht im Flachland vorstellt: ein unermesslich weites Feld, höchstens ganz leicht gewellt, aber von allen Seiten gut zugänglich. So war das nicht – auf und ab gingen die Äcker, krumme Flächen über krumme Flächen, alle paar Meter Felsen und grobe Brocken im Weg, die Erde buchstäblich Steine ausschwitzend, die Wälder verwinkelt und in undurchdringliches Unterholz getaucht. Für die Bewirtschaftung ein Albtraum, der den Einsatz jedweder Maschine rechtfertigte.

Hermann Proppenstädter wurde schlicht und einfach dafür gehasst, dass er ein ekelhafter Unsympath war, der spätestens nach fünf Bier mit seinem Besitz, seinem Geld und seinem Können zu prahlen begann. Zumal er die fünf Bier regelmäßig intus hatte, sozusagen täglich, denn er saß allabendlich im Wirtshaus, mit rot geschwollenem Gesicht, seinen hohen Wangenknochen und rötlichen, dünnen Haaren, die er nach hinten kämmte, wo sie dank ihrer eigenen Fettbeschichtung im Nacken kleben blieben. Kurz und gut:

Er ging den anderen Gästen auf die Nerven, immer abwechselnd in der *Juraschanze* oder beim *Pechwirt* – und wenn er tatsächlich einmal mit seinen Angebereien innehielt und Kontakt mit einem anderen Gast aufnahm, dann nur, um mit der Gefühllosigkeit eines Staatsanwalts im Dritten Reich den anderen die peinlichsten Fragen zu stellen. Er fragte mit blecherner Stimme durch die volle Gaststube den Löhner vom Hartenstein, wieso er noch ins Wirtshaus komme, er, Proppenstädter habe gedacht, jener sei längst an seinem Kehlkopfkrebs verreckt. Er blaffte den Tierarzt Matjewitz vom Raitenberg an, der am Nachbartisch mit seiner Familie zu Mittag aß, wann er endlich vorbeikomme zum Rinderbesamen, ob der Matjewitz den »Schludder« wohl selber zu Hause aufbrauche, und weshalb der »Herr Viehdoktor« erst nächsten Monat einen Termin vergeben könne. Proppenstädter fragte korpulente Frauen, ob sie wohl schwanger seien und von wem, er empfahl Asthmatikern, sich zusammenzureißen, da alles nur eine Frage der Willenskraft sei, er verkündete öffentlich, wem er keine Ausrüstung mehr ausleihen werde, da er sie zuletzt mit Dreck bedeckt zurückerhalten habe. Ein »psychologisches Trampeltier« nannte ihn Almuth, die andererseits aufrichtiges Mitleid mit der Frau Proppenstädter empfand.

Im Frühsommer 1978 war Hermann Proppenstädter tödlich verunglückt. Was genau da oben auf dem Acker geschehen war, hatte sich nicht mit letzter Sicherheit rekonstruieren lassen. Jedenfalls war der nagelneue Supermähdrescher zertrümmert in der Schlucht gelegen, der Proppenstädter mit zertrümmertem Schädel tot über dem Lenkrad. Er war wie üblich erst spät losgefahren, anders als die anderen Bauern, die mit Sonnenaufgang ausschwärmten. Dank der gewaltigen Scheinwerfer, die auf dem Fahrerhaus montiert waren, konnte Proppenstädter bis spät in die Nacht über die Felder rumpeln, je später in desto wilderen Kurven, da er den lieben langen Tag nichts anderes zu sich nahm als Bier. Anhand der Spuren, die vom Acker durch ein niedriges Gebüsch und eine Reihe Feldsteine über eine abschüssige Fläche führten, ließ sich erahnen, wie sich der Unfall abgespielt haben konnte. Dort, am Feldrain, fand man auch den Bierkasten, den der Großbauer zuverlässig unter seinem Sitz auf dem Führerstand dabeihatte. Eine genauere Betrachtung ergab, dass er etwa zehn Flaschen getrunken und demzufolge grob die Hälfte seines Tagwerks erledigt haben musste, als er vom geraden Weg abgekommen war.

Seine Ehefrau Monika Proppenstädter litt von Geburt an unter einer schiefen Hüfte, und nicht wenige seiner Feinde zogen den Gatten auf, indem sie ihn fragten, ob er wohl keine andere gekriegt hätte als eine mit einem Hinkebein, und ob er wohl selber ein geheimes Gebrechen habe, das man nur nicht sehen könne?

Und natürlich wurmten einen auf Dauer solche Sprüche, natürlich gab so regelmäßig ein Wort das andere, aus den Sticheleien wurde Streit, und das Ziel war dann erreicht, wenn der angetrunkene Proppenstädter die Beherrschung verlor und auf einen seiner Feinde losgehen wollte. Schnell sprangen dann andere ein, packten den Tobenden, drängten ihn aus der Wirtsstube und schubsten ihn mit groben Stößen auf den Vorplatz. Das Ritual sah vor, dass sich daraufhin der Proppenstädter mühsam wieder vom Pflaster erhob und lautstark all diejenigen verfluchte, die ihn daran hinderten zu zeigen, dass er jedem Einzelnen und allen zusammen sowieso überlegen sei. Und dass er es ihren Frauen derartig besorgen würde, dass die wie eine Schar Hühner losrasen würden, um sich ausschließlich von ihm, dem Proppenstädter, und garantiert für immer von niemandem sonst mehr besteigen zu lassen.

Als der Mähdrescher mitsamt Proppenstädter in die Schlucht stürzte, waren der Richter Eißenpacher und der Zahnarzt Dr. Winkler zufällig in der Nähe, denn es war ein Mittwoch. Am Mittwochnachmittag hatte die Praxis in Velden geschlossen, und die beiden Herren hatten das traumhaft schöne Frühlingswetter für einen Spaziergang genutzt. Wenn sie loszogen, dann stets zu zweit. Ihre Freundschaft hatte etwas Besonderes, das über den gemeinsam überstandenen Heimflug in den letzten Kriegstagen hinausging. Abgesehen von Almuth Degenhardt, der Grundschullehrerin, und dem Pfarrer waren sie die beiden einzigen Akademiker im Dorf. Sie pflegten seit Langem verschiedene Rituale, die beim Rest der Bevölkerung allenfalls als verschroben galten. Eine unausgesprochene Wette trieb sie jeden Frühling an, wer die erste Küchenschelle des Jahres entdeckte. Auch bereiteten ihnen die immer gleichen Lateinschüler-Witze große Freude, die sie sich beim Frühschoppen gegenseitig zuspielten, ohne sich darum zu kümmern, dass niemand außer ihnen darüber lachen konnte.

Auch Georg fand diese abgehobenen Scherze nicht lustig, aber als sie auf dem Weg nach Rumänien die Autobahnschilder passierten, die den Weg in die Hauptstadt Jugoslawiens anzeigten, musste er unwillkürlich an einen der Kalauer denken: »Konjugiere Belgrad!«, befahl der Richter ein ums andere Mal, sobald ein Hund in die Gaststube geführt wurde, und der Zahnarzt antwortete: »Ich bell grad, du bellst grad, er bellt grad.« Die beiden erweckten so den Anschein, als gäbe es eine Art Geheimsprache, die nur ihnen vorbehalten war und um die sich die anderen gefälligst nicht zu kümmern hatten. Studierte eben, die sich für etwas Besseres hielten, das kannte man ja zur Genüge. Georg erinnerte sich hauptsächlich an seine Enttäuschung, dass seine Frau laut darüber lachte, über diesen Lateinerspaß, als er ihn zu Hause, so gut es ging, nacherzählte.

Johann Deißner, der in der Nähe Holz gemacht hatte, gab später zu Protokoll, dass er als Erster zur Unfallstelle gekommen sei, nachdem er ein ungewöhnliches Poltern und Krachen in Richtung der Hochfläche vernommen habe. Als er dann wenige Minuten später das Wrack entdeckt habe, seien auch schon der Winkler und der Eißenpacher aus einem Gebüsch hervorgebrochen, schwer atmend und mit vor Aufregung erhitzten Gesichtern.

Wie sie so auf die Seite gelegt in dem Spalt zwischen zwei Felsen steckte, wirkte die Landmaschine noch viel größer als zuvor. Das Schneidewerk lag abgetrennt als Knäuel aus verbogenen Metallteilen etwas oberhalb der Stelle, wo sich Proppenstädter das erste Mal überschlagen hatte. Verschiedene Bleche und Stangen säumten die Bresche im Feldrain, die der Koloss geschlagen hatte, entlang der Bahn war die Grasnarbe tief aufgerissen, und lehmige Brocken schwarzer Erde mitsamt Grasbüscheln zierten das Wrack an jeder Ecke und Kante. Hinterher bezeugten die drei Personen, welche direkt nach dem Unglück beinahe gleichzeitig das Wrack erreichten, dass aus dem Inneren des Monstrums noch ein Rattern und Surren klang, das aber bald mit einem hässlichen Splittern erstorben sei. Proppenstädter hätte, wäre er noch ausreichend lebendig gewesen, sich nur mit lauter Stimme bemerkbar machen können.

Deißners, Winklers und Eißenpachers Schilderungen dessen, was danach geschah, stimmten im Wesentlichen überein und ergaben folgendes Bild: Der Richter zog

Deißner am Arm und versuchte, links den aufgerissenen Bug der Maschine zu umrunden, auf dem die Fahrerkanzel hockte, aber sie hätten riskieren müssen, von dem steilen Felsen zu rutschen, und kamen zurück. Der Zahnarzt wandte sich nach rechts, übersprang den Spalt im Berg zwischen ein paar krummen Fichten und näherte sich über die andere Flanke des Einschnitts. Der Kasten, in dem das gedroschene Getreide landete, saß normalerweise oben in der Mitte des Aufbaus. Er hatte sich bei dem harten Aufschlag geöffnet, und eine Woge Weizenkörner hatte sich über die schrundige Klippe ergossen.

Winkler war in den Augen der Bauern auch beinahe so etwas wie ein Arzt, jedenfalls zweifelte Johann Deißner nicht an Winklers Kompetenz, als dieser sich vorsichtig am Dach der Führerkanzel nach oben zog und mit einem raschen Blick ins eingedrückte Führerhaus feststellte, dass hier nichts mehr zu machen sei. Vor Anstrengung heftig atmend, wischte der Winkler sich die Hände an der Hose ab und verkündete mit dem Stolz eines Entdeckers: »Beide Knie zertrümmert, vermute ich, ein Auge scheußlich zerquetscht, aber das macht den Hund auch nicht mehr fett.«

Wenig später war auch Georg vor Ort, den man als Erstes herbeirief, um zu helfen, die zerstörte Landmaschine zu bergen. Und im gleichen Zug die Leiche freizubekommen, die mit beiden Beinen zwischen verbogenen Stahlteilen eingeklemmt war. Georg erledigte die Sache routiniert, indem er den Mähdrescher an seinem Radlader ankettete und behutsam wieder aufrichtete, als hätte er zeit seines Lebens nichts anderes gemacht.

Die Untersuchung des Unfallhergangs gestaltete sich kurz und knapp: Der Richter zählte die Bierflaschen, deren Verschluss noch intakt war, und der Zahnarzt stellte den

Tod fest. Darüber war die Nacht hereingebrochen, weswegen die Polizei erst am nächsten Tag ein ausführliches Protokoll vom Unfall aufnahm, und zwar in der Wohnstube des Proppenstädterschen Bauernhauses. Da lag der tote Gatte gleich nebenan im Schlafzimmer. Der Bestatter aus Hersbruck hatte seine ganze Kunst aufgeboten, um dem Leichnam ein ordentliches Aussehen zu verpassen. Den rötlich-blonden Schopf über die Kopfwunde gekämmt, die notdürftig vernäht worden war, festlich in seinen schwarzen Anzug gekleidet, mit weißem Hemd und giftgrüner Krawatte (ein Relikt aus den späten Sechzigern), ruhte der tote Bauer auf dem Ehebett. Seine Frau hockte daneben auf einem Schemel und starrte mit ihren auffallend hellen blauen Augen ohne zu weinen aus dem niedrigen Fenster.

Auch Bernd Rammelkammer war anwesend, er schien einen innigeren Zugang zur Witwe zu haben als die übrigen Nachbarn. Er legte der Proppenstädterin seine Hand auf den Rücken und knetete ihr ganz ungeniert die Schulter. »Monika, ach Monika«, sagte er, »wie fürchterlich ist das doch. Es tut mir so leid.«

Die Proppenstädterin griff nach seiner Hand, drückte sie so fest, dass der Rammelkammer in seiner Bewegung erstarrte, und schluckte mehrmals an einem emporquellenden Strom Tränen. »Dank dir, Bernd, danke für alles, du weißt …« Dann versagte ihr die Stimme.

Einige sagten später, der exzentrische Autohändler habe sie beeindruckt mit seiner mitfühlenden Geste. Andere wiederum zeigten sich bass erstaunt ob des eiskalten Zynismus, den der Rammelkammer demonstrierte, da er immerhin der engste Freund seines Kriegskameraden Winkler war, der wiederum zu den ärgsten Widersachern des Großbauern gehörte und mit seiner spitzen Zunge oft genug die erwähnten Schlägereien angefacht hatte. Und es mangelte nicht an Geschichten, dass der verstorbene Großbauer sich tatsächlich bei den Spöttern gerächt hatte, indem er ihren Frauen nachgestiegen war. Gerüchte – ohne jedes Indiz, ohne jeden Beweis – waren das nur, doch sie waren der Humus, der die sozialen Verflechtungen im Dorf nährte.

Während des guten Jahres, das auf den Unfall verstrich, verfiel die Proppenstädterin zusehends dem Alkohol. Wahrscheinlich hätte sie auch zuvor schon kein herausragendes Beispiel für Abstinenz abgegeben, aber in ihrer neuen Rolle als Witwe ließ sie jede Zurückhaltung fahren. Sie kippte vormittags um zehn beim Wörner an der Kasse den ersten Jägermeister. Zu Hause bevorzugte sie Hopfentropf, den es nicht in kleinen Fläschchen gab, und wenn ihr die Vorräte ausgingen, torkelte sie noch in der Dunkelheit zum *Pechwirt*, um sich einen Zwetschgen- oder Birnenbrand zu genehmigen, den ihr der Wirt widerstrebend einschenkte. Einmal gelang dem Brunzfritz am Stammtisch eine treffende Beschreibung, die große Begeisterung hervorrief: Wenn – aber wirklich nur wenn – man die Winklerin mit einem brünftigen Schlachtross vergleichen könne, würde die Proppenstädterin einem zerfledderten Suppenhuhn gleichkommen.

Es gab dennoch niemanden, der Monika Proppenstädter nicht bemitleidete, denn sie hatte ihren Mann, mochte er auch der größte Kotzbrocken in der ganzen Gemeinde gewesen sein, innigst geliebt und seine fünf Kinder zur Welt gebracht. Die älteste Tochter war bereits zwanzig, der jüngste Sohn zwölf, gemeinsam bewirtschafteten sie den Hof, und es wäre nicht übertrieben gewesen zu sagen, dass sie es einwandfrei hinbekamen. Von der Lebensversicherung kauften sie einen neuen Mähdrescher, an dessen Steuer sich der volljährige Sohn setzte, der weder Bier noch Schnaps trank. Alkohol schmecke ihm grundsätzlich nicht, erklärte er, und niemand wagte das zu bezweifeln.

Kapitel 7

Irgendwie zurück

Georg erhielt im Lauf der nächsten Wochen, während derer der Herbst auf leisen Sohlen ins Land geschlichen kam, noch einige kleinere Aufträge. Beim Eißenpacher, beim Winkler und beim Rammelkammer. Das Loch beim Demleitner war gestopft und der Kanal in Düsselbach entgegen allen Befürchtungen Eiweis noch in kommunaler Hand und sauber verlegt, sodass die Gemeinde Anfang Oktober offiziell verlautbaren konnte, nun scheiße kein einziger Vorracher mehr in die Pegnitz. Auch wenn weiterhin niemand das Wasser ernsthaft zum Bierbrauen in Betracht zog.

Der Auftrag beim Eißenpacher war der komplizierteste, weshalb es vorab einiges zu bereden gab. Insgesamt drei Mal besuchte Degenhardt den pensionierten Richter, immer um die Zeit der Dämmerung herum, wenn Georg mit der Familie zu Abend gegessen und sich wieder in einen gesellschaftsfähigen Zustand gebracht hatte.

Es ging um einen Werkzeugschuppen an der Nordostecke des altmodischen Hauses, das man mit etwas weniger Wohlwollen durchaus als größere Wochenendhütte bezeichnen konnte. Eißenpacher plante, den Schuppen auf die andere Seite des Hauses zu verlegen, obwohl Georg einwandte, dass die Westseite merklich feuchter sei. Doch Eißenpacher bestand darauf – weshalb auch immer. Und er wollte, dass der alte Schuppen abgerissen und ein Obstbaum, wenn möglich eine Birne, dort gepflanzt würde.

Georg wiederum entsann sich seines immer noch nicht umgesetzten Vorhabens, der Obrigkeit das von ihm erdachte

Entsorgungskonzept für eine Frauenleiche nahezubringen. Er nahm sich vor, dies im Hinterkopf zu behalten, falls sich gegenüber dem Richter eine günstige Gelegenheit auftäte.

Ludwig Eißenpacher war ein großer, kräftiger Mann in der Mitte seiner Sechzigerjahre und konnte mit Fug und Recht als »stattlich« bezeichnet werden. Ein riesiger Zinken ragte aus einem viereckigen Gesicht, das von dunkelgrauem Haar eingerahmt wurde. Als ehemaliger Richter stellte er für die Dorfbevölkerung den ranghöchsten Staatsdiener zwischen Neuhaus und Hersbruck dar. Was bedeutete, dass es nicht gerade selten spätabends, wenn es schon dunkel war, beim Eißenpacher an der Tür klingelte und ein armes Bäuerlein Einlass begehrte, das zufällig einen Ring Stadtwurst oder einen Korb prächtige Äpfel dabeihatte. Und immer ein amtliches Schreiben, sei's vom Gesundheitsamt wegen Schwarzschlachtung, sei's vom Ordnungsamt wegen unerlaubter Baumfällung, sei's von der Polizei wegen überhöhter Geschwindigkeit oder überhöhtem Blutalkoholspiegel oder gleich beidem auf einmal.

Auch wenn der Rammelkammer den pensionierten Richter stets als »den Kadi« bezeichnete, ging's beim Eißenpacher selbstverständlich stets mit rechten Dingen zu. Zumal seine scheinbare Allmächtigkeit nur der Phantasie der Bauern entsprang. Aber der Eißenpacher sprach fließend Amtsdeutsch, er konnte die offiziellen Schreiben mühelos lesen und verstehen. Und – ganz wichtig – geschickte Antworten verfassen, mit deren Hilfe so mancher Delinquent seinen Hals mal gerade noch so aus der Schlinge zog. Georg Degenhardt durfte sich ja glücklich schätzen, sein Haus mit einer studierten Ehefrau zu teilen, sodass er selbst bislang nie die Dienste des pensionierten Richters in Anspruch genommen hatte.

Nach einer der Ortsbegehungen bat der Richter Georg ins Haus und bot ihm erst ein und dann ein zweites Mal Wein an, den Georg beide Male ablehnte. Er trank während der Arbeit nie, und die abendlichen Besuchstermine bei seinen »Klienten«, wie Almuth es nannte, waren zweifelsohne Teil seines Broterwerbs. Georgs Maurer Brunzfritz trank dafür stets umso mehr. Der halbe Kasten, den er jeden Tag niedermachte, gehörte für ihn untrennbar zur Arbeit. Was niemanden störte, solange dieser recht kleine, zum Ausgleich allerdings auch recht geräumige Mann mit affenartiger Behändigkeit einen Ziegelstein auf den anderen stapelte. »Schade um den schönen Durst«, rief der Brunzfritz Tag für Tag, wenn Georg während der spätvormittäglichen Vesperpause eine Flasche Selterswasser an den Mund setzte. Auf die Ferienarbeiter hatte Georg ein Auge – und nicht nur einen dabei erwischt, wie er noch vor Mittag in Begleitung vom Brunzfritz leicht schwankend um eine Ecke biegend wieder am Ort des Geschehens erschien und sich hastig über die Mundwinkel wischte.

Niemand duzte den Richter, es ging einfach nicht. Der Richter freilich kannte von jedem seiner Mitbürger den ersten und zweiten Vornamen, die Großväter und Onkel väterlicher- und mütterlicherseits sowie Abstammung und Spitznamen der Haustiere.

»Und, Georg? Was sagst eigentlich du zur Mumie?«, fragte der Eißenpacher.

Es hatte sich schnell eingebürgert, den Toten hinter der Stützmauer als »die Mumie« zu bezeichnen. Beim ersten Fund in Düsselbach sprach man von der »Nutte vom Bayerlein«. Eißenpachers Tonfall ließ keinen Zweifel zu, dass er vertrauliche Informationen besaß, die anzunehmendermaßen von der Staatsanwaltschaft stammten.

»Was soll ich sagen?«, wich Georg aus und blickte aus dem Fenster. Unglücklicherweise war es draußen bereits dunkel, sodass er nach ein paar Sekunden dem Richter in die Augen schauen musste. Er entließ einen tiefen Seufzer. »Na ja, kein Unschuldsengel offenbar, arg ramponiert. Wer auch immer ihn so zurichtete, muss sehr wütend gewesen sein«, sagte er und wunderte sich selbst über seine Überlegung, die ihm plötzlich wie aus einem Kriminalroman entlehnt vorkam.

»Oder es muss dem Täter großes Vergnügen bereitet haben«, sagte der Richter im Brustton eines Gerichtspsychologen.

»Wie auch immer. Ich hätte mir zuvor nie und nimmer vorstellen können, dass eine solche Grausamkeit hier im Dorf geschehen kann. Das wirkt alles so, als hätte ein Rudel Gangster aus New York hier Urlaub gemacht, um ihrer üblichen Freizeitbeschäftigung nachzugehen.«

Der Richter lachte mit seinem gewaltigen Bauch, ohne den Blick von Georg abzuwenden. Die seit jeher in Franken gehegte Ansicht, ein Mannsbild unter zwei Zentnern sei ein Krüppel, schien Georg, der selbst alles andere als hinfällig einherkam, in diesem Moment auf niemanden besser als auf Eißenpacher zuzutreffen.

»Gut gesagt! Soweit ich weiß, haben sie dem Burschen keinen einzigen Zahn übrig gelassen, sodass die Polizei keine Chance hat, den Herren zu identifizieren.«

»Ja, grausam«, stimmte Georg zu, »es muss so gewesen sein, als würde einem der Winkler einen Zahn nach dem anderen ziehen, und du kannst nichts dagegen tun, weil er dauernd sagt: ›Bitte den Mund weit offen halten!‹«

»Ha!«, gluckste der Richter, »eine gloriose Idee. Ich werd den Winkler mal darauf ansprechen.«

»Aber wie – mit dem ganzen Zahnklempnerwerkzeug im Mund?«

Erneut lachte der Richter laut heraus, fing sich aber rasch wieder und fragte in aller Seelenruhe, als säße Georg auf der Anklagebank: »Du würdest doch der Polizei alles zeigen, was du gefunden hast? Auch wenn es nur ein harmloser Zahn wäre, oder?«

»Was denken Sie? Selbstverständlich! Ich habe keine Verwendung für Zähne oder Knochen. Ich meine, in Düsselbach haben wir für die Kriminaler stundenlang Erde gesiebt, bis wir den kleinsten Fingernagel gefunden hatten.«

»Natürlich, natürlich. Ein alter Bekannter von der Kripo sagte mir, der einzige Anhaltspunkt, den sie hätten, sei der Schmuck, den die Mumie trug.«

Georg spürte, wie ihm das Blut in die Wangen schoss. Aus einem ganz bestimmten Grund wollte er auf überhaupt gar keinen Fall weiter über diese Sache sprechen, weshalb er fieberhaft überlegte, wie er das Gespräch auf ein anderes Thema lenken konnte.

»Apropos alte Bekannte. Sie und der Winkler, das habe ich erst kürzlich jemanden erzählen gehört, Sie waren zusammen im Krieg, ist das wahr?«

Der Richter antwortete nicht, sondern stellte mit ruhiger Stimme seine Gegenfrage: »Wer sagt das?«

»Mir selber sagt ja niemand etwas«, scherzte Georg, denn er fürchtete, mit seiner Frage in ein Fettnäpfchen getreten zu sein. »Aber meine Frau ratscht natürlich leidenschaftlich gerne, stundenlang, vor allem beim Wörner, mit den anderen Weibern. Und dort hat es die Winklerin erzählt, wobei –«

»Die Winklerin schon wieder!«, unterbrach ihn der Richter. »Die hat vielleicht ein Mundwerk!«

»Ja, bei der wird man die Goschen einmal extra totschlagen müssen … ja, und der Schramm spricht auch manchmal davon, wenn er besoffen ist. Ist er ja praktisch dauernd, der erzählt viel wirres Zeug, aber auch von dem Flug.«

Selbst wenn man kein Experte für die Luftfahrerei war, konnte man sich denken, dass es in den Vierzigerjahren alles andere als bequem war, von hier nach da und wieder zurück zu fliegen. Vor allem 1945, weil damals die Luft wimmelte von Maschinen, die hinaufgeschickt worden waren, damit sie andere Maschinen, denen sie dort oben begegneten, auf den Weg hinab zum harten Erdboden schickten. Die einen, die oben blieben, waren meistens amerikanische, die anderen, die auf der Erde zerschellten und dabei regelmäßig ihre Besatzung in die ewigen Jagdgründe beförderten, deutsche Flugzeuge. Aber nicht nur das. Auch vom Krieg ganz abgesehen war es ein Abenteuer, sich in eine der Rumpelkisten zu setzen und sein Leben einer Röhre aus Brettern und Blech anzuvertrauen, mit zwei Traktormotoren, die links und rechts an ein Paar Flügel aus Holzbalken und Vorhangstoff geschraubt waren. Und doch rechnete sich damals eine Gruppe junger Männer höhere Chancen aus, einen Flug in einem wackelnden Ofenrohr durch einen von feindlichen Geschossen durchsiebten Himmel zu überleben, als heil einer Auseinandersetzung mit anstürmenden Rotarmisten zu entkommen.

Der Zufall hatte sie zusammengebracht auf dem Fliegerhorst Brumowski, zehn Kilometer westlich von Wien. Die sowjetische Armee rückte mit Karacho auf die Stadt zu, Kanonendonner erfüllte Tag und Nacht die Luft. Eißenpacher war der Älteste und Erfahrenste gewesen, einunddreißig Jahre, Oberleutnant und Flugzeugführer. Der Jüngste war Alfred Winkler, erst siebzehn Jahre, angehender

Luftwaffenmechaniker. Die anderen waren Bernd Rammelkammer und Georg Schramm, beide neunzehn und Beobachter.

»Der Schramm war der Einzige, der aus dieser Gegend hier stammte«, fuhr Eißenpacher fort zu erzählen. »Ehe man losfliegt, muss man sich entscheiden, wohin. Aber das war damals alles andere als einfach. Der Schramm sagte, lass uns ins Hersbrucker Land fliegen, dort ist der Hund verreckt. Von der Ecke hatten alle schon gehört, weil ja der Göring sich in der Neuhauser Burg eingerichtet hatte. Der Schramm versprach, es wäre kein Problem, dort zu landen, es hätte überall Wiesen im Tal oder oben auf der Hochfläche und wir könnten bei seinen Leuten unterkommen, uns verkriechen, bis der ganze Schlamassel vorüber wäre. Da hat er dann recht behalten, seine Mutter versteckte uns zwei Monate lang im Heuschober. Denn ruhig ging's nicht zu in der Gegend bei Kriegsende. Die Amerikaner hatten Nürnberg eingekesselt, durch jedes Dorf kamen sie, schossen auf alles, was ihnen irgendwie nicht koscher vorkam. Velden legten sie mit Jagdbombern in Schutt und Asche, in Oberachtel stießen sie auf Waffen-SS und machten den gesamten Ort dem Erdboden gleich.«

Es sei also kein Wunder gewesen, erklärte der Richter, dass sie in der Gegend um Amberg dem ersten alliierten Jäger begegneten. Sie hatten Glück, weil dem offenbar der Sprit ausging, nachdem Eißenpacher die »Ju« hochgezogen hatte, direkt in die Sonne. Aber es sei natürlich unvermeidbar gewesen, dass der amerikanische Pilot über Funk das deutsche Flugzeug meldete. Eißenpacher habe die Maschine im Tiefflug über die Wälder gesteuert, und spätestens jetzt hätten alle Insassen den Atem angehalten: »Die Pilotenkanzel wurde bei der Luftwaffe als ›Kampfkopf‹

bezeichnet, das war eine deutsche Spezialität. Wusstest du das? Na ja, das Cockpit war definitiv nicht für fünf Personen ausgelegt. Der Rumpf war bei diesem Bombertyp während des Fluges konstruktionsbedingt nicht betretbar, sodass wir uns in der Plexiglaskugel, die wie das Auge einer Libelle an die Vorderspitze des Fliegers gepicht war, zusammenquetschen mussten.«

»Fünf?«, hakte Georg ein. »Weshalb fünf? Sie nannten vorhin nur vier.«

»Stimmt«, sagte der Richter, »das hab ich vergessen vorhin, da war noch einer dabei, der aber nicht mitkam zu Schramms Eltern, sondern es auf eigene Faust zurück nach Hause schaffen wollte.«

»Ist es ihm geglückt?«

»Keine Ahnung. Ich habe nie wieder von ihm gehört, ich weiß gar nicht mehr, wie er hieß ... wie dem auch sei, während der einen Flugstunde, die wir für die gut vierhundertfünfzig Kilometer brauchten, fühlten wir uns dementsprechend in jeder Sekunde wie ein Insekt, das hilflos der jagenden Vogelmutter ausgeliefert ist. Verstehst du, was ich meine? Wir waren kurz vor dem Ziel und am Ende unserer Nerven. Vor Anspannung und Erschöpfung zitterten meine Knie. Den Rammelkammer, der mir seinen Ellenbogen von hinten ins Genick drückte, verfluchte ich zum hundertsten Mal, aber es nützte nix. Er vermochte sich kaum zu rühren, so eng war es in der vermaledeiten Glaskugel. Es musste sich nur noch um Minuten handeln, die wir zu überstehen hatten, bis wir irgendwo auf der Albhöhe runtergehen konnten. Der Schramm erkannte ja schon die ersten Ortschaften aus der Luft. Gleichzeitig erwartete ich jeden Moment, dass die Kugeln aus der Kanone eines Amerikaners einschlugen. In einen Flügel, ins Heck, in den Rumpf, in die

Kanzel mitten durch uns alle hindurch. Aber wir gelangten unbeschadet zurück auf den Erdboden«, sagte der Richter, und die Erleichterung darüber schwang auch noch mehr als drei Jahrzehnte danach in seiner Stimme mit.

Es gelang ihm, das Flugzeug neben der Straße zwischen Hartenstein und Oberachtel, direkt beim Igelsee, kunstgerecht zu landen. Zumindest halbwegs, wie er einschränkend hinzufügte. Der feuchte und daher weiche Boden knickte das Fahrwerk ab, fing jedoch die Maschine sanft auf, die daraufhin bäuchlings bis zu einer schief ansteigenden Böschung rutschte, wo sie im niedrigen Gebüsch hängen blieb.

»Ich war so froh, dass ich den Acker hätte küssen können, wie der neue Papst*. Aber dafür war keine Zeit. In letzter Sekunde suchten wir Deckung im nächsten Wäldchen, ehe tatsächlich die Geschosse aus der Bordkanone einer P-38 Lightning das Flugzeug zerfetzten. Bei Einbruch der Dunkelheit wagten wir uns dann heraus, und es erwies sich als recht hilfreich, dass einer von uns die Gegend kannte. In Großmeinfeld tauschten wir unsere Uniformen, die wegen der robusten Stoffe ziemlich begehrt waren, gegen zivile Kleidung. Kurz vor Morgengrauen, gerade noch rechtzeitig, ehe amerikanische Bodentruppen die Gegend erreichten, schafften wir es zu Schramms Vaterhaus.«

Dass sie nicht nur ihr nacktes Leben gerettet hatten – zumal sie ordentlich mit blauen Arbeitshosen, karierten Hemden und Wolljacken ausstaffiert waren –, sondern auch einen Teil der Fracht, die ihre Ju 88* an Bord gehabt hatte, sehr wertvolle Fracht sogar, das verriet der Richter Georg nicht. Noch nicht.

Georg, der erst während des Krieges geboren worden war, fand diese Geschichte zwar interessant, weil er den Richter und die anderen schon so lange kannte und noch nie davon gehört hatte. Wirklich sensationell waren solcherlei Erzählungen für ihn jedoch nicht. Der Krieg war schon lange vorbei, und niemand sprach mehr gerne davon. Aber gewisse Spuren waren doch noch allgegenwärtig, und immer wieder stellten die Kinder Fragen, die sich nur beantworten ließen, indem man über einen Krieg berichtete, an dem Georg selbst gar nicht beteiligt gewesen war: Warum hat der alte Bäcker in Vorra nur ein Bein? Warum hat unser Postbote sogar gleich zwei Füße aus Holz und Leder? Warum steht der Schramm schon frühmorgens um halb sieben mit einer halb geleerten Flasche Bier vor dem Tor seines Schweinestalls und erzählt von den Häftlingen, die am Hersbrucker Bahnhof in endlosen Kolonnen an ihm vorbeigetrieben wurden? Stets im Morgengrauen sei das geschehen und in vollkommener Stille, nur das Schlurfen der vielen Hundert Füße und ab und zu das Klirren eines Hundegeschirrs habe man gehört, und der Schramm habe sich davor gefürchtet, dass ihn eine der schwer bewaffneten Wachen ansprechen würde, bis er die Eisenbahner-Berufsschule verließ und selber zu den Soldaten musste.

Jeder Krieg verwandelt sich, wenn man nur ausreichend Zeit verstreichen lässt, in eine Anekdote – das war Georg andeutungsweise klar. Die Nachkommen der Teilnehmer würden sich immer wieder dieselben Geschichten gegenseitig erzählen, bis diese – je nach Wahrheitsgehalt – zu Sagen oder Märchen eingedampft sein würden. Doch war es damals noch nicht so weit, selbst in der Grundschule unterrichtete ein Religionslehrer, der dem Jesuitenorden angehörte und im Dritten Reich in einem KZ gefoltert worden war. Für Georg war es nicht weiter von Belang, nur ein Vorfall in der Schule wie so viele andere, als Ferdinand zu Hause berichtete, dass Pfarrer Pfützberger einen Mitschüler geschimpft hatte, weil der nicht aufhörte, im Unterricht zu schwätzen. Der betroffene Schüler habe widersprochen, worauf Pfützberger in Raserei ausgebrochen sei, gebrüllt, einen hochroten Kopf bekommen und am Gipfel seines Wutanfalls sein Hemd hochgezogen und die Narben gezeigt habe, die quer über seinen Rücken liefen. Von Peitschenhieben sei das ein Andenken, habe er geschrien, und die Kinder sollten den Grundgütigen darum bitten, dass ihnen im eigenen Leben niemals so etwas geschehen möge. Dann, so grinste Ferdinand, sei es tatsächlich richtig still gewesen im Klassenzimmer, alle seien wie versteinert dagesessen und hätten gewartet, dass das Gewitter vorüberzöge. Für Almuth natürlich absolut inakzeptabel, eine pädagogische Kernschmelze. Aber sie verzichtete tunlichst darauf, mit dem Kollegen zu sprechen, denn damit hätte sie wiederum ihren Sohn als Petze gebrandmarkt, was sie ja auch wieder als kontraproduktiv für die schulische Laufbahn des Kindes erachtete.

***

Es ist bekannt, dass gemeinsam überstandene Lebensgefahr Menschen miteinander verbindet, ganz unabhängig von Herkunft oder sozialer Stellung. Vier der Insassen der Junkers blieben über Jahrzehnte hinweg in enger Beziehung. Sie trafen sich regelmäßig in Nürnberg, wo sich Rammelkammer, Eißenpacher und Winkler niederließen. Spaßeshalber gründeten sie den »Piloten-Club«, der exakt vier Mitglieder hatte. Winkler studierte in Erlangen, der Einser-Jurist Eißenpacher war dreißig Jahre als Richter in Fürth in Amt und Würden. Zurück in ihre ursprüngliche Heimat, so wie den Schramm, zog sie nichts mehr. Sie stammten aus den Gebieten, die nach dem Krieg unter russische oder polnische Herrschaft gerieten, Schlesien und Ostpreußen. Mit den Vertriebenenverbänden hatten sie dennoch nichts am Hut, ihre Familien waren allesamt zugrunde gegangen, und so begannen sie von null auf ein neues Leben in Franken. Hier lernten sie auch ihre Frauen kennen, genau genommen über den Rammelkammer, der sehr schnell eine Karriere im einschlägigen Milieu der Nachkriegszeit machte, als Schieber und Hehler, später als Autohändler und vermutlich auch als Zuhälter – wenngleich darüber gegenüber Außenstehenden taktvoll geschwiegen wurde. Rammelkammer kannte im zerbombten Nürnberg Gott und die Welt, er handelte mit Diplomen und Seidenstrümpfen, mit Zigarren und Ziegelsteinen, und stets hatte er die bestaussehenden jungen, bisweilen blutjungen Damen im Gefolge, aus denen dann Winkler seine Ehefrau rekrutierte. Nicht zu vergessen, dass infolge einer jener rätselhaften Verschlingungen des Schicksals eine gute Freundin Babette Winklers dem Großbauern Proppenstädter begegnete und sich in ihn verliebte. Monika Flechsner hieß die junge und lebenslustige Dame, die umstandslos ihre Sachen packte, um aufs Land zu ziehen und die Bäuerin auf dem Proppenstädter'schen Hof zu werden.

Georg kam die Schilderung seines eigenen Vaters in den Sinn, wie der Krieg für den Gründer der Bauunternehmung Degenhardt geendet hatte, der damals mit Anfang dreißig zu den vergleichsweise älteren Männern zählte und auf den zu Hause eine Frau und der vierjährige Sohn warteten. Die Einheit, in der er als Pionier diente, war im August 1944 bei der Offensive der sowjetischen Truppen in Bessarabien, dem Kessel, in dem eine komplette Armee unterging, über die Karpaten nach Ungarn entwischt und schließlich in der Slowakei stecken geblieben. Georg spielte bisweilen mit dem Gedanken, dass sein Vater und Almuths Vater sich vielleicht sogar begegnet waren, denn beide verschlug der Krieg zum Schluss nach Rumänien, für den einen freilich ohne glückliches Ende. Der Winter bremste zwar den Vormarsch der Russen, aber Vater Degenhardt, dessen sanftmütiges Wesen den ganzen Nationalsozialismus und den Krieg vehement verabscheute, hatte die Nase endgültig gestrichen voll und kündigte den Gehorsam auf. Das war bemerkenswert, denn als fränkischer Protestant hatte er ohne zu widersprechen seine Pflicht gegenüber dem »Vaterland« erfüllt, war fünf Jahre brav mitmarschiert, hatte grauenhafte Schlachten er- und überlebt und die Schrecken des russischen Winters obendrein – und das alles, ohne einen einzigen Kratzer abzukriegen.

Gemeinsam mit zwei Kameraden heckte Georgs Vater einen Plan aus, und als sie Ende Januar 1945 den passenden Zeitpunkt für gekommen hielten, setzten sie alles auf diese eine einzige Karte. Degenhardt war es, der unverändert in allen Ausführungen seiner Geschichte – die sich natürlich veränderte, je öfter er sie erzählte und je länger die Ereignisse zurücklagen – einen Marschbefehl fälschte, auf einer baufälligen Schreibmaschine in der stickigen Hütte eines Wachpostens an einem gottverlassenen Bahnhof irgendwo am tief verschneiten Ende der Welt. »Geheime Reichssache« sei über dem Dokument gestanden, und »Geheime Reichssache« hätten sie auch mit Kreide auf die Bretterwände der drei Güterwaggons geschrieben, die ein guter Stern an dem Eisenbahnknoten im Nichts hatte eintreffen lassen, am Vortag, gezogen von einer schwachbrüstigen Lokomotive, die jedoch einen erstaunlich wohlgefüllten Kohlentender mit sich schleppte. Der Lokomotivführer und sein Heizer, beide kriegsverpflichtet und ebenso -müde, ließen sich von ein paar liebevoll gemeinten Schlägen mit dem Gewehrkolben überzeugen, dass sie etwas sehr Wichtiges sehr schnell zurück nach Deutschland transportieren mussten. Sie kamen durch Wien und Prag und Dresden. Durch letztere Stadt nur wenige Stunden, ehe sie ein verheerender Luftangriff fast komplett dem Erdboden gleichmachte. Da sie meistens nachts fuhren, wegen der ständigen Gefahr von Tieffliegerangriffen, sahen sie noch in der nächsten Nacht den Widerschein der Brände langsam hinter sich in der Ferne verschwinden. Schließlich seien auf einem Bahndamm irgendwo zwischen Bremen und Hannover britische Panzer aufgekreuzt, die kleine Gruppe habe ihren Zug angehalten und sich mit rußfleckigen weißen Fahnen den Engländern ergeben. Nach vergleichsweise kurzer Gefangenschaft war Vater Degenhardt im August wieder heil zu Hause eingetroffen. Das bemerkenswerteste Detail jedoch, mit dem der Alte stets seinen Bericht schloss, war der Inhalt der gekaperten Güterwaggons. Recht verdutzt hätten die »Tommies« aus der Wäsche geschaut, als sie die Türen öffneten und ihnen ein gewaltiger Vorrat Klopapierrollen buchstäblich in die Hände fiel. Ob er und seine Gefährten damit zum schnelleren Ende des Krieges beitrugen, könne er nicht entscheiden, aber seitdem müsse er jeden Tag, wenn er sein »großes Geschäft« verrichte, daran denken, wie für ihn der Krieg geendet hatte ...

***

»Wie?«, fragte Almuth dann nachts, als sie in der Küche saßen und Georg Bericht erstattete. »Und der Schramm war wirklich auch dabei?« Sie schüttelte verwundert den Kopf.

Es fiel ihr schwer, das zu glauben. Georg saß beinahe bis Mitternacht neben ihr am Esstisch und erzählte, was er vom Richter Eißenpacher erfahren hatte, während die Söhne in ihren Zimmern im ersten Stock friedlich schliefen. »Der alte Schramm? Der vom Fendt herunter den Hitlergruß macht? Der im Nebel vor Sonnenaufgang sturzbetrunken vorm Saustall steht und den Kindern, die auf dem Weg zur Schule sind, mit seinen Gräuelgeschichten von KZ-Häftlingen und SS-Leuten Angst einjagt?«

»Genau der. Und dann meinte der Richter noch wegen der Mumie, dass die Polizei davon ausgeht, dass es ein Junkie war. Aber, sagte er, freilich ganz im Vertrauen, inoffiziell ...«

Über die Erkundigung des Richters nach etwaigen Beifunden, die noch ihrer Veröffentlichung harrten, verlor Georg wohlweislich kein Wort.

»Drogen? Der Richter meint, da seien Drogen im Spiel?«

»Anscheinend«, sagte Georg. »Aber offenbar ganz andere Drogen, als wir so kennen.«

»Welche Drogen kennst du denn? Ich zumindest kenne keine. Ich müsste den großen Steigner fragen, wie das Zeug überhaupt heißt, das er am Wochenende in der Disco schluckt.«

Dem ältesten Sohn der Steigners, Ralf, der demnächst achtzehn Jahre alt werden würde, hing nämlich ein gewissermaßen nicht vollkommen makelloser Ruf an. Tatsächlich nutzte er die Freiheit, die ein Moped einem jungen Kerl vom Land wie ihm verlieh, und verbrachte ganze Nächte in Steinensittenbach in der dortigen berühmt-berüchtigten Landdisco im Gasthaus *Zur Post*.

»Aber doch nicht in Steinensittenbach!«, widersprach Georg. »Das kann ich mir nicht vorstellen. Dort werden sie saufen und tanzen, genauso wie früher, und bei den

Mädels klappern die Ersatzteile für die Odelpumpe in der Schürze.«

Er versuchte dem Gespräch die Ernsthaftigkeit zu nehmen, doch sein Scherz verfing nicht bei Almuth, deren Mutterinstinkt natürlich schon längst die Gefahr anzeigte, die von Drogen und Landdiscos ihren eigenen Söhnen in nicht allzu langer Zeit drohen würde.

»Da habe ich schon andere Sachen gehört!«, beharrte sie. »Und der große Steigner hat es faustdick hinter den Ohren!«

In der Tat hatte es Ralf zu einer gewissen Berühmtheit gebracht, indem er sich am Ende des letzten Schuljahres den Kopf hatte kahl rasieren lassen. Er gewann so eine Wette, die ihm dreihundert Mark einbrachte. Seine Mutter fiel beinahe in Ohnmacht, als er am Morgen in der Küche erschien. Weit mehr als eine Möglichkeit, die Eltern zu schockieren, war die Glatze aber ein Zeichen an die Gleichaltrigen, bedeutete sie doch die rabiate Abkehr von der Langhaarigkeit, die sich im Laufe der Siebzigerjahre auch im Pegnitztal von der Gammlerikone zum Standard gemausert hatte. Doch waren Degenhardts viel zu unbedarft, um zu erkennen, dass sich in der Jugendkultur ein Wandel abzeichnete, in den auch Ferdinand in den nächsten Jahren hineinwachsen würde. Die Hippies hatten angefangen, Abschied zu nehmen, langhaarige Rocker waren ein Auslaufmodell, das dem aufkommenden Punk Platz machen würde. Ralf Steigner war der Erste in seiner Klasse und zugleich im gesamten oberen Pegnitztal, der eine Platte der Sex Pistols besaß, die sich im Vorjahr bereits schon wieder aufgelöst hatten.

Alles erzählte Georg seiner Frau nicht. Zum Beispiel, dass der Richter ihn, als er schon im Flur stand und sich verabschiedet hatte, fragte, wie er, Georg, den Rammelkammer einschätze.

»Wie meinen Sie das?«, wunderte sich Georg, der nicht recht wusste, was der Eißenpacher von ihm erwartete.

»So, wie ich es sage«, antwortete der Richter und gab sich dabei so streng und offiziell, als wäre Georg ein wichtiger Zeuge, der verhört wurde.

»Ich kann dazu nichts sagen, was über die Gerüchte, die es gibt, hinausgeht. Ich kenne ihn kaum.«

»Ich kenne ihn gut, Georg, und in letzter Zeit mache ich mir ernsthafte Sorgen um ihn.«

Für Georg war eine solche Äußerung nichts anderes als eine Form des üblichen Geredes, das die Leute absondern, sobald einer ihnen den Rücken zukehrt. Dieses leiselaute Geraune, ausnahmslos Nichtigkeiten, stets in böser Absicht und voller Verachtung weitergegeben, auf dass sie sich vermehrten und Blüten trieben. Es war der Tratsch, der aus den Leuten quoll, unaufhaltsam, unaufhörlich und unablässig, den Männern im Wirtshaus, den Frauen beim Wörner. Der den Leuten ums Maul hing wie den Kühen der Geifer. Am Telefon, während der Zugfahrt, beim Tanken, im Kramladen, in den Ställen, Küchen und Schlafzimmern. Endloser Tratsch, der aus den Mündern floss wie Bauschaum aus der Druckflasche, der noch in die hinterste Ecke der Stille vordrang, zwischen die Ritzen, die Spalten und hinter die Sparren, bis auch noch der letzte Winkel Ruhe erfüllt war mit sinnentleertem Gerede.

Das Schlimme war jedoch, dass der Tratsch, wenn er nur lange und oft genug wiederholt wurde, begann, sich ins echte Leben einzumischen, die Gedanken der Menschen auf Dinge zu richten, auf die sie sich nicht richten sollten, und Entscheidungen zu zeitigen, die jeglicher Grundlage entbehrten.

Kapitel 8

Ringkämpfe

Wie vielen anderen Kunden vom Wörner waren auch Almuth die Gerüchte zu Ohren gekommen, in der *Grauen Gans* würden Nürnberger Prostituierte in den Sommermonaten als Bedienungen arbeiten und wohnen, um vorübergehend der Rotlichtszene in der Großstadt zu entkommen und den Zuhältern, die ihnen das Leben zur Hölle machten. Es war dabei freilich unvermeidbar, dass es bisweilen ganz anders lief als von den Damen geplant und der Drogenstrich mitsamt den Dealern und Luden eine kleine Landpartie unternahm.

Eine etwas andere Art von Erholungsheim war die *Graue Gans* also. Der üblen Nachrede waren keine Grenzen gesetzt, und in der Folge wurde dem einen oder anderen Ehemann nachgesagt, aus ganz bestimmten Gründen nach Eschenbach zu fahren, die nicht ausschließlich mit Bier und Schafkopf zu tun hatten.

Darüber hinaus waren gegen Ende der Siebzigerjahre immer häufiger seltsame Herren aufgetaucht, in auffallend sauberen Lederjacken, mit ordentlichen Frisuren und in so unauffälligen Autos, auf denen keinerlei Aufkleber oder Schmutzflecken zu sehen waren, dass man munkelte, diese verdeckten Ermittler suchten nach Unterstützern der RAF, die sich ebenfalls in der vermeintlichen Abgeschiedenheit auf dem Land verkrochen hatten.

Die große Welt rückte dem Dorf immer näher auf den Pelz, mit Verbrechen und Terrorismus, und bei der Europawahl im Juni* wurden in der Artelshöfer Wahlurne prompt die ersten beiden Stimmen für die Grünen entdeckt. In gewissen Kreisen hatte das zu hartnäckigem Rätselraten geführt. Der noch sehr junge evangelische Pfarrer, der sich mit unzweifelhaft modernistischen Ansichten verdächtig gemacht hatte, stritt allerdings seine Täterschaft vehement ab. Die Eheleute Degenhardt hielten sich aus solchen Diskussionen wohlweislich heraus – dafür war es schließlich auch da, das Wahlgeheimnis.

***

In Almuth begann nach dem nächtlichen Gespräch mit Georg ein seltsamer Plan zu reifen. Sie hätte selbst nicht genau sagen können, wieso sie dies für ratsam hielt, aber sie drängte Georg in den folgenden Wochen immer wieder, doch einmal nach Eschenbach zu fahren und sich dort umzusehen. Denn dass die tote Frau auf dem Düsselbacher Friedhof und die Mumie in irgendeiner Verbindung standen, davon war Almuth überzeugt, obschon die einzige Tatsache, die darauf hindeutete, die – aus dem Abstand von sieben Jahren besehen – aller Vermutung nach erstaunliche Gleichzeitigkeit der Bestattungen war. Und wenn zudem womöglich Drogen im Spiel waren, so fand sie, dann war es doch nicht ausgeschlossen, dass in der *Grauen Gans* ein Mörder herumsaß. Almuth blieb dabei und hielt ihren Gedankengang für absolut logisch und zwingend, während für Georg die Funde – was auch immer sich noch herausstellen mochte – keine Verbindung mit der Gemeinde und ihren Einwohnern haben durften. Er widersprach daher vehement und behauptete, mit Almuth ginge die Phantasie durch.

Vielleicht trug noch ein anderes Vorkommnis dazu bei, dass sich Almuth intensiv über das Rätsel der beiden Toten Gedanken machte. Als Georg ein paar Tage vor dem Besuch beim Richter abends nach Hause kam, spürte er sofort, dass Almuth mit ihm ein ernstes Wort zu sprechen hatte. Zwölf Jahre Ehe hatten ihre Spuren hinterlassen.

Sie war in der Küche beschäftigt gewesen, da hörte sie von oben Christians Geschrei. Als sie sein Zimmer betrat, hatte ihn Ferdinand fest in den Schwitzkasten genommen und schrie, er solle »ihn« herausrücken. Der Kleine konterte, »der« gehöre ihm, und er werde »ihn« niemals wieder hergeben. Almuth ging dazwischen, aber sie musste eine Weile mit allen beiden einen Ringkampf austragen, bis Ferdinand endlich den Würgegriff um den Hals seines Bruders locker ließ und sich vor Wut aufheulend aufs Bett warf.

»Von mir hat er das nicht«, warf Georg an dieser Stelle des Berichts ein, denn er selbst glaubte, vollkommen unempfänglich gegen die Todsünde der Habgier zu sein. Almuth strafte ihn sofort mit einem giftigen Blick: »Das sieht deine Mutter sicherlich anders.«

»Meine Mutter neigt dazu, sich so an die Dinge zu erinnern, wie es ihr gerade in den Kram passt!«

Almuth atmete tief durch. Normalerweise hätte sie nicht klein beigegeben, aber hier ging es um etwas Ernstes, etwas sehr Ernstes. Sie griff in die Tasche ihres Jeanshosenrocks und hielt den Ring, den sie nach einem anstrengenden Zweikampf Christian entwunden hatte, ihrem Mann unter die Nase. Der Kleine hatte wie ein Irrsinniger die Faust zusammengeballt, und Almuth musste ihm die Finger unter ständiger Angst, ihrem eigenen Kind einen Knochen zu brechen, einzeln aufbiegen.

»Das ist doch ...«, stotterte Georg.

»Erkennst du ihn? Weißt du, woher der stammt? Wo hat ihn unser Sohn geklaut?«

»Auf keinen Fall geklaut ...«

Georg stockte. Almuth ließ ihm etwas Zeit, damit er seine Gedanken ordnen konnte. Immerhin war sie eine studierte Pädagogin, gestählt durch die tägliche Auseinandersetzung mit begriffsstutzigen, verstockten, verlogenen und hinterlistigen Dickköpfen.

»Die Mumie ...«, murmelte Georg und starrte auf den auffälligen Hippiering, den er unmöglich verwechseln konnte. Eine atavistische Furcht hielt ihn davon ab, das Schmuckstück zu berühren.

»Wie kommt dieser Ring in unser Haus?«, fragte sie streng, als ob sie einen der Bauernbuben dabei ertappt hätte, wie er sein angebissenes Leberwurstbrot zwischen zwei Seiten in der Lesefibel versteckte.

»Was sagt Ferdinand dazu?«

»Dass er und seine Steigner-Freunde ihn im Wald gefunden hätten, auf dem Weg nach Enzendorf.«

Georg versuchte, seine Bestürzung vor Almuth zu verbergen. Denn was sie nicht wusste, war, dass der Tote hinter der Stützmauer den gleichen Ring am Finger getragen hatte. Georg war sich sicher, dass er sich nicht täuschte. Ja, er erinnerte sich genau, wie das Ding an einem der ausgestreckten Lederfinger geblinkt hatte. Die Polizei würde es inzwischen natürlich gründlich untersucht haben. Und nicht nur den Ring: Wie es sich für eine richtige Mumie gehörte, hatte sie unübersehbar eine Vielzahl an Schmuckstücken bei sich gehabt. Kupferne Armbänder, silberne Kettchen um den ledrigen Nacken, an denen Schlangen, Totenköpfe und Runen baumelten. Eiwei hatte sogar behauptet, einen goldenen Ohrring erkannt zu haben, was ihn an einen alten Kapitän erinnert habe, mit dem er einst eine wilde Nacht in Kiel verbracht hatte, aber »will ich eiwei dir gar nich mehr verzählen, weil is nich jugendfrei, eiwei«.

Almuth brauchte nicht lange nachzudenken. »Du musst den Ring schleunigst bei der Polizei abgeben!«, forderte sie.

»Aber weshalb?«, versuchte er die Sache herunterzuspielen. »Du behältst doch auch alle möglichen Trümmer, die du findest, und schleppst nicht alles sofort zur Polizei.«

»Das ist doch etwas völlig anderes. Es geht hier um ein Schmuckstück, das womöglich wertvoll ist. Aus echtem Silber, mit Stempel. Sieh selbst!«

Georg spürte einen eiskalten Klumpen, der sich allmählich in seinem Magen zusammenballte. Der Ring, der gerade vor ihm lag, sah dem anderen zum Verwechseln ähnlich. Es gab keinen Zweifel: Entweder war sein Sohn irgendwie in den Besitz des Ringes gekommen, den die Mumie getragen hatte – was sich Georg beim besten Willen nicht vorstellen konnte –, oder es waren zwei absolut gleiche Ringe im Spiel. Wobei nahelag, dass die Person, der einer abhandengekommen war, irgendwie in Verbindung mit dem toten Junkie stand oder gestanden hatte. Einer der Steigner-Buben schien auch in die Sache verwickelt zu sein, und so fiel sein Verdacht natürlich sofort auf Stefan, der in Düsselbach dabei gewesen war, als sie die Frau mit den Stöckelschuhen gefunden hatten.

Georg dämmerte, dass das, womit die Kinder arglos gespielt hatten, womöglich ein wichtiges Beweisstück war. Und der entscheidende Hinweis, dass es einen engen Zusammenhang zwischen den beiden Toten gab – worüber bisher nur vage spekuliert wurde. Ein solches Beweisstück zu entwenden wäre strafbar. Zumal er die Aufsichtspflicht über die Schüler hatte, die für ihn arbeiteten, und somit einen Teil der Verantwortung trug. Außerdem wollte Georg Ferdinand unter keinen Umständen in die Sache verwickeln. Er entschied sich daher, auf Zeit zu spielen.

»Es gibt mit Sicherheit eine harmlose Erklärung dafür, dass der Ring im Wald gelegen hat«, sagte er, obwohl Almuth nie etwas Gegenteiliges behauptet hatte. »Sobald sich die Gelegenheit ergibt, bringe ich das Ding zur Polizei.« Die Diskussion war für ihn damit beendet. Almuth schien einverstanden, doch weckte Georgs Reaktion ihr Misstrauen. Sie spürte, dass es da etwas gab, das ihr Gatte vor ihr verbarg, und das hatte mit Sicherheit mit der Mumie zu tun. Indem sie vorerst schwieg, um den Hausfrieden nicht zu gefährden, hörte sie gleichwohl nicht auf, die Vorkommnisse immer wieder in Gedanken hin und her zu wälzen.

Nachdem die Kripo gekommen war, sich das Loch in der Stützwand zuerst gründlich angeguckt und schließlich die Mumie abtransportiert hatte, hörte man einige Wochen lang nicht mehr das Geringste von der Staatsmacht. Georg saß beim Richter an der einzigen Quelle, aus der überhaupt und nur gelegentlich ein spärliches Tröpfchen Information sickerte.

Die kargen Erkenntnisse der Ermittler wurden in einer kurzen Notiz in der *Hersbrucker Zeitung* veröffentlicht. Demnach handelte es sich um einen Mann im Alter zwischen achtundzwanzig und fünfunddreißig Jahren, dem zusätzlich zum Messer im Rücken die Nadel einer Einwegspritze im Unterarm steckte, was ein Indiz für den Konsum eines Betäubungsmittels unmittelbar vor Eintritt des Todes sein konnte. Ab dann herrschte in der Presse Funkstille. Kein Wort von einem Ring, wie Georg erleichtert feststellte.

Der Erkennungsdienst machte seinem Namen keine Ehre. Man hatte in den verstaubten und vergilbten Akten gestöbert und festgestellt, dass es im Sommer 1972 alleine in Nürnberg fünf Ermittlungsverfahren wegen vermisster männlicher Personen gegeben hatte: zwei amtlich registrierte Drogensüchtige, ein Kleinkrimineller (Diebstahl, Betrug), ein Hehler und ein kleiner Nebenerwerbszuhälter. Natürlich dachte man an die Möglichkeit, dass Letztgenannter derjenige gewesen sein könnte, der die ermordete Thüringer betreut hatte. Jedoch gab es keinerlei Indiz für eine Verbindung, denn – ein Ausdruck, der Georg sehr gut gefiel – alle Spuren verliefen im Sande.

***

Am folgenden Wochenende wurden die Winklers aus dem Urlaub zurückerwartet. Thailand oder Ägypten, »für einen Tauch-Quatsch«, wie es Georg nannte, der unfähig war zu verstehen, wie man sich allen Ernstes freiwillig unter Wasser begeben konnte, erst recht nicht stundenlang und metertief. Autos weckten da viel eher seinc Begeisterung. In anderer Hinsicht freilich als der Rammelkammer. Nicht schick mussten sie sein, sondern robust; nicht sportlich, sondern belastbar. Ihn reizten nicht die Kurven einer Küstenstraße am Lago di Garda, sondern die Feld- und Waldwege zum Sieglitzberg hoch und auf der Hochfläche zwischen Treuf und Stöppach.

Am Samstagnachmittag brach die Familie Degenhardt nach Hersbruck auf, die monatliche Einkaufstour im SUMA-Markt nebst Zwischenstopp beim Alteisenhändler stand an, ehe der Ausflug wie stets im Besuch der *Pizzeria Carlucci* in der Amberger Straße gipfelte. Die Degenhardts bestellten dort immer je das Gleiche – seit Jahren schon. Der Wirt wusste, was er zu bringen hatte, wenn sie das Lokal betraten. »Einmal wie immer?«, fragte er, der zunächst Almuth, danach Georg mit Handschlag begrüßte. »Ah! Der Große – musse viel lerne, viel esse Pizza!«, wandte er sich an Ferdinand, der seit einem Jahr das nebenan gelegene Gymnasium besuchte.

Zuvor hatten sie beim Alteisenhändler, gleich unterhalb der Bahnbrücke zum Krankenhausberg, den Metallschrott, der in den letzten vier Wochen angefallen war, abgeliefert. In der Früh hatte es hinterhältig kalt genieselt, doch kurz vor Tagesschluss bequemte sich der Himmel nun aufzuklaren. Ferdinand und Christian halfen begeistert mit, die Gusseisenrahmen der Brennkammer einer alten Ölheizung auszuladen und von einem hölzernen Treppchen aus auf den großen Haufen Blechschrott krachen zu lassen. Selbstverständlich leistete Georg den größten Beitrag, rein gewichtsmäßig gesehen, am stolzesten war jedoch Almuth, die in einer Jutetasche die gesammelten Aluminiumabfälle der Familie mitgebracht hatte. Georg sah seinen Buben zu, wie sie den Hof der Alteisenhandlung nach Schrottteilen absuchten. Ferdinand sammelte eine Handvoll Ringe auf, Verschnittstücke von Kupferrohren, die neben dem Container gelandet waren. Christian folgte ihm auf den Fersen, in der Hand ein wie eine Apfelschale geringeltes Stahlblech wedelnd, und kreischte: »Mordor! Böser Mordor, ich werde dich besiegen!«

Warum, überlegte Georg, sollten die Kinder den Ring denn nicht im Wald gefunden haben? Es geschahen die unglaublichsten Zufälle. Klar, die Steigner-Jungs waren allesamt Schlitzohren wie im Bilderbuch, aber gab es umgekehrt auch nur einen zwingenden Grund *für* die Annahme, dass die Stöckelschuhfrau den gleichen Ring wie die Mumie getragen hatte? Reine Spekulation, samt und sonders. Hingegen sicher war sich Georg inzwischen, dass es nicht derselbe Ring war, den die Mumie getragen hatte. Wie hätte ein Kind unbemerkt von vier Polizisten und zwei Dutzend

Gaffern an die ledrige Hand des vertrockneten Kadavers gelangen sollen? Umso mehr, als sich Georg nicht daran erinnern konnte, einen der Buben bei der Bergung der Mumie gesehen zu haben. Nein, beschloss er das stumme Gespräch mit sich selbst, es musste eine einfachere und vor allem unverfängliche Erklärung dafür geben, dass das vermaledeite Stück nun in Georgs abgeschlossener Schreibtischschublade lag.

Bei *Carlucci* stand eine prähistorische Jukebox, seit Jahren mit denselben Singles bestückt. Hot Chocolate, Baccara und – das Wichtigste! – Boney M. Noch bevor die Getränke auf dem Tisch standen, drückte Almuth den Jungs je fünf Zehnpfennigstücke in die Hand und gab ihre Bestellung auf. Christian und Ferdinand ließen sich das nicht zweimal sagen und warfen eine Münze nach der anderen ein, wählten mit langjähriger Routine die richtigen Lieder, bis irgendwann der Kellner an den Tisch kam und darum bat, nicht zuletzt aus Rücksicht auf das Personal, davon abzusehen, ein fünfzehntes Mal *Rivers of Babylon* laufen zu lassen.

Schon beim Eintreten waren die Degenhardts lautstark von Martin Habermann begrüßt worden, der mit der ganzen Familie am großen Tisch vor dem Schaufenster zur Amberger Straße tafelte. Habermann war Leiter der Bankfiliale in Vorra. Man witzelte, dass Habermann praktisch jedes zweite Haus in der Gemeinde betreten konnte, wann immer es ihm gefiel, da so viele Hausherren Hypotheken bei der Bank hatten. Er kam ohne Umschweife zur Sache: »Na, Georg? Unter uns – wenn du noch einmal ein antikes Stück ausgräbst, dann richtet die Gemeinde ein archäologisches Museum ein. Die Finanzierung steht!«

Jetzt geht das auch schon hier los, dachte Georg, dass die Leute ihre saudummen Witze reißen. Er lächelte sein freundlichstes Lächeln und sagte zu Habermann, jede einzelne Silbe betonend, dass dies eine aus-ge-zeich-ne-te Idee sei und er na-tür-lich sein Bestes geben werde. Er war froh, als ihn Christian an der Hand packte und fortzog, da Almuth Kleingeld brauchte.

Später, auf dem Heimweg von Hersbruck, hielt Georg an der Tankstelle Heinrich Mehl am Ortseingang von Vorra. Die Tankstelle hatte offiziell schon geschlossen, aber da man sich kannte, kam Frau Mehl auch schon mal spät in der Nacht herunter und füllte höchstpersönlich die Tanks der Einheimischen. Ihr Mann war gelernter Automechaniker, dem der Ruf anhaftete, auch mit nichts anderem als plattgeklopften Weißblechdosen und Klingeldraht jedes Fahrzeug wieder fahrbereit kriegen zu können. Herr Mehl verstand sich demzufolge blendend mit dem Rammelkammer, der ein guter Kunde war, weil er seine extravaganten Karren schneller wechselte als manch ein alteingesessener Landwirt seine Unterhosen. Frau Mehl wiederum stand mit Almuth auf gutem Fuß, da sie neben ihrer Beschäftigung als Tankwartin auch den kleinen VW-Bus steuerte, mit dem früh die Kinder aus den kleineren Dörfern zur neu errichteten Grundschule in Vorra kutschiert wurden. Sie kümmerte sich um die verlorenen Turnbeutel, überbrachte gelegentlich Büchergeld und meldete zuverlässig, wenn ein Kind wegen Krankheit oder einer Hausschlachtung nicht zum Unterricht erscheinen konnte.

Georg sagte, Almuth und die Kinder sollten sitzen bleiben, es dauere nur kurz, und stieg aus. Almuth winkte Frau Mehl freundlich zu, kurbelte aber das Fenster nicht herunter, damit die Benzindämpfe draußen blieben, die sie verabscheute. Georg folgte Frau Mehl in den hell erleuchteten Verkaufsraum, der nicht mehr als ein Kabuff war, das unter einem Vordach ans Erdgeschoss anschloss. Als er nach draußen trat, stand der grasgrüne Ford Taunus der Winklers, der mit Sicherheit dem Rammelkammer'schen Fuhrpark entstammte, an der anderen Zapfsäule.

»Georg!«, rief der Winkler. »Gut, dass ich dich erwische.«

»Alfred, Servus. Was gibt's?«

Winkler folgte Georgs Blick zum Auto der Degenhardts und winkte Almuth zu, die sie beobachtete. Georg bemerkte sofort dreierlei: wie braun gebrannt Winkler war, wie aufgeregt er mit den Händen fuchtelte, und dass er keine Anstalten machte zu tanken. Er hatte offensichtlich nur vor der Mehlschen Werkstatt angehalten, um mit Georg zu sprechen.

»Wir sind erst heute Nachmittag zurückgekommen ...«

»Wie war der Urlaub?«, unterbrach ihn Georg, der an seine wartende Familie dachte.

»Schön, wunderschön. Erzähle ich ein andermal. Was ich dich aber unbedingt fragen wollte: Der Rammelkammer meinte, du hättest schon wieder eine Leiche ausgegraben, während wir weg waren. Er hat mir vor nicht ganz einer Stunde davon berichtet, als wir das Auto abholten.«

»Der Rammelkammer? Aber dann weißt du ja Bescheid. Wir können morgen noch mal reden, ich muss echt weiter.«

Georg wies mit einer Neigung des Kopfes auf Almuth und seine Jungs, die sicherlich schon ungeduldig zappelten.

Winkler sah unschlüssig drein, da pochte neben ihnen Frau Winkler, die ebenfalls im Wagen sitzen geblieben war, von innen an die Scheibe. Georg bemerkte sie erst jetzt und hob grüßend die Hand.

»Na gut ...«, sagte der Zahnarzt zögerlich, »aber morgen ganz bestimmt, ja? Beim Frühschoppen.«

Georg sagte zu, ganz bestimmt, er würde ausführlich berichten, auch wenn er eigentlich nichts zu berichten habe. Er winkte noch einmal zum Abschied, die Frau des Zahnarztes winkte zurück, und Georg fielen zum ersten Mal die Ringe auf, die sie trug; an fast jedem Finger funkelte etwas im Licht der Bogenlampe, die unter dem blau-weiß gestrichenen Betondach hing.

»Was wollte er von dir?«, fragte Almuth, nachdem sich Georg wieder hinter dem Steuer niedergelassen hatte.

»Nichts Besonderes«, wehrte er ab, da die Kinder hinten auf der Rückbank saßen.

Almuth begriff und schwieg. Sie würden später darüber reden. Doch zu Hause angelangt, bekam sie Kopfschmerzen. »Zu viel Boney M.«, vermutete Ferdinand, der sich dafür eine ordentliche Standpauke anhören musste und ins Bett geschickt wurde.

***

Alfred Winkler saß schon am Tisch, als am Sonntagmorgen Bernd Rammelkammer und Georg Degenhardt in der *Juraschanze* eintrafen, um eine Partie Schafkopf zu spielen. Der vierte Mann in der Runde war Martin Zepfer, ein gebürtiger Schweizer, der fürchterlich schlechte Augen hatte, ein Leiden, das es sozusagen aus medizinischen Gründen erforderlich machte, große Mengen Bier zu sich zu nehmen. Quasi halb blind war Zepfer, und seine Brille hatte so dicke Gläser, dass kein Mensch erkennen konnte, welche Farbe seine Augen hatten. Zepfer hatte es vor vielen Jahren aus nicht mehr nachvollziehbaren Gründen nach Hartenstein verschlagen, wo er als Maschinenschlosser arbeitete. Auf dem Tisch stand ein Aschenbecher, in dem Winkler und

Zepfer abwechselnd ihre Zigaretten ausdrückten. In der Wirtsstube herrschte bereits um elf Uhr früh dicke Luft, die meisten Kartenspieler rauchten Kette, was seinerzeit niemandem seltsam vorkam.

Erst vor ein paar Tagen hatten die Degenhardts im Fernsehen einen Bericht über die Opfer des Contergan-Skandals gesehen. Man hatte gezeigt, wie eine Frau nur mithilfe ihrer Zehen eine Zigarette rollte, was Almuth, die Pädagogin, faszinierte: »Mein Gott! Was ein Mensch alles lernen kann!«

Georgs Urteil über die Reportage war dahingegen weniger überschwänglich: »Warum Behinderte aber auch noch ständig qualmen müssen, leuchtet mir ums Verrecken nicht ein.«

Wenn er vom Frühschoppen zurück nach Hause kam, hielt ihn Almuth an, sich im Windfang hinter der Haustür bis auf die Unterhose zu entkleiden und die verräucherten Klamotten nach draußen zum Lüften zu hängen. Die beiden Kinder kannten es nicht anders, als dass ihr Vater sonntags praktisch nackt zum Essen erschien, was viele weitaus merkwürdiger gefunden hätten, als wenn Georg am Mittagstisch eine Zigarre geraucht hätte.

Zepfer zündete sich die nächste Stuyvesant an und begann bedächtig, im breiten Tonfall seines Heimatlandes, von dem Steinschlag zu erzählen und dem Loch in der Stützmauer, aus dem die Mumie hervorgezogen worden war. Denn schnell war klar geworden, dass der Zahnarzt erst dann in der Lage sein würde, ein brauchbares Spiel abzuliefern, wenn seine Neugierde befriedigt wäre. Die Nachricht von der Mumie hatte ihn in große Aufregung versetzt, fast so, als hätte man wirklich den Kadaver eines ägyptischen Pharaos geborgen.

»Und? Sag an. Wie sah er aus?«, bohrte Winkler.

»Wer?«, fragte Zepfer.

»Na, der Tote!«

»Was soll ich sagen?« Zepfer zuckte mit den Achseln. »Ich hätt auf Anhieb nicht einmal sagen können, ob's ein Männlein oder Weiblein ist. Schwarz war er, eine Lederjacke mit Fransen muss er getragen haben, die hingen aus dem Loch, als er nach vorne kippte, und Haare wie Stroh hatte er auf seinem Kopf.«

»Ja? Was noch?«, drängte Winkler gierig vorwärts.

»Nichts ›was noch‹. Der Demleitner rief die Polizei. Das war kein Fall für die Feuerwehr, obwohl die Mumie schon recht verkohlt aussah. Dann lief es ab wie in Düsselbach. Lauter Polizisten, ein Zinksarg, Fotograf, Absperrband. Das ist alles, da beißt die Maus keinen Faden ab.«

Winkler ließ nicht erkennen, ob sein Wissensdurst nun gestillt war oder nicht, aber sein Spiel erwies sich nach der vierwöchigen Pause noch als halbwegs brauchbar, sodass der verbleibende Vormittag mit Karteln und Bier verlief wie schon zahllose Vormittage zuvor. Es schien, als könnte nun wieder Normalität einkehren in der *Juraschanze* und im ganzen Rest der Gemeinde.

Aber dann gab es, ehe der Herbst sich neigte und der Winter als Vorboten seine ersten Nachtfröste schickte, doch noch zwei Vorfälle, die erwähnenswert sind.

Kapitel 9

Keith Richards

Der erste Vorfall brachte Georg in arge Bedrängnis, als er nämlich ganz unversehens mit der Winklerin zusammengeriet, obwohl er im Prinzip keinen anderen Auftrag hatte, als im Keller der Winklers ein Loch zu flicken, das der Heizungsbauer geschlagen hatte. Das Winkler'sche Anwesen lag drei Häuser weiter von den Demleitners an der Wirtsleite, auf der anderen Seite vom neu errichteten Feuerwehrhaus. Das größte Haus im Dorf war das, erst vor zehn Jahren errichtet, standesgemäß mit eigenem Swimmingpool und Sauna im Erdgeschoss, das rückseitig zur Hälfte in den Berghang hineinragte.

Babette Winkler war im Grunde für die Rolle der Arztgattin geboren. Sie war das, was man als »gut aussehend« bezeichnet. Mit ihren feingliedrigen Händen, ihren kupferroten Haaren und ihren leuchtenden grünen Augen stach sie aus der Menge der Weiber heraus wie ein afghanischer Rassehund aus einer Meute Straßenköter. Sie bewahrte sich über ihr vierzigstes Lebensjahr hinaus eine schmale Taille und eine respektable Oberweite, die der Schwerkraft spielend zu trotzen schien. Das sei natürlich keine Kunst, wenn man kein einziges Kind zur Welt bringen müsse, von dreien oder vieren ganz zu schweigen, mokierten sich die anderen Frauen, wobei sie Babette insgeheim um ihr offenkundig erstklassiges Erbgut beneideten. Frau Winkler war vielleicht fünf Jahre jünger als ihr Mann, sah aber aus wie fünfunddreißig und litt unter keinem Mangel an Selbstbewusstsein.

Was man ihr in jedem Fall zugutehielt, war, dass sie sich, wie jede andere anständige Landfrau, jahrelang um ihren kranken Vater gekümmert hatte, der vergleichsweise früh ein Pflegefall geworden war. Herr Dengelmann, der Schwiegervater des Zahnarztes, der bis zum Schluss bei den Winklers wohnte, war nach den Maßstäben des Dorfes so etwas wie ein Rock 'n' Roll-Star gewesen. Denn kaum dass er die siebzig überschritten hatte, bekam er im Abstand von nur wenigen Jahren hintereinander zwei extrem seltene Krankheiten.

Im Dorf kannte jedermann alle Einzelheiten, denn eine Zeit lang war es das einzige Thema, über das man mit Babette Winkler sprechen konnte. Und selbst drei oder vier Jahre nach dem Tod ihres Vaters konnte sie noch stundenlang lamentieren. »Was hab ich mitgemacht! Jahrelang ging das, und als er die Nervensache überstanden hatte, kam diese Muskelsache, die sich nochmals endlos hinzog, bis er endlich alles hinter sich hatte. Die Doktoren waren ja immer hellauf begeistert, wenn sie ihn untersuchten, und es waren wirklich viele Doktoren. Keiner hatte jemals diese Geschwüre gesehen, nur im Lehrbuch, an der Universität.«

Man bot dem alten Mann, selbst dann noch, als er schon sehr hinfällig geworden war, große Summen dafür, dass er sich auf Konferenzen dem Publikum vorführen ließ. Eine Krankenschwester begleitete ihn, zumal er kaum noch laufen oder sich selbstständig ausziehen konnte, doch Herrn Dengelmann gefiel diese Beschäftigung, er genoss es, zur Schau gestellt zu werden, als sei er ein tropischer Leguan im Zoo oder ein zusammengewachsenes Zwillingspaar im Zirkus. Sie entkleideten ihn und untersuchten ihn vor dem Fachpublikum. Er liebte den Applaus, den man ihm zollte, nachdem ein Experte die Liste der vielfältigen Symptome abgearbeitet und eine meisterhafte Diagnose gestellt hatte. Er fühlte sich wie ein Bühnenkünstler und weigerte sich, auf die Touren zu verzichten, selbst als sie ihm schon das erste Bein wegen heftiger Durchblutungsstörungen abgenommen hatten.

Rammelkammer wiederum hatte sich selbst zum »Rock 'n' Roller« erklärt, und wenn er im Sommer mit offenem Verdeck durch die Ortschaften raste, dröhnte aus dem Wagen unvermeidlich laute Beatmusik. Die Rolling Stones, Thc Kinks, The Who, Jimi Hendrix und wie sie alle hießen waren sein Ding.

Von Keith Richards hatte sogar der eine oder andere Einwohner von Artelshofen gehört. Es hatte sich, zumindest unter den Fans der Band, bis ins Pegnitztal herumgesprochen, dass der Gitarrist der Rolling Stones ein schlimmer Junkie sei, aber die Droge ihn haltbar mache und ewig leben ließe, solange er sein Heroin bekäme. Lange Zeit dachte man das auch vom siechenden Dengelmann, der, wenn man Babette glauben mochte, die erstklassigsten Barbiturate futterte wie andere Leute Butterbrot und Brezen.

Rammelkammer war wohl der größte Rolling-Stones-Fan in der Gemeinde. Erklärtermaßen war *(I can't get no) Satisfaction* sein Lieblingshit, wovon auch die Nachbarn an der Wirtsleite ein Lied singen konnten, weil er in seinem Bungalow, der direkt hinter dem palastartigen Anwesen der Winklers auf einem Bergvorsprung thronte, regelmäßig bis spät in die Nacht das Stück mit voller Lautstärke wieder und wieder abspielte. Dass man diese neuartigen Plattenspieler, die eine Wiederholautomatik besaßen, eigentlich verbieten müsse, hatte der Demleitner geknurrt, als ihn der Wörner einmal ganz unbedarft gefragt hatte, ob wohl jemand recht zünftig Geburtstag gefeiert hätte am Vorabend, weil man nach Mitternacht die Musik gehört habe, unten an der Hauptstraße.

Während der Zahnarzt eine eher farblose Gestalt war, haftete Rammelkammer eine gewisse Extravaganz an, wobei nüchtern gesehen ein Großteil der Faszination, die er auf die Leute ausübte, deren eigener Schlichtheit und Rückwärtsgewandtheit geschuldet war. Was in Nürnberg als halbwegs modern und trendig galt, sorgte im Dorf für Aufsehen, zumeist im Verein mit Aufregung bis hin zum Entsetzen. Insofern hätte Frau Winkler unzweifelhaft eine passende Partnerin für Rammelkammer abgegeben, beziehungsweise wäre umgekehrt, was Äußerlichkeiten betraf, der Autohändler der weitaus geeignetere Gatte der Zahnarztfrau gewesen.

Babette Winkler war sich ihrer Reize völlig bewusst. Sie trug ausschließlich hohe Schuhe, besonders gerne rote Stilettos und in der kalten Jahreszeit Stiefel mit Pfennigabsätzen, eine Fußbekleidung, für die man, so sagte es der Demleitner, »eigentlich einen Waffenschein bräuchte«. Ihre ausladende Oberweite setzte sie so geschickt in Szene, dass sie – natürlich ohne zugegen zu sein – in manch einem Kuhstall zu Vergleichszwecken genannt wurde. Aber die Winklerin besaß zu allem Überfluss auch einen scharfen Verstand, sodass sie sich schlecht als willenloses Statussymbol geeignet hätte.

Für den Rammelkammer waren dies seine schicken Autos. Wo er sie in schöner Regelmäßigkeit herbekam, und vor allem, wohin sie nach einigen Wochen oder Monaten wieder verschwanden, konnte niemand so genau sagen. Der Autohandel an der Nürnberger Straße in Hersbruck dürfte hier sicherlich eine Rolle spielen, wenngleich nur eine nebulöse, denn auf der großzügigen Abstellfläche der Unternehmung, die der Rammelkammer mit einem Partner aus Schnaittach betrieb, parkten ausnahmslos Mittelklassewagen von Opel, VW oder Ford, die nicht extravaganter waren als ein paar Gummistiefel. Ein dermaßen metallicblauer Cadillac, wie er unweit vom Haus der Winklers am Straßenrand geparkt war, als Georg dort kurz vor acht Uhr früh eintraf, um im Keller die Wand instand zu setzen, war jedenfalls noch nie im Autohaus Rammelkammer & Co. zum Verkauf gestanden.

Der Hauseigentümer öffnete ihm und sagte, Georg solle gleich hereinkommen, er zeige ihm schnell die Misere im Heizungskeller, dann müsse er aber auch schon los, nach Velden in die Praxis, wegen eines ungewöhnlich frühen Termins.

Georg folgte Winkler die schmale Kellertreppe hinab in das von zahlreichen Neonröhren hell ausgeleuchtete Untergeschoss. Sein geübtes Auge registrierte sofort die Beulen, die sich aus der gekalkten Betonwand wölbten, und die Elektrik, die über dem Putz verlegt war. Der Fußboden war mit roten Kacheln ausgelegt und blitzsauber gefegt. Ein Gang führte an der Hinterseite des Hauses entlang, an der Brandschutztür zum Swimmingpool vorbei, die sich nach rechts öffnete, bis in den Heizungskeller. Darin ruhte hinter einer niedrigen Betonwand der grau gestrichene Öltank, an der Stirnseite der Heizungskessel, daneben die rote Blase des Überdruckausgleichs, und seitlich sowie an der Decke ein Gewirr von Kalt- und Heißwasserleitungen – nichts Besonderes, außer dass sich ein Hauch von Chlor zwischen Staub und Heizöl in den Dunst mischte, den Georg aus Dutzenden anderer Keller kannte.

»Licht ist jedenfalls genug da«, sagte Georg.

»Babette mag den Keller nicht, er ist ihr unheimlich, sagt sie«, erklärte Winkler.

»Das hier ist das Loch, richtig?«, fragte Georg und zeigte auf zwei handbreite Schlitze, die unter der niedrigen Decke klafften. Der hochaufgeschossene Rammelkammer würde sich hier nur gebückt bewegen können, dachte er.

»Ja. Du weißt, was zu tun ist. Ich muss los, und Babette wollte am Vormittag nach Hersbruck fahren – den Schlüssel lasse ich an der Tür stecken. Wenn du fertig bist – bitte unter den Fußabstreifer.«

Georg ging ans Werk. Er hatte auf den ersten Blick erkannt, dass die Mauer, in welcher der Klempner zwei glänzende Kupferrohre verlegt hatte, nur sehr billig hochzementiert worden war. »Wasser und Sand geben auch eine Wand«, seufzte er und machte sich mit dem Hammer daran, die Ziegelsteine an den Rändern freizuschlagen, damit er mit Mörtel und Porenbeton, der sich mit der Metallsäge leicht in die passende Form zusägen ließ, die Wunde sauber verschließen konnte.

Als er nach zwei Stunden eine Pause einlegte, wollte er hinauf in die Wohnung steigen, um seine Vesper aus dem Wagen zu holen. Doch als er an der Tür zur Schwimmhalle vorbeikam, stand diese halb offen, und durch den Spalt war eine menschliche Stimme zu vernehmen. Georg hielt inne. Ob der Zahnarzt schon wieder zurück war aus der Praxis?, überlegte er. Aber in diesem Fall hätte er doch sicher kurz Bescheid gegeben ...

Warum er das Licht ausschaltete, wusste Georg selbst nicht genau – vielleicht vermutete er Einbrecher oder Gespenster, beides gleich unwahrscheinlich im Dorf. Dessen ungeachtet befand sich der Schalter zufällig in Griffweite, sodass eine kurze Bewegung ausreichte, schon war es stockfinster im Gang, und Georg hatte nach wenigen Sekunden, in denen sich seine Augen an das Zwielicht anpassten, eine perfekte Aussicht durch den Türspalt hinüber zum Swimmingpool, auf dessen Wasseroberfläche die Reflexe von zwei Punktstrahlern tanzten und ein waberndes Muster von gewellten Schatten an die Decke warfen.

Es war die Frau des Zahnarztes, die da sprach. Georg hatte überhaupt nicht an sie gedacht, obwohl sie doch die rechtmäßige Bewohnerin dieses Hauses war. Babette Winkler führte keine Selbstgespräche, das war gänzlich nicht ihr Stil. Sie sprach vielmehr mit Bernd Rammelkammer, dessen Cadillac vor der Tür gestanden hatte, wie es Georg sofort wieder in den Sinn kam. Und alles, während sie sich splitternackt und mit feucht glänzender Haut am Beckenrand rekelte.

Georg hatte noch nie im Leben anderen Menschen beim Sexualverkehr zugesehen. Nicht im Schatten der Nacht und erst recht nicht im hellen Licht des Tages. Gehört hatte er wohl schon ein oder zwei Mal die Geräusche, die zwei Menschen von sich geben, wenn sie sich lieben, in sehr heißen Sommernächten, wenn alle Fenster offen standen und der Wind aus der richtigen Richtung blies – aber zugesehen noch nie.

Genau genommen sah er auch diesmal niemandem beim Sexualverkehr zu, sondern nur dem Rammelkammer, der ebenfalls splitternackt war, beim Onanieren. Der Autohändler stand der Winklerin gegenüber, die für ihn den Rücken durchdrückte, ihre üppigen Brüste schaukelte und mit den rot lackierten Zehen im Wasser plantschte. Was sie zum Rammelkammer sagte, während der wie ein Kompressorkolben an seinem Gemächt pumpte, unterschied sich elementar davon, was Almuth zu Georg sagte, wenn sie sich der ehelichen Vereinigung hingaben.

Dann kam Rammelkammer endlich mit dem, was er sich vorgenommen hatte, zurande. Er schnaufte heftig, Babette verstummte, Georg stand nur da und sperrte den Mund auf. So weit, dass der Hausherr ihm bequem sämtliche vier Weisheitszähne hätte ziehen können, ohne dass Georg es selbst mitgekriegt hätte. Schließlich drehte sich Rammelkammer wortlos um und verschwand in der Ecke, wo aller Vermutung nach seine Kleidung lag. Georg riss sich aus seiner Erstarrung, machte auf dem Absatz kehrt und hastete zurück zur Baustelle am Ende des Flurs.

Es dauerte nicht lang, da vernahm er aus dem Flur Stimmen – warum hatte er die beiden nicht schon gehört, als sie vorhin die Treppe heruntergestiegen waren? Die Tür klappte, dann Schritte in seine Richtung. In der Tat kam im nächsten Moment die Winklerin in den Heizraum stolziert, eingehüllt in einen weißen Bademantel. Georg sägte sinnlos an der Ecke eines Porenbetonsteins und tat so, als sei er voll und ganz von seiner Arbeit vereinnahmt und bemerke nicht einmal ihr Auftauchen.

Sie blieb ein paar Augenblicke reglos stehen und blickte auf ihn hinab. Dann hob er endlich den Kopf und mimte, so gut er es eben konnte, Überraschung.

»Na«, sagte sie. »Du hier, Georg?«

»Ja, klar, wusstest du das nicht?«

»Nein, Alfred war schon fort, als ich aufstand.«

Die Stimmen der beiden klangen flach und ein wenig belegt, als ob sie unter starker Anspannung stünden.

Die Winklerin war keine Frau, die lange um den heißen Brei herumredete. »Du hast uns nachspioniert, stimmt's?«, fragte sie.

»Wem soll ich nachspioniert haben?«, verteidigte sich Georg, aber Babette Winkler genügte das leise Raspeln seiner Stimme, um Bescheid zu wissen.

Sie machte zwei Schritte auf Georg zu, und er sah, dass

ihre Füße in roten High Heels steckten, als paradiere sie gerade auf der Bühne eines Schönheitswettbewerbs.

Georg richtete sich zu voller Größe auf und schlug prompt mit dem Kopf an die niedrige Decke. »Was ist?«, fragte er. »Ich mache jetzt dann mal Pause, zweites Frühstück.«

»Ach, Georg! Tu doch nicht so scheinheilig ...« Babette Winkler öffnete den Bademantel und präsentierte ihre üppigen Brüste. »Kennst du die Frau vom Rammelkammer?«, zischte sie und senkte ihre Stimme Halbton für Halbton, bis sie tief und rauchig klang. »Weißt du, was der fehlt? Sieh nicht weg! Schau her, ich hab genug für vier davon!«

»Babette, das reicht jetzt«, sagte Georg. »Ich mach dir einen Vorschlag: Ich verdrück mich eine Stunde nach draußen, derweil kannst du dich, äh, einfach anziehen, und nachmittags mache ich die Sache hier fertig.«

»Willst du nicht auch einmal? Komm her, du wirst es nicht bereuen ...!«

Georg dachte: Das kann nicht ihr Ernst sein, sie will mich nur triezen, doch warum? Dass er standhaft bleiben würde, stand zu jedem Zeitpunkt außer Frage. Andererseits gingen ihm Szenen aus amerikanischen Spielfilmen durch den Kopf, und er ärgerte sich selbst darüber, dass er in diesem kritischen Augenblick an nichts anderes denken konnte als an tragische Hollywoodhelden, welche die Annäherung einer liebeshungrigen Frau ablehnten und in der Folge in fürchterliche Schwierigkeiten gerieten.

Die Winklerin änderte jetzt ihre Haltung ins Gegenteil, sie schloss den Bademantel und verschränkte die Arme vor der Brust. »Nun gut, dann eben nicht«, sagte sie, und Georg bemühte sich nach Kräften herauszuhören, ob sie beleidigt war. Sein Blick fiel auf den Ehering und all die anderen Schmuckstücke, die sie an den Fingern und um die Handgelenke trug und die bei der kleinsten Bewegung klapperten und klirrten. Viel Silber, häufig verschlungene Bänder, ein Totenkopf befand sich auch darunter.

Sie fing seinen Blick auf und verengte die Lider zu schmalen Schlitzen. »Mein Ehering stört dich? Warum das? Die Nutte vom Bayerlein, wie ihr sie nennt, scheint ja keinen Ring getragen zu haben.«

Georg war verdutzt. »Wie kommst du jetzt darauf?«, stammelte er.

»Nutten tragen immer Schmuck«, grinste die Winklerin.

Sie wirbelte herum und marschierte zum Flur.

In dem aufgeregten Durcheinander war der Ring an der verdorrten Hand der Mumie vermutlich nur wenigen von denen, die sich neugierig um das Loch gedrängt hatten, aufgefallen. Noch unwahrscheinlicher war, dass jemand in der Folge dieses Detail der Winklerin, als sie nach der Rückkehr aus dem Urlaub wieder beim Wörner einkaufen war, zugesteckt hatte. Von dem zweiten Ring, auf den die Winklerin offenbar anspielte, wusste außer Almuth nur Georg, der dessen wahre Herkunft ahnte. Wie hatte die Frau des Zahnarztes davon Wind bekommen? Hatte sie mit einem der Jungs gesprochen? Oder – und dieser Gedanke machte Georg leicht schwindeln – hatte sie am Ende die Tote gekannt?

Georg hoffte inständig, dass er sich umsonst beunruhigte, dass er mittlerweile Gespenster sah und dass er und Babette schlichtweg aneinander vorbeigeredet hatten. Er beschloss, die Pause ausfallen zu lassen und so weit voranzumachen, wie es das Material, das er dabeihatte, zuließ – und dann schleunigst dieses Haus zu verlassen und dem Zahnarzt Bescheid zu geben, dass er am Mittwochnachmittag wiederkäme, wenn die Praxis geschlossen und Alfred Winkler zu Hause wäre.

Und so geschah es auch.

Kapitel 10

Katzentod

Georg Degenhardt war nicht der Typ, der ständig Fragen stellte. Weder sich selbst noch seinen Mitmenschen. Er war mit sich und der Welt im Reinen, sein Leben kreiste um seine Familie und sein Baugeschäft, und er sah keinen Grund, sich zu beklagen oder mehr zu fordern. Daher dauerte es eine Weile, bis das Gift der Neugierde in seine Seele gesickert war. Wie ein Regenguss in die trockenen Schichten tief unter der Erde.

Dann stand eines Nachmittags, als der Himmel noch einmal blau strahlte wie am Anfang aller Tage und der Oktober seine letzten Vorräte warmer Luft verströmte, Wilhelm Seibold, der Vater der Seibold-Müllerin, vor der Tür der Degenhardts. Almuth bat ihn herein, aber sie sah selbst, dass er einen Leinensack in der Faust trug, der schwer nach unten zog. Ein verdächtiger feuchter Fleck färbte die Unterseite schwarz.

»Besser, ich bleib vor der Tür«, sagte der Alte mit belegter Stimme. »Ist der Mann zu Hause? Ich müsst ihn um einen Gefallen bitten.«

Georg kam aus der Küche in den Flur und hantierte dabei noch mit einem Zahnstocher im Mund. Tafelspitz hatte es gegeben, mit Meerrettich und Schwarzbrot.

»Den Transporter hab ich vor der Tür stehen sehen«, erklärte sich der Seibold, »deswegen hab ich gedacht …«

»Was hast du da drin in dem Sack?«, fragte Georg.

»Die Katze hat geworfen, schon wieder sechs Junge. Das sind zu viel, deswegen hab ich vier davon in einen Sack gesteckt und die Sach' schnell erledigt. Mein Jagdgewehr hab ich geholt, den Sack am krummen Apfelbaum hinterm Haus am Ast gehängt, dann fest die Augen zugedrückt und zweimal Schrot hineingefeuert, aus jedem Lauf eine Ladung. Ich hab eigens darauf gewartet, bis ein Güterzug über die Stahlbrücke donnert, damit niemand die Schüsse hört. Es hat sich zum Glück nichts mehr darin gerührt, danach in dem Sack. Der Schwiegersohn weigert sich zu helfen, du hast doch ein Paar junge gesunde Arme, Georg, und du weißt, wie man ein Loch aushebt ...?«

»Von mir aus geht's sofort los«, sagte Georg, der kapierte, wo der Hase lang laufen sollte. »Nur den Spaten hol ich noch aus dem Schuppen.«

Es gab nichts weiter zu bereden, also stapften sie schweigend nebeneinander den Berg hinauf, am Hof vom Raum vorbei, bis der Feldweg abzweigte, der bei den letzten fünf Häusern des Dorfes endete. Dann verengte sich der Weg zum Pfad, der zwischen Schlehenhecken und vereinzelten Kiefern die Anhöhe hinaufführte.

Der alte Mann schwitzte, dass ihm helle Bächlein über den mageren Schädel rannen, er trug eine wollene Weste, die an hundert Stellen geflickt war, und er roch nach Tabak und Erde, womöglich war zudem eine Spur Schnaps seinen Ausdünstungen untergemischt. Aber über der verwilderten Anhöhe lag schwer der Duft von Kräutern und Harz, und Georg atmete tief ein.

Sie stapften eine Weile durch das Dickicht. Der Boden des Sacks, den Seibold am ausgestreckten Arm vor sich her trug wie ein Ministrant den Weihrauchschwenker, war inzwischen durchgeweicht, einzelne Tropfen Blut fielen ins sirrende Gras. Georg fühlte sich wie betäubt, er spürte kaum, wie ihm die Dornen des Gestrüpps die Handrücken zerrissen. Bis zu einer Schlangenfichte wanderten sie, die Seibold offenbar gezielt angesteuert hatte.

»Hier«, sagte der alte Mann und deutete auf eine ganz bestimmte Stelle am Boden, wo Georg umgehend den Spaten in die Erde rammte. Zuvor nahmen beide einen tiefen Schluck aus der flachen Blechflasche, die Seibold aus einer Innentasche seiner Weste fischte.

Die zwei Prütting-Kinder, Veronika und Peter, die ihnen bei der großen Eiche an der Großmeinfelder Straße über den Weg gelaufen waren, hatten sich ihnen angeschlossen. Degenhardt sah keinen Grund darin, sie fortzuschicken, da sie sich sowieso durchs verwilderte Gebüsch angeschlichen hätten, das sie so gut kannten wie den Inhalt ihrer Hosentaschen. Nachher halfen sie dann mit großer Ernsthaftigkeit, die groben Kalksteinbrocken aus dem Loch zu stemmen, auf die Georg mit dem Blatt des Spatens stieß.

Schlussendlich war alles erledigt, und zwei gelbe Blumen, die er nur ein paar Schritt entfernt aus der Wiese gerupft hatte, lagen auf einem frischen Grabhügel, so friedlich wie eine schlafende Katze. Georg hockte sich mit einigem Abstand ins Gras, um den Alten nicht zu stören, der mit seinen knochigen Händen in der Joppe kramte und eine zerfledderte Bibel hervorzog.

Während zwei Tränen helle Spuren durch sein staubverschmiertes Gesicht zeichneten, blätterte er langsam und dem Anschein nach ziellos vor und zurück, bis er fand, was er gesucht zu haben schien. Er begann laut zu lesen, ganz in sich selbst versunken und jedes einzelne der Worte betonend, als fielen sie just im Moment direkt vom Himmel: »Wie sich ein Vater über Kinder erbarmt, so erbarmt sich der HERR über die, so ihn fürchten ... Denn er kennt, was für ein Gemächte wir sind; er gedenkt daran, dass wir Staub sind … Ein Mensch ist in seinem Leben wie Gras, er blüht wie eine Blume auf dem Feld; wenn der Wind darübergeht, so ist sie nimmer da, und ihre Stätte kennt sie nicht mehr.«

Georg, der mit keiner Religion etwas am Hut hatte, fröstelte. Er hätte es selbst nicht so benennen können, aber die eindringlichen Bilder, die knappen und konkreten Sätze berührten in ihm einen spirituellen Nerv, der seit langer Zeit verschüttet war.

Die Kinder hatten sich längst unbemerkt davongemacht, als Georg nach einer Weile, die ihm angemessen schien, aufstand, seine Hose abklopfte und sagte, dass er nun wieder zurück ins Dorf gehen würde. Seibold erwachte aus seiner Versenkung und erhob sich ebenfalls, ächzend und stöhnend. Dann begann er unvermittelt zu reden.

»Mein Vater hätt sie ja mit dem Knüppel erschlagen, die Viecher, aber ich hab's nicht geschafft. Georg, bleib stehen. Ich muss noch was loswerden, das brennt mir auf der Seele.«

Georg war verblüfft, er hatte mit allem gerechnet, nur nicht, dass er zu guter Letzt noch einen Beichtvater würde abgeben müssen. »Sag, Wilhelm, was gibt's?«

»Du weißt schon noch, wie der Proppenstädter mit seinem Mähdrescher … du bist ja dann auch dazugekommen.«

»Ja, ich erinnere mich gut.«

»Weißt du, Georg, die haben den Proppenstädter erschlagen.«

Georg kam es so vor, als verwandelte sich sein Inneres in Eis.

»Erschlagen, sagst du? Wer soll das getan haben?«

»Ich weiß nicht, wer. Vor dir war der Deißner da, und der Eißenpacher und der Rammelkammer …«

Georg horchte auf – es war doch Alfred Winkler gewesen, nicht der Rammelkammer, der da neben dem Deißner Johann mit betretenem Gesicht vor der havarierten Maschine stand, als er am Unfallort eintraf. »Bist du dir sicher? Dass der Rammelkammer da war, nicht der Winkler?«

»Ich hab doch nur die Stimmen gehört. Auf der Jagd war ich, schon seit der Früh. Eingeschlafen war ich, auf dem Hochsitz. Und aufgewacht bin ich vom Krach, als der Proppenstädter über den Ranger rutschte. Da rief er schon um Hilfe, rief immer wieder: ›Hilfe!‹ Und dann ... dann gab's ein kurzes Geschrei, der Motor lief ja noch, und ich höre nicht mehr so gut auf meine alten Tage.«

»Und dann?«

»Dann bin ich vom Sitz runtergestiegen, ganz leise, und hab mich davongemacht ... Richtung Vorra, zum alten Kalkwerk.«

Das war nicht, was Georg hatte hören wollen. Er war sich überhaupt nicht sicher, ob Seibold nicht einfach wirres Zeug redete. Seibold war aus tiefem Schlaf hochgeschreckt, als der Unfall geschah, hatte zudem gewiss seine tägliche Ration aus dem Flachmann getrunken und wollte dann sang- und klanglos verschwunden sein, ohne auch nur einmal nachzusehen, was da am Wrack der Maschine vor sich ging? »Ich meine: Woher weißt du, dass jemand den Proppenstädter erschlagen hat?«

Seibold stand schmächtig, wie er war, klein und zerknittert vor Georg und blickte ihn aus wässrigen, trüben Augen heraus an. »Mehr weiß ich nicht. Ich dank dir, Georg, ich hab das endlich jemandem sagen müssen, und meine Tochter, na, du verstehst, dann weiß es morgen das ganze Dorf ...«

Kapitel 11

Dolce Vita

Ja, mein Gott, wie soll man damit anfangen? Wenn es um den Rammelkammer geht, möchte man alles auf einmal erzählen. Oder vielleicht auch einfach schweigen, so haarsträubend und zum Teil widerwärtig sind die Geschichten, die über ihn im Umlauf waren. Freilich: Wer aus freien Stücken und unbedingt sich selbst in den Morast der üblen Nachrede und des versuchten Rufmordes begibt, der darf sich nicht wundern, wenn er seine Hose einsaut. Aber wo Rauch ist, da ist auch Feuer, sagt man, und in der Tat gab es ein paar Fakten, die unzweifelhaft wahr waren.

Zum Beispiel, dass der Rammelkammer in Hersbruck einen Autohandel betrieb. Und dass er viel Zeit in Nürnberg verbrachte, wo er in den zwielichtigen Etablissements zwischen Vorderer Sterngasse und Luitpoldstraße ein und aus ging. Er wurde regelmäßig dort beobachtet, wobei die Gewährsleute stets betonten, selbst nur auf dem Weg zum Hauptbahnhof oder zum Germanischen Nationalmuseum gewesen zu sein und keinerlei Ahnung von dem Treiben im Inneren der einschlägigen Lokale zu haben. Dass er oft abends das Dorf verließ und erst im Laufe des nächsten Tages zurückkehrte, war schwer zu übersehen. Und die Autos, die er fuhr, ließen sich nicht anders als extravagant nennen, ohne Ausnahme. Es war ein Borgward Isabella Coupé, mit dem er 1968 in Artelshofen aufgekreuzt war, offenes Verdeck, laute Musik aus dem Autoradio. Seine erste Frau wie eine Hollywoodschauspielerin auf dem Beifahrersitz, er im karierten Sakko mit rotem Einstecktuch, und beide trugen sie Sonnenbrillen, als hätten sie die Pegnitz mit dem Gardasee verwechselt.

Den »Kleinen Gatsby vom Dorfe« nannte ihn Almuth, die von der Büchergilde Gutenberg mit Romanen versorgt wurde. Rammelkammer schnallte sich aus Prinzip nicht an, und die Promillegrenze, die 1973 auf 0,8 gesenkt worden war, mochte alle anderen etwas angehen – für ihn galt sie nicht. Egal ob er im Audi 100 Coupé S, im 7er BMW oder im Ford Taunus TC vorfuhr, seinen Wagen steuerte er auch noch mit fünf Bieren selbst vom Wirtshaus nach Hause, als wäre er ein von Gottes Gnaden auserwählter CSU-Politiker. Nicht einmal der dreimonatige Führerscheinentzug, den er sich im September 1977 während der unruhigen Wochen der Schleyer-Entführung einhandelte, als er betrunken in eine Straßensperre in Hohenstadt geriet, konnte ihn eines Besseren belehren.

Dank Rammelkammer verirrte sich ein bronzefarbener Mercedes 300 SL für ein paar Monate ins obere Pegnitztal, dem ein VW Scirocco folgte, dann ein quietschgelber Porsche 911. Für kurze Zeit gehörten eine Corvette ebenso wie ein Lamborghini und ein Lotus Elan zu seinen Gefährten, deren präzise Anzahl und Typenbezeichnung sich kein Mensch mehr merken konnte, vermutlich nicht einmal der Rammelkammer selbst.

Was dem Rammelkammer von allen zugutegehalten wurde, angefangen von seinen Anhängern bis hin zu jenen, die ihn für einen aufschneiderischen Westentaschenmafioso hielten: Er sorgte mit schöner Regelmäßigkeit dafür, dass ins für gewöhnlich langweilige Dorfleben ein wenig Aufregung kam, insbesondere in Zeiten, in denen die ortsansässige Baufirma nicht gerade serienmäßig die Leichen von unbekannten Personen ausbuddelte. Nach all dem

Tohuwabohu im Sommer dümpelte der September geradezu seinem Ende entgegen, ohne dass sich kriminalistisch etwas Neues ergab. Wer erwartet hatte, dass auf die Funde der Toten rasche Aufklärung folgte, wurde enttäuscht. Dennoch empfanden alle Einwohner der Gemeinde eine Art untergründige Spannung. Man war unzufrieden, dass nichts Spektakuläres mehr geschah, so als hätte man sich schon an das Theater gewöhnt. Und zugleich hoffte man ungeduldig auf den Fortgang der Ereignisse, als gäbe es im Leben ein Recht auf die Erhellung aller Rätsel und den geordneten Abschluss jedweder Vorgänge.

An einem Sonntagmittag suchte die gesamte Familie Degenhardt den *Pechwirt* auf. Es gab Schweinebraten, für Georg und Oma Bär ein Bier, für Almuth ein stilles Wasser. Kaum hatten sie aufgegessen, rannten die Buben hinaus und die Treppe neben dem Schlachthaus hinauf, wo sie am oberen Hof Katzen fangen wollten.

»Lasst das Zeug auf dem Misthaufen liegen!«, rief ihnen Almuth hinterher. Weil: Am Donnerstag war geschlachtet worden, und die Reste von der Sau, die beim besten Willen keinen Platz mehr fanden in Blutwurst, Sülze und Presssack, waren wie seit altvorderen Zeiten auf den Misthaufen geschmissen worden. Petra, die Tochter des Hauses, die im gleichen Alter wie Christian war, folgte auf Geheiß des Vaters den Jungs hinterher, um ihnen die ersten Herbstkätzchen vorzuführen, die vor wenigen Tagen zur Welt gekommen waren und noch blind an den Zitzen ihrer Mutter hingen, hinter einem Haufen Scheite im Schuppen für das Brennholz.

An die Axt, die sicher noch im Hackstock steckte, mochte Almuth gar nicht denken. »Der Kleine ist schon alt genug«, hatte Georg sie zu beruhigen versucht. »Aber der Große nicht …«, hatte Almuth eingewendet, doch sie wurde unterbrochen, da Harry Brunner, der Wirt, an ihren Tisch trat.

»Ihr wollt sicher noch eins«, sagte er und präsentierte eine große Schüssel mit Klößen.

»Nein, danke, ich kriege keinen Bissen mehr rein«, wehrte Georg vergebens den zweiten Kloß ab. Er neigte nicht zur Völlerei, seine Seele war unbefleckt von dieser Schwäche. Doch hatte auch er der fränkischen Tradition zu gehorchen, dass es keine schlimmere Verfehlung gibt, als wenn ein Gast hungrig nach Hause geht. Georg goss sich demzufolge einen mächtigen Schluck Soße auf den Teller und zerriss todesmutig den Kloß.

Unterdessen betrat Rammelkammer die Wirtschaft. Er war spät dran zum Mittagessen und rief in die Küche, ob er noch etwas bekäme.

»Setz dich hin«, lautete Harrys Antwort.

Rammelkammer klopfte höflich an allen Tischen auf die Platte, wo noch andere Gäste saßen, und ließ sich neben Georg auf die Bank sinken. »Wie geht's?«, fragte er, und zu Almuth: »Du siehst blendend aus, wie immer!«

Almuth lächelte, während sich Georg, der nicht gewohnt war, in der Öffentlichkeit über seinen Gemütszustand zu sprechen, angestrengt ein paar Worte zurechtlegte, die er würde erwidern können. Doch Rammelkammer interessierte sich freilich nicht für Georgs Allgemeinbefinden. Er wollte nur selbst berichten, wie er sich fühlte, und damit war es offenbar nicht zum Besten bestellt.

»Ich sage euch«, begann er mit einem übertriebenen Stöhnen, »diese Welt ist ein einziger Höllenpfuhl! Man muss tierisch aufpassen! Jeden Moment auf der Hut sein! Sobald du dich auch nur dreiviertel herumdrehst, hast du ein Messer im Rücken.«

»Laufen die Geschäfte schlecht?«, fragte Georg, wie es sich unter Firmenbesitzern gehörte.

»Nein, im Gegenteil: hervorragend! Die Polizei bringt mich auf die Palme, das sage ich dir! Dein ›Freund und Helfer‹* wollen sie sein. Kein Wunder, dass sich ein psychopathischer Massenmörder wie Himmler solche Sprüche ausgedacht hat! Mir fällt es schwer, nicht zu glauben, dass wirklich ausnahmslos alle selbstsüchtige Schweine sind.«

»Wer alle? Du meinst die Polizeibeamten?«

»Wie? Ach so! Nein, ich meine *alle*!« Rammelkammer war ganz offenbar dabei, sich in Rage zu reden. »Da macht sich keiner Sorgen, dass er einen oder mehrere Freunde verlieren könnte. Unter der ruhigen Oberfläche werden mörderische Kämpfe ausgefochten, Alligatoren, Quastenspinnen und Giftquallen stechen und beißen sich mit allem, was das Arsenal hergibt. Jedes Opfer wird in Kauf genommen, um Macht und Material an sich zu reißen. Im Wesentlichen ist das Leben nichts anderes als eine Requisite.«

»Vielleicht solltest du Horrorgeschichten schreiben«, schlug Almuth vor, der es in Fleisch und Blut übergegangen war, bei ihren Mitmenschen nach verborgenen Talenten Ausschau zu halten und diese zu entwickeln. Normalerweise freilich bei Sechs- bis Neunjährigen.

»Meinst du?« So unvorbereitet, wie Rammelkammers Ansprache über die Degenhardts hereingebrochen war, so abrupt endete sie. »Harry, ich brauche jetzt einen Schnaps. Georg, du sicher auch?«

Georg nickte, und Brunner brachte zwei Glas Zwetschgenwasser. Aus einer Pretzfelder Brennerei, wie er betonte.

Rammelkammer schüttelte sich und kniff Augen und Mund zusammen: »Da zieht's dir ja alles zusammen – ah! Und wenn ich sage ›alles‹, dann meine ich auch alles!«

Er schickte ein frivoles Grinsen in Almuths Richtung, aber das verfing nicht. Während er sich den Rest des Schnapses schicksalsergeben in seinen Schlund rinnen ließ, ahnte er nicht, dass Georg das »alles« des Autohändlers erst vor Kurzem persönlich in Augenschein genommen hatte.

»Wir müssen los«, sagte seine Gattin. »Ehe die Buben noch Unsinn anstellen.«

Rammelkammer erhob sich mit ihnen. »Komm, Georg«, sagte er, »ich muss dir meine neue Anlage vorführen.«

Almuth und die Oma machten sich auf, die Buben einzufangen, während Georg Rammelkammer zum metallicblauen Coupe DeVille folgte, das gegenüber dem Wirtshaus auf dem Parkplatz an der Bushaltestelle stand. Der Autohändler öffnete beide Türen und klappte das schneeweiße Verdeck zurück. Dann ließ er sich auf den Fahrersitz sinken und warf die Stereoanlage des Wagens an. Mit voller Lautstärke spielte er Georg ein Stück von Velvet Underground* vor, ein Bandname, der Georg absolut nichts sagte.

»Sensationell« sei das, »absoluter Wahnsinn«, jubelte Rammelkammer und musste brüllen, um die Kuppel aus Schall zu durchdringen, die sich um ihn und seinen Wagen in die Höhe wölbte. Georg bemühte sich redlich, aber er konnte keinen großen Unterschied zwischen den Geräuschen entdecken, die aus den Lautsprechern, und jenen, die aus seinen Baumaschinen kamen.

»Ja, was? Verstehst du, was Lou Reed uns sagen will?«, schrie Rammelkammer. »Du spielst deine eigene Rolle, völlig frei, aber wenn du eine gute Show ablieferst, passt dein Auftritt perfekt zur Kulisse. Das ist alles.«

Der Rammelkammer merkte, dass sein – im übertragenen Sinne – Same nicht auf den fruchtbarsten aller Böden fiel, denn Georg stand reglos daneben und schaute gelangweilt, wenn nicht müde. Es war Zeit für den Mittagsschlaf.

»Na ja«, sagte Rammelkammer, womöglich sogar etwas angesäuert, »im Endeffekt wollen mir die Bullen verbieten, mit aufgedrehter Anlage auf dem Altstadtring zu fahren. Bauernköpfe sind das, Hinterwäldler!«

Zur Ehrenrettung des Autohändlers muss gesagt werden, dass Georg vollkommen unmusikalisch war. Ob diese angeborene Unfähigkeit mit seiner ausgeprägten Braun-Grün-Schwäche in Zusammenhang stand, war eine Frage, mit der sich wohl erst die Genetiker einer sehr fernen Zukunft auseinandersetzen würden. Wenn sie alle anderen Rätsel gelöst hätten. Georg konnte einfach nicht sicher zwischen einer braunen und einer grünen Hose unterscheiden. Das fand er erst relativ spät im Leben heraus, als er sich als Ersatz für eine braune Cordhose das gleiche Modell wieder kaufen wollte, im Kaufhaus Schickedanz in Hersbruck, und Almuth, als er damit aus der Umkleide trat, sagte, ihm stehe die grüne Farbe auch sehr gut. Alle anderen Sinne funktionierten einwandfrei, wie gesagt, außer bestimmte Facetten seines Gehörs, mit dem er trotz des jahrelangen Umgangs mit trommelfellzerreißenden Schlagbohrmaschinen und Presslufthämmern jedoch immer noch die leisesten Geräusche wahrnahm. Der Genuss von Musik allerdings blieb Georg verschlossen, ihm klang alles einerlei; wenn er ab und an etwas Schönes hören wolle, so erklärte er selbstbewusst, dann gehe er in den Wald und lausche den Vögeln.

Auf dem kurzen Spaziergang vom *Pechwirt* nach Hause führte Oma Bär mit den Jungs eine Art Parodie von »Engelchen flieg!« auf. Christian, der längst zu groß und zu schwer für diesen Spaß war, hing wie ein nasser Sack zwischen

Ferdinand und der Oma und versuchte verzweifelt, sich in die Luft zu schwingen.

Georg und Almuth nutzten den Rückweg für die Nachbesprechung ihrer Begegnung der anderen Art, sprich: mit Bernd Rammelkammer.

»Ich weiß ja nicht«, sagte Georg, »aber Bernd ist mir unheimlich.«

»Warum?«, widersprach Almuth. »Ich finde ihn lustig. Er weiß, wie man das Dasein genießt. Immer eine angenehme Gesellschaft.«

»Aber er ist verrückt! Völlig unberechenbar ist er, dem traue ich alles zu. Irgendwann landet der noch in Engelthal, in der Hupfla*.«

»Ach wo, du übertreibst. Ich verstehe auch umgekehrt nicht, was du an deinem Dr. Winkler findest. Den halte ich ja für einen Kotzbrocken, mit Verlaub.« Almuth sagte gerne »mit Verlaub«, weil sich das vornehm und gebildet anhörte.

»Der ist ein schlauer Kopf. Wenn er etwas sagt, hat das Hand und Fuß«, erwiderte Georg und bemühte sich, etwas eingeschnappt zu klingen.

»Aber es ist immer zersetzend, was er von sich gibt. Mir geht er auf die Nerven, weil niemals etwas Freundliches seinem Mundwerk entschlüpft. Kein gutes Wort, kein Lob. Nichts. Immer nur Kritik an allem und jedem, und er ist sowieso immer der Einzige, der weiß, was Sache ist. Ich denke, dass man so einen Menschen nur in kleinsten Portionen aushalten kann. Wenn du mit einer Frau verheiratet wärst, die wie der Winkler wäre, würdest du nach zwei Wochen durchdrehen. Zermürben würde die dich, dir jede Hoffnung zerstören und alle Freude rauben. Es ist sozusagen die Summe aller Gespräche, die zählt, und wenn die negative Bilanz den Überziehungsrahmen bei deiner Gefühlsbank sprengt, würde das Bild kippen, das du vom Winkler hast, und du würdest sehen, wie er in Wirklichkeit ist: ein unflätiger Schädling für Emotionen.«

»Du spinnst«, sagte Georg nur, aber so liebevoll, dass sofort wieder Einigkeit herrschte zwischen den Eheleuten Degenhardt und man nach der *Tagesschau* gemeinsam den *Tatort* im Ersten anschaute.

Georg schlief schlecht in dieser Nacht. Das Gespräch mit dem alten Seibold fiel ihm wieder ein und ging ihm nicht mehr aus dem Kopf. Er begann seinem eigenen Gedächtnis zu misstrauen. Und wenn doch nicht der Winkler dabei gewesen war, sondern der Rammelkammer, damals, als das Unglück geschah? Georg war ja erst dazugestoßen, nachdem ihn der Deißner am Schuttabladeplatz aufgestöbert hatte. Er hatte natürlich an alles andere gedacht, als sich genau einzuprägen, wer anwesend war, als er mit dem Radlader den Berg hochfuhr, sie zusammen den Mähdrescher aufrichteten und er mit dem Deißner die demolierte Leiche aus dem Fahrersitz zog. Schon bald strömten immer mehr Leute herbei, die Polizei ließ sich schließlich blicken, und mit Sicherheit waren da auch der Demleitner und der Brunner Harry und Herr Wörner.

Almuth hatte, kurz bevor sie die Leselampe löschte, außerdem zum wiederholten Mal nachgefragt, ob Georg schon den Ring zur Polizei gebracht habe, und er hatte sie zum wiederholten Mal vertröstet, dass er noch keine Gelegenheit dazu gefunden habe, aber demnächst werde es wieder ruhiger zugehen, und dann. Bestimmt.

Am Montagmittag begann es wie aus Kübeln zu schütten, und Georg beendete zeitig seine Aufräumarbeiten am Lagerplatz. Den Dienstag verbrachte er zu Hause, denn der Regen hielt unvermindert an. Almuth kam um eins aus der Schule, gerade rechtzeitig, um sich mit ihrem Gatten und den Jungs über ein Rindergulasch herzumachen, das eines der drei oder vier Gerichte war, die Georg von seiner Mutter beigebracht bekommen hatte. »Damit der schreckliche Kerl nicht verhungern muss, wenn ihm die Frau davonläuft«, wie es die alte Frau Degenhardt ausdrückte, die in einem Altenheim in Bad Windsheim ein lustiges Rentnerinnenleben führte.

Großmutter Bär seufzte nach dem Essen und sagte, was sie jeden Tag nach dem Mittagessen sagte: »Diesen Tag hätte ich auch wieder geschafft.« Mit Abstand am meisten fürchtete sie sich vor einem vollkommen unvermittelt eintretenden Ableben, das sie »Sekundentod« nannte. Dieser hatte vor vielen Jahrzehnten einen ihrer zahlreichen Brüder und Halbbrüder so unerwartet dahingerafft, dass er keine Gelegenheit mehr hatte, die heilige Beichte abzulegen. Sehr nahe verwandt mit dieser Befürchtung war auch ihre eindringliche an die Enkelsöhne gerichtete Warnung, niemals und unter gar keinen Umständen eine Grimasse zu schneiden, denn diese bliebe wie eingefroren im Gesicht stehen, falls den Grimassierenden im selben Moment ein »Schlägerl« treffe. Für die Oma wohl die einzige wissenschaftliche Erklärung für die typischen Gesichtsverzerrungen, mit denen Menschen nach einem Schlaganfall häufig zurechtkommen müssen.

Erst Anfang Oktober, als das öffentliche Interesse an den Leichenfunden endgültig erlahmt war und auch die Polizei so hartnäckig keinerlei Fortschritte machte und sich in Schweigen hüllte, dass man meinte, die unbekannten Toten gingen sie eigentlich gar nichts an, äußerte Almuth zum ersten Mal ihre eigene Sicht der Dinge. »Der arme Mensch«, sagte sie, als die Kinder im Bett waren und sie zusammen mit Georg den Abwasch erledigte.

»Der verrückte Kerl?«, entgegnete Georg. »Das ist doch kein armer Mensch! Hast du am Sonntag das Auto vor der Tür gesehen?«

»Ich meine doch den jungen Mann, der hinter der Stützmauer lag.«

»Die Mumie?«, fragte Georg.

»Siehst du, jetzt nennst du ihn auch wieder so. Das ist alles andere als nett!«

Unzweifelhaft: Almuth hatte ein schlechtes Gewissen wegen ihrer Leidenschaft für archäologische Ausgrabungen und bemühte sich zu zeigen, dass sie an die Ereignisse zuvörderst mit einem gerüttelt Maß Empathie heranging. »Vielleicht hatte er einen grauenvollen Tod? Stell dir nur mal vor: Du stehst vor diesem Loch, mitten in der Nacht auf der Baustelle, und du weißt, das ist der Blick in dein eigenes Grab?«

»Jetzt solltest *du* anfangen, Horrorgeschichten zu schreiben«, sagte Georg, um das Gespräch zu beenden. Ohne dies groß anzukündigen, nahm er sich jedoch vor, nicht mehr von einer »Mumie« zu sprechen. Denn alles andere wäre Hochmut, sinnierte er, und Hochmut war eine Todsünde, da war er sich hundertprozentig sicher. Wenn überhaupt von einer, führte Georg das Gedankenspiel weiter, dann war er von der Todsünde der Zufriedenheit geschlagen. Alles andere als überzeugt war er jedoch, ob dieses Laster denn theologisch auch offiziell anerkannt war.

Da es am Mittwochmorgen aufklarte, stattete Georg der Baustelle, die als Nächste dran war, einen Besuch ab. Die Garage vom Dotzauer sollte sich laut Plan nahtlos anschließen, doch dazu kam es dann nicht, zumindest nicht gleich, weil wieder etwas passierte.

Kapitel 12

Rohr- und Leistenbruch

Es war nur eine Routinesache, ein Dachrinnenanschluss neben der Einfahrt zum Haus vom Rammelkammer, der alleine in dem einstöckigen Flachbau hauste. Eine Baumwurzel hatte das uralte Abflussrohr aus gebranntem Ton aufgebrochen, sodass, als die üblichen atlantischen Tiefausläufer über das Nürnberger Land zogen, nach tagelangen Regengüssen Wasser aus den Ritzen zwischen den Pflastersteinen quoll und den ganzen Weg unterspülte.

Georg fühlte sich nicht wohl beim Rammelkammer. Die Begegnung am Swimmingpool hatte ihn nachhaltig verstört. Da war etwas um den Autohändler – genauso wie um die Winklerin –, das nach Unheil roch. Es ging ihn freilich nichts an, was die Menschen innerhalb ihrer eigenen vier Wände trieben, da war er absolut tolerant. Er war auch nicht im eigentlichen Sinne konservativ oder spießig – er war schlicht und einfach ahnungslos.

Wenn er sich hätte erklären sollen, hätte er zugeben müssen, dass er über den Einblick in die verborgene Seite von Babettes Charakter geschockt war. Niemals hätte er so etwas erwartet, sexuelle Ausschweifungen lagen jenseits seines Vorstellungshorizonts. Trotzdem gab es für Georg daran nichts zu rütteln: Dienst war Dienst, und Schnaps war Schnaps. Er bekam manch einen Auftrag nur durch Zuruf erteilt, und noch nie war es zu Missverständnissen oder Unstimmigkeiten gekommen. Wenn überhaupt jemand, dann genoss Degenhardt das uneingeschränkte Vertrauen wirklich aller Einwohner – und nicht der Bürgermeister oder der Tierarzt.

Pünktlich um acht Uhr früh stand er in der Einfahrt des Bungalows und lud die wenigen Werkzeuge von der Pritsche: Spitzhacke, Schubkarren und Schaufel sowie ein paar kleinere Geräte in einem hölzernen Kasten. Im Handumdrehen hatte er die Betonsteine an der Hauswand gestapelt und den nässenden Fleck im darunterliegenden Sand herauspräpariert wie ein Chirurg einen verletzten Muskel unter der Haut des Patienten.

Es waren diese Phasen der tiefsten Versenkung, die Georg an seinem Beruf liebte. Er spürte körperlich die Aufgeräumtheit und Frische des jungen Tages, während er grub und schließlich mit bloßen Händen wühlend das gebrochene Rohr freilegte, und seine Gedanken schweiften frei und ungehemmt, wie Hunde, die von der Leine gelassen wurden.

Er erinnerte sich an einen Abwasseranschluss, den er letztes Jahr in Alfalter gelegt hatte, beim vorletzten Haus am Ortsrand, wo auch schon gleich der Wald begann und die Schotterpiste hoch zum »Alten Schloss«, einer kleinen Burgruine, führte. Der Eigentümer hatte die Sickergrube vor dem Haus stilllegen wollen und ihn beauftragt, eine Überleitung innerhalb des Betonschachts zu konstruieren, die das Haus mit der örtlichen Kanalisation verbinden würde. Es war keine angenehme Arbeit gewesen, in das schwarze Loch hinunterzusteigen, das bis vor Kurzem noch mit den Abwässern des Haushalts gefüllt gewesen war. Die Firma Bub aus Hersbruck hatte am Vortag einen orangefarbenen Tankwagen geschickt, der die Grube ausgepumpt hatte, aber Georg versank beim Arbeiten noch bis zu den Knöcheln, die in dicken Gummistiefeln steckten, im weichen Schlick, der wie Lehm bis in unbekannte Tiefen reichte. Er hatte über Kopf arbeitend eine halb offene Rinne zementiert, die in einer Kurve den Einlass seitens des Hauses mit dem neu verlegten Abfluss bergabwärts Richtung Hauptabwasserleitung verband. Unvergesslich wurde die Baustelle für Georg, als er dem Hausherrn, der oben am Einstieg stand, zurief, dass jemand im Haus den Abfluss probehalber betätigen solle. Der Hausherr bat seine Ehefrau, die im ersten Stock aus dem Fenster hing und von oben zusah, im Klo die Spülung auszuprobieren. Sie nahm an, dass sie zuvor auch die Toilette benutzen sollte, sodass nach ein paar Minuten ein paar braune Brocken und aufgeweichtes Klopapier in der tadellos funktionierenden Rinne an Georgs Nase vorbeiflossen.

Das war das wahre Leben! Mochten sie sich nur alle die Mäuler über Politik und Geschäfte zerreißen und insgeheim ihren schmutzigen Begierden frönen – Georg würde sich da heraushalten und in Ruhe seine Arbeit erledigen.

Als hätte er auf sein Stichwort gewartet, kam der Rammelkammer um die Ecke gebogen.

»Du bist ja doch zu Hause!« Georg sah überrascht auf.

»Ja«, antwortete Rammelkammer, der Georgs Gedankengang erriet. »Ich hab das Auto vor der *Juraschanze* abgestellt.«

»Ich hab dich gestern Abend noch versucht anzurufen, weil ...«, begann Georg.

»Nach zweiundzwanzig Uhr sicher, oder? Nach zweiundzwanzig Uhr gehe ich nicht mehr ans Telefon. Das ist üblich so. Bei uns in der Familie. Schon mein Vater ging nach zweiundzwanzig Uhr nicht mehr ans Telefon. Ebenso mein Großvater und auch mein Urgroßvater. Und alle anderen davor auch nicht, bis fünfzig vor Christus, alle Vorfahren! Soweit ich eben meine Abstammung kenne – ja!«

Rammelkammer schüttete sich aus vor Lachen, während er einen schweren Fäustel, den Georg auf die Regentonne gelegt hatte, kreiselnd von einer Hand in die andere gleiten ließ.

»Im Übrigen«, fuhr er fort, indem er in einen sachlich-unterkühlten Tonfall wechselte, »war ich gestern Abend nicht zu Hause. Ich übernachte schon die ganze Woche in Nürnberg.«

Georg hörte nicht hin, der rotierende Vorschlaghammer, der den Luftraum vor dem Autohändler komplett auszufüllen schien, forderte seine gesamte Aufmerksamkeit.

Mit Schrecken dachte er an den Spaten, mit dem Rammelkammer im Sommer des Vorjahres herumgefuchtelt hatte. Draußen am Lagerplatz bei der Bahnbrücke, wo der Weg zu den Pflanzgärten verläuft. Georg hatte mit einem Winkelschleifer Stahlrohre auf die passende Länge zurechtgeschnitten. Ein mörderisches Kreischen hatte die Luft zerfetzt, wenn Metall und Trennscheibe sich berührten; hinter Georgs Rücken war der Funkenstrahl gegen einen Stapel Hohlblocksteine geprasselt. Ohne dass es ihm bewusst war, brachte er derart seine eigene Lieblingsmusik zum Erklingen. Dass der Rammelkammer von der Hauptstraße abbog, als er Georgs Transporter vor dem schwarzen Holzschuppen stehen sah, bekam Georg wegen des Lärms nicht mit. Erst als Rammelkammer aus zwei Schritt Entfernung aus Leibeskräften seinen Namen brüllte, setzte Georg die Maschine ab und begrüßte seinen unangekündigten Gast. Sie unterhielten sich über Autos, weil Georg drauf und dran war, für das rumänische Abenteuer eine entsprechend große, robuste und zuverlässige Limousine anzuschaffen.

Ob der Rammelkammer ihm rein zufällig einen großen Diesel-Benz beschaffen könnte? Nicht zu gebraucht, nicht zu teuer, Hauptsache zuverlässig und nicht zu wählerisch beim Treibstoff. Einen 300 D, fünf Zylinder, Kombivariante, überlege er – was Bernd davon halte?

Georg war unterdessen zunehmend irritiert, da Rammelkammer überhaupt nicht zuzuhören, sondern geistig abwesend zu sein schien und merkwürdig auf und ab stapfte, bis er die Hand um den hölzernen Griff eines Spatens legte, der an einer Lage Baustahlmatten lehnte.

Er wirbelte erst drei- oder viermal das Werkzeug ziemlich unbeholfen im Kreis, wie er es sich wohl bei amerikanischen Cheerleadern abgeschaut haben musste, dann bückte er sich, hob einen der größeren Schottersteine auf und drosch ihn voller Wucht mit dem Blatt des Spatens in den Himmel. Wie einem Golfball schaute Rammelkammer dem Stein nach, bis der gute dreißig Meter weiter auf einen Stahlträger der Eisenbahnbrücke über die Pegnitz knallte.

»Spinnst du?«, brach es aus Georg heraus, der unwillkürlich den Kopf eingezogen hatte. »Das hätte gewaltig ins Auge gehen können!«

»Ist mir nur eben so in den Sinn gekommen ...«, erklärte Rammelkammer, stellte den Spaten beiseite, und als könne er kein Wässerchen trüben, begann er sich mit Georg über den Mercedes zu unterhalten.

Diesmal, in der Einfahrt vor dem Bungalow, geschah nichts Vergleichbares. Rammelkammer legte den Hammer nach einer Weile zur Seite und verabschiedete sich. Georg atmete auf. Dass er sich am darauffolgenden Tag beinahe selbst unter die Erde beförderte, war seine eigene Schuld, denn der Rammelkammer war nicht zu Hause, sondern in einem seiner »Läden« in Nürnberg. Nur der Brunzfritz war zugegen, der war von Enzendorf heruntergekommen, um beim Verlegen der Betonprofilsteine zu helfen.

Vielleicht war einfach nur der Witz schuld, den Brunzfritz partout in dem Moment erzählen musste, als sie sich anschickten, die Rüttelmaschine vom Transporter zu wuchten.

»Kennst du den schon? Spazieren zwei Maurer an einer Wiese vorbei, in der mittendrin ein Bierkasten steht. Fragt der eine den anderen: Was wird denn da gebaut?«

Degenhardt quittierte den Witz mit einem belustigten »Du Depp!«, dann zählte er bis drei. Sie hatten schon Dutzende Male zuvor das massige Gerät vom Transporter geladen, doch noch nie war es dabei auseinandergefallen. Die gusseiserne Rüttelplatte klappte in derselben Sekunde nach unten weg, in der den beiden Männern das volle Gewicht von drei Zentnern an den Armen zog. Normalerweise mussten sie nur den freien Fall der Maschine abfangen, damit sie nicht ungebremst auf den Boden schlug – bloß dass diesmal Brunzfritz viel zu früh losließ, um gerade noch seine Schienbeine aus der Bahn der Bodenplatte zu bringen, sodass Georg die Last des gelb lackierten Monstrums mit dem ganzen Körper aufnahm. Es gelang ihm, den Kasten von sich zu stoßen, ehe er darunter zerquetscht wurde, und obwohl der Aufschlag hart war, zeigte sich später, dass die Rüttelmaschine ausgezeichnet konstruiert war und bald wieder funktionierte, als wäre nichts geschehen.

Vorerst standen sie jedoch beide da und schauten recht dumm aus der Wäsche. Der Brunzfritz machte seinem Schrecken mit einem aus tiefstem Herzen kommenden »Leck mich am Arsch!« Luft, Georg legte mit »Was für ein Scheißdreck!« nach.

»Ist dir etwas passiert?«, fragte er dann.

»Nein, sieht nicht so aus. Und dir?«

Brunzfritz hatte in der Tat keine einzige Schramme, und Georg hatte zwar im kritischen Moment einen heftigen Stich in der Gegend zwischen rechtem Oberschenkel und Bauchnabel gespürt, doch ließ der Schmerz schnell nach, zumal er kaum darauf achtete, sondern sofort das Gerät untersuchte, um herauszufinden, was da eigentlich schiefgegangen war.

Sie entdeckten, dass sich drei der vier kolossalen Schrauben gelöst hatten, mit denen die massive Bodenplatte befestigt war. Als sie sich daranmachten, den Schaden zu reparieren, rätselten sie vergeblich, wie sich die Verankerungen von alleine aus dem Gewinde hatten drehen können. Es nützte jedoch nichts, sich den Kopf zu zerbrechen, wer die Maschine sabotiert haben könnte, denn da war niemand, der infrage kam. Sie beließen es dabei und vollendeten die Verlegearbeit, denn dafür wurden sie schließlich bezahlt.

»Das hätte übel enden können«, resümierte Georg am frühen Nachmittag, als sie zusammengepackt hatten und im Transporter unterwegs zurück zum Lagerplatz waren. Ihm war gewissermaßen etwas wackelig im Gemüt. Vor nicht mal drei Jahren hatte es den Maurermeister Löhner in Rupprechtstegen erwischt, im Schacht für ein Kanalrohr. Da waren die Wände plötzlich eingefallen, so schnell, dass der Löhner nicht mehr herauskam. Der Schacht hatte ihm nicht ganz bis zur Achsel gereicht, aber der Druck der Erde brach ihm dreimal den Hüftknochen, und als sie ihn endlich ausgegraben hatten, dachten sie, er sei hinüber, weil er kaum noch geatmet hatte. Seitdem war der Löhner ein Krüppel, konnte nicht mehr seinem Beruf nachgehen, sondern half im Gasthaus seiner Schwiegerleute beim Bierzapfen.

»Mir ein Rätsel«, stimmte Brunzfritz zu, »als ob sich die Schrauben von alleine lockern können. Vom Rütteln werden sie ja eher noch fester eingedreht.«

»Ja, ganz merkwürdig. Ich hoffe mal, ich habe mir nicht das Bein verrissen.«

Am nächsten Morgen durchzuckte Georg, als er sich wie immer elegant aus dem Bett schwingen wollte, ein heftiger Schmerz. Weil dieser allerdings keine Anstalten machte, schnell wieder nachzulassen, bat er entgegen seiner üblichen Gepflogenheiten Almuth, beim Dotzauer Bescheid zu geben, dass der sein Auto noch ein Weilchen in einer unverputzten Garage abstellen müsste, und Eiwei, dass der einen Tag freinehmen durfte. Dann tat Georg, was Männer machen, wenn sie sich krank fühlen: Er verkroch sich im Bett und litt stumm in sich hinein.

Almuth warf noch einen kurzen Blick ins Schlafzimmer, ehe sie selbst zum Unterricht musste, und fragte, ob es etwas Ernstes sei, doch Georg verneinte, er wolle den Vormittag zu Hause bleiben, um gründlich auszuruhen, dann würde der Schmerz schon von alleine verschwinden. Almuth bezweifelte das natürlich, aber sie wusste, dass sie nichts ausrichten konnte, und verließ mit einem unguten Gefühl das Haus.

Georg zog die Beine an den Bauch und versuchte an etwas anderes zu denken als an das Pochen in seiner Leiste. Er konnte sich nicht entsinnen, wann er zuletzt an einem Wochentag vormittags zu Hause im Bett gelegen hatte. »Älterwerden ist nichts für Feiglinge«, pflegte Klaus Prütting beim *Pechwirt* regelmäßig zu verkünden, wenn ihn der Rheumatismus am Wickel hatte. Und während er sich an seinen Vater, von dem er den Beruf ererbt hatte, erinnerte, der ihm hundertmal vorgebetet hatte, wenn einer mit fünfzig Jahren morgens aufwache und keine Schmerzen habe, sei er schon tot, fiel Georg in einen wohligen Dämmerschlaf.

Nur für ein paar Minuten freilich, denn unvermittelt stand Almuth neben dem Bett und schüttelte ihn.

»Georg, du musst aufstehen, draußen liegt der Deißner Hannes auf der Straße und ist vom Fahrrad gefallen.«

Georg war schlagartig wieder wach. Er achtete nicht auf den Schmerz, zumal er sich sagte, er müsse sich an seine eigenen Worte halten, dass es ihm überhaupt nicht richtig schlecht ging. Trägheit war eine weitere der Todsünden, der er nicht im Allergeringsten zuneigte, und außerdem hing er dem unverrückbaren Aberglauben an, dass man alleine davon, dass man darüber sprach, krank zu sein, auch wirklich krank wurde.

Hannes Deißner lag unterhalb vom alten Milchhäuschen im Gras neben dem Asphalt und machte einen recht aufgeräumten Eindruck auf Georg. Bis nach knapp einer Stunde der Krankenwagen aus Hersbruck eintraf, leerte er im Liegen zwei Flaschen Bier, die er aus seinem Rucksack hervorzog, einem graubraunen Stoffklumpen, den er gewiss schon getragen hatte, als er 1945 aus der Kriegsgefangenschaft zurück ins Dorf marschiert war.

»Ich möchte selbst gerne wissen, wie das passiert ist«, verkündete Deißner zum wiederholten Male, als die Sanitäter die Trage neben ihn stellten und beratschlagten, wie sie den dicken Mann in das Krankenfahrzeug verfrachten sollten. Um sein gebrochenes Bein zu stabilisieren, packten sie eine neue Errungenschaft der Notfallmedizin aus, eine aufblasbare Manschette aus grauem Kunststoff, die sie um Deißners Oberschenkel wickelten.

»Mein Wegbier kommt mit!«, beharrte Hannes und bat Georg, den Rucksack mit in den Krankenwagen zu nehmen.

Der Deißner arbeitete nämlich im Sägewerk, brach morgens um sechs mit dem Rad auf und fuhr bis zur Brücke über die Pegnitz, auf der anderen Seite dann am Kriegerdenkmal und dem alten Schulhaus vorbei auf dem Bahnhofsweg nach Vorra, wo dank des Eisenbahnanschlusses ein paar Industriebetriebe gemächlich vor sich hin wirtschafteten, der Holzhandel Heberlein, der Steinplatten-Koch und zu früheren Zeiten noch ein Zementwerk. Zwischen drei und vier Uhr kam Deißner wieder nach Hause, schwer betankt, aber immer gut gelaunt, eine Seele von Mensch, ausgestattet mit einem fröhlichen, dicken Kopf. Deißner soff ohne speziellen Grund, seitdem er aus dem Krieg heimgekehrt war, den er nur knapp und gerade so überlebt hatte, nachdem ihm ein russisches U-Boot in der Ostsee das Schnellboot unterm Hintern wegtorpediert hatte. Er heiratete eine Frau, die aus der Gegend um Nürnberg stammte und einen kleinen Sohn im Gepäck hatte. Der Kleine war nicht »ganz helle im Kopf«, was jedoch keinen sonderlich störte, denn in den Nachkriegsjahren bis weit in die Sechziger waren Enzephalitis und Meningitis Krankheiten, die im Lande sporadisch aufflackerten und die geistige Entwicklung des einen oder anderen Kleinkindes zum Stillstand brachten. Man war dann froh, dass eines überhaupt überlebte, und konnte sich darauf verlassen, dass ein jedes seinen Platz in der Gemeinschaft finden würde. Deißner kümmerte sich liebevoll um den Buben, der es zwar nie bis zur Beherrschung der grundlegendsten Schreib- oder Lesefertigkeit schaffte, aber dafür eine überaus wohlklingende Singstimme entwickelte, die ihm die erfolgreiche Laufbahn eines Wirtshausmusikanten ebnete.

»Kein Mensch kann alles«, sagte der Deißner von Zeit zu Zeit, um zu verlautbaren, dass er mit seinem Dasein in höchstem Maße zufrieden war.

Oben in der Wohnküche des kleinen Häuschens, wo die Deißners viele Stunden lang herumsaßen und Kette rauchten, bis aus den Tapeten das blanke Nikotin wie Harz aus einer Baumrinde quoll und wie Honig aus einem Bienenstock von der Decke tropfte – in dieser Wohnküche hing ein großes Porträt des jungen Deißner in Matrosenuniform, das jener Zeit gemäß mit zartem Pinsel nachkoloriert worden war. Bei seinen seltenen Besuchen im Herzen der Deißnerschen Räucherbude hatte sich Georg stets aufs Neue gefragt, warum der junge Mann auf dem Bild mit grünen Augen den Blick des Betrachters entgegnete, während doch der dicke Hannes realiter aus braunen Rehäuglein in die Gegenwart guckte. Wenngleich aus einem ganz und gar nicht rehähnlichen, sondern aus einem kreisrunden, stets ein wenig angeschwollenen und von grauen Stoppelhaaren umrahmten Gesicht.

Wie dem auch immer sei, die eigentümlich riechende Frau Deißner, deren Gesicht im hellen Licht des Tages eine braun-gelbe, sich bedenklich einem reinen Grün nähernde Farbe aufwies, bestieg in Kittelschürze und mit schwarz gefärbter Lockenwicklerfrisur das Krankenfahrzeug. Der geistig zurückgebliebene Sohn hütete das Haus, er kam gut alleine klar, zumal er selbst nicht rauchte, und zwar weil er Angst vor Streichhölzern hatte. Dadurch war sichergestellt, dass er das Haus nicht anzünden würde, und was seine Nikotinabhängigkeit anbetraf, stand noch genügend kalter Rauch in der Wohnküche, dass er es mehrere Tage ohne Entzugserscheinungen aushalten konnte.

Georg hatte Almuth versprochen, dem Nachbarn zur Seite zu stehen, selbst dann, wenn Frau Deißner sich mit ins Krankenhaus kutschieren ließe. Denn es war so, dass Gerlinde Deißner sich zwar vom Alkohol fernhielt, dafür jedoch mit gewaltigen Mengen Tabletten ihr farbloses Alltagsleben verbrämte. Dafür nahm sie offenbar eine gewisse geistige

Abwesenheit in Kauf, derentwegen sie bei vielen als nicht komplett zurechnungsfähig galt. Mit Bestimmtheit würde sie Georgs Beistand gebrauchen können.

Solcherart fuhr Georg im Sanka nach Hersbruck, auf der vorderen Sitzbank zwischen den beiden Sanitätern eingeklemmt. Hannes Deißner lag hinten auf der Krankenbahre, seine Frau, die sich für den seitlichen Klappsitz entschieden hatte, hielt Deißners Hand und jammerte ohne Unterlass.

Georg hätte gerne das Schiebefenster geschlossen, das die Fahrerkabine vom Laderaum trennte, aber die Retter des Roten Kreuzes mussten in der Lage sein, sich rasch mit dem Patienten zu verständigen, falls es ein Problem geben sollte. So kam es, dass Georg mit halbem Ohr und ausgesprochen unfreiwillig mit anhören musste, wie sich Deißners mit gedämpfter Stimme unterhielten. Frau Deißner schien sich zu sorgen, dass ein Zeug namens Veronal nicht mehr in ausreichender Menge zu Hause vorrätig sei. Valium und Rohypnol ebenso wenig, und überhaupt kein Ephedrin. Außerdem ging es um einen Arbeitskollegen Deißners, der einer weiteren Person namens Gabsteiger Bescheid geben würde. Samt und sonders nichts, wie Georg fand, das ihn etwas anging.

In Hersbruck angekommen, kümmerte er sich darum, dass alle notwendigen Angaben bei den richtigen Instanzen landeten: Name, Wohnort, Arbeitgeber, Unfallhergang, persönlicher Bedarf, regelmäßige Einnahme von Medikamenten. Deißner entschwand auf einer rollenden Bahre, seine Frau watschelte nebenher. Sie würde vermutlich selbst im Operationssaal nicht freiwillig von der Seite ihres Mannes weichen.

Georg, der mit Almuth ausgemacht hatte, dass sie ihn nach der Schule abholen würde, ging auf, dass er nun mehrere Stunden würde warten müssen. Er überlegte, was er tun konnte, und trat vor das Klinikgebäude. Der Schmerz in seiner Leiste meldete sich plötzlich mit frischem Schwung, und Georg verzog das Gesicht.

Ein Arzt, der vor der Tür einen Stumpen qualmte, sprach ihn an. »Schmerzen? Akute Leiste?«

»Ich fürchte, ja«, antwortete Georg. »Ich hoffe, das geht demnächst wieder weg.«

»Ha!«, lachte der Arzt. »Da hat sich schon manch einer vor Schmerzen mit dem eigenen Bruchband erhängt! Im Ernst: Sie sollten das so schnell wie möglich richten lassen.«

»Ja, aber wann denn? Ohne mich steht die deutsche Wirtschaft still«, wehrte Georg ab, doch schon das erste »Haha«, das er seinem missratenen Witz hinterherschickte, bereitete ihm einen stechenden Schmerz.

»Wenn Sie drei Stunden Zeit haben, erledigen wir das sofort.«

Zuerst schaute Georg verdutzt, doch dann erkannte er die Chance. Anstatt sich wochenlang herumzuquälen und mit Almuth zu zanken, die ständig in ihn dringen würde, einen Arzt aufzusuchen, würde er die »Angelegenheit« praktisch im Vorübergehen regeln und schon bald seinen ehelichen Pflichten wieder mit hundertprozentiger Kraft nachkommen können.

Er sei Dr. Sadowski, stellte sich der Arzt vor, und Georg solle ihm gleich folgen, er werde alles Notwendige veranlassen. So kam es, dass Georg nur eine halbe Stunde, nachdem Deißner mit seinem Oberschenkelhalsbruch im OP verschwunden war, selbst auf einer rollenden Bahre lag und unter eine riesige, runde und gleißend helle Lampe geschoben wurde. Die vier oder fünf Personen, die ringsherum geschäftig diverse Gerätschaften vorbereiteten, konnte Georg nicht auseinanderhalten, weil sie alle weiße Hauben auf dem Kopf und große weiße Tücher vor den Mund gebunden hatten. Eine Frau legte ihm am Arm einen Zugang, wie sie erklärte, und zog eine Spritze auf, die sie auf einen Abzweiger des durchsichtigen Schlauchs steckte. »Zur Betäubung. Sie werden nichts spüren, aber auch nicht einschlafen. Nur ein bisschen dämmern. Und nicht vergessen: Immer schön gleichmäßig atmen.«

Der Chirurg, der Georg zu dem spontanen Besuch im OP eingeladen hatte, tauchte neben ihm auf. Georg erkannte seine Stimme und hatte kurz den Eindruck, dass durch den Mundschutz ein leichter Hauch von Kognak zu riechen war.

»Alles in Ordnung«, sagte er – es war keine Frage, sondern eine Mitteilung. »Das Zeug, das wir Ihnen gegeben haben, kriegen Sie nicht mal so im Handumdrehen am Hauptbahnhof in Nürnberg.«

Die Augen der Narkoseschwester lächelten. »Schön weiteratmen«, sagte sie und drehte an ein paar Knöpfen eines Geräts, das in regelmäßigem Abstand ein Piepen von sich gab. Das ist bestimmt mein Herzschlag, dachte Georg und verlor sich in diffusen Träumen. Er bekam erst wieder mit, was um ihn herum geschah, als eine Krankenschwester seine Wange tätschelte und ihm ein Etwas unter die Nase schob, aus dem wunderbar klare Luft strömte. Er begann kräftig zu inhalieren und sagte nach jedem Atemzug, wie fein und wie frisch das rieche, doch war seine Stimme außerhalb seines Körpers nicht zu hören, und auch die Krankenschwester schien keine Veranlassung zu haben, mit ihm zu reden. Dann plötzlich war er wieder hellwach und hob den Kopf. Er tastete nach seiner Oberlippe und spürte den dünnen Schlauch, aus dem Sauerstoff strömte.

»Na, wieder da?«, fragte die Schwester und lächelte. »Bleiben Sie einfach noch eine Weile liegen, ruhen Sie sich aus. Wenn etwas sein sollte, ist hier oben ein Knopf, mit dem Sie nach mir klingeln können.«

Sie stand auf und ließ Georg alleine in einem kahlen Raum, dessen Wände mit grüner Ölfarbe gestrichen waren. Er hätte im Nachhinein unmöglich sagen können, ob er nur fünfzehn Minuten oder geschlagene drei Stunden dort gelegen hatte, aber er war von Kopf bis Fuß entspannt und fühlte sich leicht und schmerzfrei. Ein wonnevoller Zustand, das konnte er sich selbst bescheinigen, in dem er außerstande war, Ungeduld zu empfinden.

Als Almuth schließlich eintraf, um Georg abzuholen, musste sie kurz warten, bis man im Aufwachraum Bescheid gesagt hatte. Er machte vorsichtig einen Schritt vor den anderen, als schwanke der Untergrund wie ein Dreschboden, und er grinste über das ganze Gesicht. In kurzen Sätzen berichtete er von seiner spontanen Behandlung.

»Alles in Ordnung«, versicherte er Almuth, die auf seine überdrehte Redeweise mit einem alarmierten Blick reagiert hatte. Und als ob er Almuth damit vollends beruhigen könnte, fügte er hinzu: »Der Doktor hatte recht. So etwas kriegt man unmöglich am Hauptbahnhof.«

Womit er exakt das Gegenteil erreichte. Almuth war nun wirklich voller Sorge um Georgs geistige Unversehrtheit.

Frau Deißner stand vor dem Krankenhauseingang und rauchte. Auch sie wirkte deutlich entspannter als am Morgen im Krankenwagen.

»Wie geht's Hannes?«, fragte Almuth.

»Gut, gut.« Die Deißnerin nickte, als hinge ihr Kopf an der Schnur eines Puppenspielers.

»Willst du mit uns zurückfahren, Gerlinde?«

»Nein, nein.« Frau Deißner nickte erneut wie am Faden gezogen. »Nein, nein. Ich werd nachher mal in die Stadt gehen, ein paar Sachen besorgen ... und nehme heut Abend den Zug.«

Almuth versprach, zur Sicherheit dem Buben einen Besuch abzustatten, dann packte sie Georg ein, der grienend am Auto lehnte, und sie fuhren zurück nach Artelshofen.

Noch nie zuvor hatte Almuth sich ernsthaft mit der Frage beschäftigt, wie sich ihre Welt in den Augen eines Drogensüchtigen abbilden musste. War alles, was ihr Leben ausmachte, aus dessen Sicht lächerlich, überflüssig, wertlos? Was bedeutete es, wenn man in den Zeitungen las, dass für einen Abhängigen keine Moral und kein Gesetz mehr galten? Neben ihr auf dem Beifahrersitz kicherte der sonst so zurückhaltende und nüchterne Georg und faselte von Schwerelosigkeit; Frau Deißner irrte tagein, tagaus durch diffuse Träume im Inneren ihres Kopfes, wo niemand hineinblicken konnte; und irgendjemandem musste es völlig logisch und so selbstverständlich erschienen sein, eine tote Prostituierte in ein fremdes Grab zu legen und einen leblosen Hippie hinter einer Stützmauer zu verstauen, wie ihr Sohn eine Tafel Schokolade hinter einer Reihe Bücher versteckte, damit sein Bruder nicht davon naschte. Und das alles in dem kleinen, scheinbar so unendlich friedlichen und stillen Dörfchen, in das sie gerade heimfuhren.

Aber im gleichen Maße, wie Georgs Betäubung endgültig nachließ, verflüchtigte sich Almuths anfängliche Irritation über die Veränderungen, welche die Medikamente im Verhalten ihres Gatten bewirkt hatten. Letzten Endes verbuchte sie das Erlebnis unter den alltäglichen Erfahrungen, die jeder nüchterne Mensch macht, der es mit Betrunkenen zu tun kriegt: Man selbst und das Gegenüber bewegen sich in unterschiedlichen Sphären des Bewusstseins, die unüberwindbar getrennt sind durch die Wirkung einer chemischen Substanz. Nur dass manche Substanzen illegal sind, während Alkohol ein alltägliches Genussmittel ist.

Kapitel 13

Frauenbegegnungen

Das ganze Dorf musste währenddessen hilflos mit ansehen, wie Frau Proppenstädter den Halt verlor, obwohl die Familie den Schicksalsschlag von außen betrachtet recht gut weggesteckt hatte. Grundsätzlich hatte niemand das Recht, sich in die privaten Angelegenheiten anderer Leute einzumischen, allenfalls noch der Bürgermeister und Dr. Reichinger, der Arzt aus Vorra. Aber nicht einmal die eindringlichen Worte des Pfarrers schienen die dunklen Wolken, die sich um Monika Proppenstädters Seele geballt hatten, vertreiben zu können. Immer häufiger kam es vor, dass sie schon nachmittags an der Bushaltestelle saß oder auf einer Bank vor der *Juraschanze* oder vor dem Schaufenster vom Wörner, mit eingepissten Hosen, halb bewusstlos und nicht einmal mehr in der Lage, ihren eigenen Namen auszusprechen. Regelmäßig musste eines der Kinder kommen und sie nach Hause bringen.

Zur Abwechslung war es diesmal Almuth Degenhardt, die zufällig darauf stieß, dass es auch bei Proppenstädters eine Leiche im Keller geben musste – im übertragenen Sinne. Und zwar geschah das während des Einkaufens unten beim Wörner, wo sie auf dem Weg zurück von der Schule kurz angehalten hatte. Und natürlich berichtete sie am Abend noch brühwarm ihrem Mann von dem Gespräch, das sie während des Besuchs im Gemischtwarenladen unfreiwillig belauscht hatte.

Sie war im hinteren der beiden engen Gänge gestanden, tief versunken in das Etikett einer Dose rote Bohnen, deren

Haltbarkeitsdatum 1962 abgelaufen war. Es war ihrer archäologischen Ader zu verdanken, dass Almuth viel mehr Zeit im Laden verbrachte, als nötig gewesen wäre. Zuvor hatte sie schon länger eine vergilbte Papiertüte mit Silberlametta betrachtet – die Verpackung in Fraktur bedruckt, noch ein Fabrikat aus »deutscher Fertigung« und aufgrund einer undurchschaubaren Verschlingung der Wörnerschen Logistik zwischen die altmodischen Stahlbürsten, die neuartigen Topfschwämme aus Kunststoff mit Scheuervlies und die Fertigschokoladenglasur im Päckchen geraten. Während sie also über dem historischen Fundstück meditierte, wurde sie von Frau Winkler und der Proppenstädterin, die kurz hintereinander den Laden betraten, nicht bemerkt.

»... ich hab mir schon immer so etwas gedacht«, sagte die Winklerin, als Almuth auf das Gespräch der beiden Frauen aufmerksam wurde. »Den Ring haben sie ihm ja gelassen, obwohl sie ihn schlimm zugerichtet hatten.«

»Schlimm«, bestätigte die Proppenstädterin kurz und knapp und stürzte einen Jägermeister hinunter, wie Almuth anhand des Knackens des Verschlusses und der Schluckgeräusche erriet. Almuth bemerkte auch die Ironie, welche die Alkoholikerin in ihre Zustimmung legte.

»Kräschi hat's zum Glück nicht mehr erleben müssen«, sagte die Winklerin und seufzte so melodramatisch, dass Almuth sich unwillkürlich fragte, ob hier ein Hörspiel aufgeführt wurde, dessen einzige Zuhörerin sie selbst war. Aber nein. Die zwei Frauen konnten unmöglich von ihrer Anwesenheit wissen – Almuth hatte, nachdem die beiden den Laden betreten hatten, nicht den kleinsten Finger gerührt.

»Nö, die hatte echt Schwein«, ätzte die Proppenstädterin.

»Schrecklich, das alles«, wiederholte die Winklerin so laut, als stünde sie auf der Bühne eines Laienschauspiels.

»Jetzt lass mich in Ruhe«, fauchte die Proppenstädterin.

»Was ist los? So schlecht waren die alten Zeiten nicht, oder? Was ist los, Monika?«

»Du weißt genau, was los ist! Und sprich mich nie wieder mit diesem mitleidigen ›Monika‹ an. Du hast ihn auf dem Gewissen, das weißt du – Babette!«

»Du bist betrunken«, schnarrte die Winklerin. Ihre Stimme hatte sich ins Gegenteil verkehrt, sie schlüpfte jetzt in die Rolle der gehässigen Stiefmutter. Almuth stellte sich vor, wie sie das Kinn in die Luft reckte, einen Besenstiel im Rücken und die Arme vor der Brust verschränkt wie ein Vorhängeschloss.

Dann mischte sich die Registrierkasse ein, Babette bezahlte nun offenbar ihre Einkäufe.

»Das war's für heute, Frau Doktor?«, fragte die Stimme von Herrn Wörner.

Die Ladenklingel bimmelte, was Almuth als Zeichen sah, hervorzukommen und ebenfalls ihren Einkauf zu beenden. Monika Proppenstädter wackelte durch die Tür, die Almuth ihr aufhielt, und hockte sich draußen auf den Gehsteig. Ein dunkler Fleck breitete sich zwischen ihren Schuhen aus.

»Komm, steh auf«, befahl ihr Almuth, »ich bring dich heim.«

In der einen Hand den selbst genähten Jutebeutel, in dem sie neuerdings die Waren nach Hause trug, zerrte sie mit der anderen so lange am Arm der Betrunkenen, bis diese sich mühsam in Bewegung setzte. Monika schien sie für die Winklerin zu halten und führte die Unterhaltung von vorhin weiter, obschon sie nur noch lallen konnte: »Die Kräschi und der Django, freilich, die waren dir egal ... der

Rammelkammer kam jede Woche mit einem neuen Auto ... da habt ihr zugelangt, als ob ich das nicht wüsste, ihr habt alles zerstört, zerstört habt ihr's ...«

Ob das irgendwann aufhört?, dachte Almuth. Ihr kam es in diesem Sommer so vor, als ließe sie keine Gelegenheit aus, sich mit den Exkrementen ihrer Mitmenschen zu beschäftigen. Bisheriger Höhepunkt war der »russische Strandkacker« gewesen, den sie aus nächster Nähe am Strand von Konstanza beobachtet hatten. Eine Familie aus der Sowjetunion, wie Georg behauptete. Ohne die Kenntnis einer einzigen russischen Vokabel außer »Nastrowje« war eine Verständigung unmöglich. Im Grunde machten diese Leute nichts anderes als die Degenhardts auch. Sie breiteten große Handtücher auf dem Strand aus, auf die sich die Erwachsenen legten, und die Kinder bekamen Eimerchen und Schäufelchen aus Plastik in die Hand gedrückt, um im nassen Sand zu wühlen. Oder sie tollten mit den Degenhardt-Buben in der Brandung. Erst als eines der kleinen russischen Kinder beim Vater ein dringendes Bedürfnis anmeldete, kam ein gewisser kultureller Unterschied zum Vorschein. Der russische Vater grub kurz entschlossen mit der hohlen Hand eine Mulde in den Sand, nur ein paar Meter oberhalb ihres Liegeplatzes. Als hätten sie es schon tausendmal geübt, packte er das Kind, das die Knie bis zum Kinn hochzog, und hielt es über das Loch. Zum krönenden Abschluss setzte nach Vollzug der Verrichtung der Vater das Kind ab, steckte einen mit Spucke befeuchteten Zeigefinger in den Sand und zog diese improvisierte Eisenfeile dem Kleinen zwischen den Hinterbacken durch. Für die Degenhardts ein Schauspiel, das noch tagelang diskutiert wurde. Und das Almuth vor dem inneren Auge aufstieg, während sie die schwankende und stolpernde Proppenstädterin zum heimischen Hof schleppte und an der Haustür der Obhut der ältesten Tochter übergab.

Zu Hause setzte sich Almuth zu Georg aufs Sofa, auf dem er seit zwei Tagen lag, da ihm nun, nachdem die Betäubung schließlich doch noch abgeklungen war, der Schnitt an der Leiste Schmerzen bereitete. Sie waren sich schnell einig: Wenngleich sie nur blindlings raten konnten, durfte mit »Django« die Mumie gemeint gewesen sein, und »Kräschi« war bestimmt die Prostituierte aus Düsselbach. Wenn sie damit jedoch recht behalten sollten, dann hätten sowohl die Winklerin als auch die Proppenstädterin nicht nur beide Tote gekannt (vom Bayerlein einmal abgesehen), sondern höchstwahrscheinlich auch gewusst, dass sie dort verräumt waren, wo sie gefunden wurden. Die Eheleute verstummten und sahen sich reglos an, während beiden der nahezu wortgleiche Gedanke durch den Kopf ging: Da steckten anscheinend alle mit drin und unter einer Decke – Tote und Lebendige.

Die jeweiligen Schlussfolgerungen, die Almuth und Georg aus dieser Erkenntnis zogen, hätten jedoch unterschiedlicher nicht sein können. Georg erlag ohne Gegenwehr seiner angeborenen Neigung, sich nicht in Händel einzumischen, die ihn nichts angingen. In seiner Gattin jedoch erwachte der Forschertrieb. Sie war fest entschlossen, Licht ins Dunkel zu bringen, sie wollte die Wahrheit wissen, die eine, unteilbare Wahrheit und nichts als die Wahrheit. Sie würde diskret und mit den ihr zur Verfügung stehenden Mitteln vorgehen, aber nicht mehr lockerlassen, bis sie die verborgenen Zusammenhänge in Erfahrung gebracht hätte.

Sie musste auch nicht lange warten, bis sich eine erste Gelegenheit ergab, Erkundigungen einzuholen. Ohne von dem Vorfall im Laden zu ahnen, lud Frau Wörner drei Tage später zum Kaffeetrinken. Almuth sagte mit der Absicht zu, mit aller gebotenen Zurückhaltung über das offenbar hasserfüllte Verhältnis zwischen der Proppenstädterin und der Winklerin zu sprechen.

Die Wörners wohnten oberhalb des Geschäfts in einem freistehenden Haus an der Hauptstraße. Rechter Hand vom Ladeneingang führte eine steile Treppe hinauf zur Haustür und zu einem bescheidenen Gärtchen hinter dem Küchenfenster, wo am Rande einer schmalen Grasfläche die Teppichstange und das Wasserfass für das Kräuterbeet standen. An jenem Nachmittag waren außer Almuth Degenhardt Elke Seibold-Müller, Gisela Fichtner, die sich mit der Prothese unaufhörlich im Nacken kratzte, und die frühere Wirtin der *Juraschanze*, die alte Frau Österreicher, zu Gast.

Ferdinand begleitete Almuth auf dem Weg zum Laden. Er hatte vor, sich mit anderen Jungs am Zeitschriftenständer gleich rechts vom Eingang zu treffen. Seitdem Degenhardts Ältester die Geschichten über Asterix und Obelix entdeckt hatte, konnte er nicht genug davon kriegen. Im drehbaren Gestell für die Zeitungen und Zeitschriften steckte immer ein halbes Dutzend Bände mit den Abenteuern der beiden Gallier. Mit den Comicheftchen hatte es die Bewandtnis, dass praktisch niemals ein Exemplar verkauft wurde. Es war ein ungeschriebenes Gesetz, dass die Comics nicht in den Privatbesitz eines einzelnen Kindes gelangen durften, weil für die Jugend in Ermangelung jeglicher Bibliothek der Zeitschriftenständer die einzige öffentlich zugängliche Quelle für Lesestoff darstellte. Eine Ausnahme von der Regel gab es, die eigentlich nur eine halbe Ausnahme war, nämlich, dass Sohn und Tochter der Wörners das Recht der Erstlektüre hatten. Erst wenn die Kinder des Hauses die frisch eingetroffenen *Fix und Foxi*, *Micky Maus* und dergleichen gelesen hatten, standen die Hefte auch allen anderen zur Verfügung.

Es fiel Almuth nicht schwer, das Gespräch auf die Proppenstädterin zu lenken. Denn wie und wo auch immer – alle hatten längst ihre eigenen Erlebnisse mit der Alkoholikerin gehabt. Schlimm, schlimm sei das, was mit der armen Frau geschehe, krächzte die alte Frau Österreicher, die stets ein Kopftuch trug, wenn sie das Haus verließ. Sie lobte im selben Atemzug den Frankfurter Kranz, den Frau Wörner aufgetischt hatte, und lud sich ein drittes Stück auf den Teller. Und überhaupt, murmelte die Alte in ihren Damenbart, leicht habe es das Mädel nie gehabt mit ihrer schiefen Hüfte, aber sie sei dennoch recht leicht unterwegs gewesen. Jedenfalls bis sie – nur der Herrgott wisse, warum – diesen Hermann Proppenstädter geheiratet habe, dieses Scheusal.

Zu Almuths gelinder Überraschung kam dann, ohne dass sie eigens darauf anspielen musste, sehr schnell auch Frau Winkler ins Spiel. Es war die Fichtner, die damit anfing.

»Die Proppenstädterin, die Winklerin und der Eißenpacher, die kannten sich noch von früher, aus der Zeit nach dem Krieg, von Nürnberg her.«

Elke Seibold-Müller ließ kurz die Gabel sinken und öffnete den Mund, als ob sie etwas sagen wollte. Dann besann sie sich eines Besseren und aß weiter Kuchen, während Frau Fichtner fortfuhr zu lästern.

»Der Proppenstädter, da bin ich mir absolut sicher, hat sich an die Winklerin herangemacht. Ich hab's selber mit angesehen, wie er vor dem Haus stand und schaute, ob er sie nicht durch ein Fenster entdecken konnte. Zweimal die Woche kam er bei uns am Hof vorbei, rauf zur Wirtsleite, wo er eigentlich überhaupt nichts zu suchen hatte, weil seine ganze Liegenschaft im unteren Dorf ist.«

Frau Fichtner kratzte sich zum wiederholten Male mit der Prothese am Rücken. »Und ich will gar nicht wissen, ob er Erfolg hatte.«

»Aber nie im Leben!«, meldete sich Frau Wörner. »Der war doch bloß ein Prahlhans, große Klappe, nichts dahinter. Der Proppenstädter wollte es doch nur dem Bayerlein zeigen, wollte den triezen, weil der bei der Frau Doktor abgeblitzt war. Wie oft hat der Bayerlein darüber im Laden lamentiert, bis mein Mann ihm sagte, er soll jetzt den Schnabel halten, sonst fliegt er hinaus, und zwar hochkant.«

»Weißt du's?«, sagte Frau Fichtner. »Nur der Allmächtige kann wissen, wie weit's der Hermann getrieben hat, ehe er dann den furchtbaren Unfall hatte.«

»Der Allmächtige und der Zahnarzt!«, rief die Seibold-Müllerin dazwischen. Da lachten die Frauen, aber mit Bestimmtheit konnte natürlich keine sagen, wer wann was gewusst hatte – Dr. Winkler, seine Frau, der Großbauer. Eine vertrackte Angelegenheit, zumal zwei der Beteiligten, rechnet man den unseligen Bayerlein hinzu, schon unter der Erde waren. Wenngleich im Falle des Bayerlein nur vorübergehend.

Almuth unternahm noch einen Versuch, aus den anderen weitere Erinnerungen hervorzulocken. »Vielleicht wusste der Zahnarzt von Anfang an davon«, sagte sie. »Denn was ich so mitbekommen habe, hielt sich der Winkler stark zurück mit seinen flapsigen Sprüchen, als sie den Proppenstädter gefunden haben. Er war einer der Ersten an der Unfallstelle.«

»Das sagt Georg, nicht wahr?«, fragte Elke Seibold-Müller. »Ich bin ja damals auch hinaufgelaufen, um mir den Kladderadatsch anzuschauen, aber ich kann mich nicht mehr erinnern, ob der Winkler dort war.«

Niemand ging darauf ein, womit das Thema für dieses Mal durch war. Almuth erfuhr keine weitere Einzelheit, zumal das meiste sowieso nicht über üble Nachrede hinausging. Frau Österreicher wechselte den Gesprächsgegenstand, indem sie zum Fenster hinausdeutete und zu Frau Wörner bemerkte: »Schön steht deine Teppichstange, Ingrid.«

»Ach! Das sieht nur so aus. Ich werde demnächst Georg bitten müssen, die Pfosten neu einzubetonieren. Das Ding wackelt schon wie ein Kuhschwanz!«

Auch Elke Seibold-Müller schien froh, über etwas anderes reden zu können: »Ich habe meine Teppichstange kein einziges Mal mehr benutzt, seitdem ich den neuen Staubsauger zum Geburtstag bekommen habe, einen ›Kobold‹*, ein lustiger Name, ja, findest du auch, nicht?«

Den hätte sie ihrem Georg umstandslos über den Schädel gezogen, dachte Almuth, wenn er die Unverfrorenheit besessen hätte, ihr ein Haushaltsgerät zum Geburtstag zu schenken. Aber sie hielt ihren Mund, denn immerhin hatte sich Elkes Mann daran erinnert, dass er überhaupt eine Ehefrau hatte, und das war im Grunde ein gutes Zeichen. Vielleicht hätte Almuth noch ganz andere Vermutungen angestellt, wenn sie zu diesem Zeitpunkt schon gewusst hätte, was sie in nicht allzu ferner Zeit erfahren sollte.

Kapitel 14

Unterleibsangelegenheiten

Den nächsten Vorfall, wenn auch einen recht unbedeutenden, gab es dann umgehend, als Georg sich Ende Oktober so weit erholt hatte, dass er seine Arbeit wieder aufnehmen konnte.

Zuallererst, quasi zum Aufwärmen, machte er sich daran, die Garage vom Dotzauer, die sie im Frühjahr neben dem neuen Silo gebaut hatten, zu verputzen. Mittwochmorgen bestellte er telefonisch das Material und sagte Eiwei Bescheid, dass es wieder losging. Er, Georg, sei wieder »auf dem Damm«, müsse jedoch vorsichtig sein beim Heben und Tragen schwerer Lasten, weshalb Eiwei sich schon mal darauf einstellen solle, ordentlich ranzuklotzen.

»Fein, fein, eiwei«, antwortete Eiwei, »nich der Rede wert, Hauptsache, das gute Stück steht wieder aufrecht, nicht? Ch, ch, ch …«

Georg sah ein, dass es sinnlos war, Eiwei den Unterschied zwischen einer Hernie und einer Erektionsstörung auseinanderzusetzen. Für Eiwei hatte jede körperliche Störung »im Untergeschoss« mit Sex zu tun, eine detaillierte Erläuterung wäre ihm nur durch das eine große Segelohr hinein- und zum anderen großen Segelohr wieder hinausgedrungen.

Am Donnerstagabend fuhr der Lastwagen der Baustoffhandlung A. Haußner GbR aus Alfalter am Hof vom Dotzauer vor und lud zwei große Haufen neben dem überdachten Rohbau ab, sechs Zentner Sand und zwei Zentner Zementputz. Die Mischmaschine begann sich am Freitag um halb acht Uhr morgens zu drehen, Eiwei schaufelte, Degenhardt schwang die Kelle und das Reibebrett, und da sie beide aufgrund der zweiwöchigen Zwangspause angestaute Energie freizusetzen hatten, schafften sie bis kurz nach Mittag alle Außenwände der Garage. Sie sprachen kaum ein Wort miteinander, denn sie waren perfekt aufeinander eingespielt, und stundenlang wurde das Rumpeln des Zementmischers und das Kratzen der Reibe nur dann und wann vom Muhen einer Kuh im nahe gelegenen Stall unterbrochen.

Georg spürte zwar die Narbe an seiner Leiste, hatte aber das gute Gefühl, dass alles dicht hielt. Was er weder Eiwei noch sonst jemandem verriet, war, dass er in den letzten Tagen gemeinsam mit Almuth gymnastische Übungen gemacht hatte.

»Was hältst du davon, etwas Vorbeugendes zu tun, damit du nicht so bald wieder Ärger mit der Leiste bekommst?«, hatte ihn Almuth eines Abends gefragt.

Georg hatte nicht die geringste Ahnung, was sie im Schilde führte. Da erzählte sie ihm, dass sie mit der Hebamme, Frau Rosenbauer, gesprochen habe, die ihr am oberen Markt in Hersbruck über den Weg gelaufen sei. Die Hebamme war mit Leistenbrüchen wohlvertraut und empfahl Georg jeden Tag ein paar Übungen zur Stärkung der Beckenbodenmuskulatur. Schaden könne es ja in keinem Fall.

»Du besprichst meinen Leistenbruch mit der Hebamme!? Und willst mich zur Geburtsvorbereitung schicken?!« Georg brauste auf, was sonst nicht seine Art war, aber durch den Leistenbruch hatte sein Selbstbewusstsein einen kleinen Knacks abbekommen.

Almuth lachte nur, und auch Georg entschied sich schließlich, die Sache von der komischen Seite zu sehen. Folglich lagen sie an den letzten vier Abenden, natürlich erst, als die Buben mit Gewissheit schon schliefen, nebeneinander auf dem Wohnzimmerteppich und übten »Fahrstuhl im Bauch«, die »Kerze« und die »Bauchwippe« und nahmen eine Haltung an, die Georg als »geistesgestörte Gazelle« bezeichnete.

Nach ein paar Tagen konnte er nicht mehr leugnen, dass ihm die Übungen guttaten, und war bald so weit, dass er die Gymnastik, die erste, die er seit seiner Schulzeit betrieb, genießen konnte. Nur wenn er sich vorstellte, welche Heiterkeit es bei Eiwei auslösen würde, wenn der das Beckenbodentraining seines Chefs spitzkriegte, überkam ihn ein mulmiges Gefühl.

Am Samstag klarte es auf, wenngleich der erste Nachtfrost noch nicht in Sicht war, denn von Westen kam unvermindert milde Luft nach Süddeutschland geströmt. Kurz nach neun klingelte das Telefon. An der Art, wie Georg den Hörer eine Handbreit vom Ohr entfernt hielt und dazu grinste, erkannte Almuth, dass es große Aufregung gab, aber wahrscheinlich nichts Ernstes, und anhand der blechernen Stimme, die aus dem Hörknochen tönte, den die Deutsche Bundespost liebevoll in derselben nichtssagend grauen Farbe wie das Spiralkabel gestaltet hatte, identifizierte sie den Dotzauer als Anrufer.

Georg kalkulierte realistisch, dass man die Misere erst am Montag wieder würde beseitigen können, und war sich sofort im Klaren über das Ausmaß an Spott und Hohn, das auf ihn wartete.

Später, sehr viel später freilich, als alles vorbei war, kam ihm beim Nachgrübeln bisweilen der Verdacht, die Ereignisse hätten erst so richtig Fahrt aufgenommen, als die Katzen sich einmischten. Genauer gesagt: Erst nachdem einige der unzähligen Miezen über Nacht ihre Kackwürstchen im

Sandhaufen verscharrt hatten, den Eiwei am anderen Morgen mit Zement zu Mörtel verrührte, welchen wiederum Georg routiniert an die Wand klatschte. Das Schicksal, so schien es ihm später, hatte ihn auserkoren, jeglichen Unrat, der in der Gemeinde vergraben war, ans Licht zu bringen.

Seine erste Reaktion, als er die erdbraunen Flecken mit eigenen Augen sah, die den weißen Verputz sprenkelten wie Schimmelpilz und umso größer wurden, je mehr der Mörtel austrocknete, fasste er in einem einzigen Satz zusammen: »Diese Mistviecher, ich bringe sie um!« Das meinte er natürlich nicht wörtlich, denn im Grunde hatte er ein entspanntes Verhältnis zu allen großen und kleinen Tieren, also auch zu Katzen und Hunden. Leben und leben lassen, lautete seine Devise, übertriebene Liebe oder Ekel gehörten nicht zu seinen Fehlern, ebenso wenig wie Zorn.

Außerdem hatte er bereits eine Katze auf dem Gewissen – mehr oder weniger, denn es hatte sich ganz klar um eine Verkettung von unglücklichen Umständen gehandelt, obschon seine Söhne es damals anders gesehen und ihn einen Tiermörder geschimpft hatten. Vor ziemlich genau zwei Jahren war das passiert, zur Mittagszeit, als er ausnahmsweise den Radlader in der Einfahrt neben seinem Haus abgestellt hatte. Der Herbst war im vorvorigen Jahr deutlich früher dran gewesen, auch tagsüber hatte es schon im Oktober selten mehr als fünf Grad gehabt. Nach dem Essen mit Frau und Kindern machte es sich Georg für ein kurzes Schläfchen auf dem Sofa bequem, ehe er wieder in Stiefel und Felljacke schlüpfte und das schwere Fahrzeug bestieg. Unglücklicherweise schien auch der dicke, schwarz-weiß gefleckte Kater, der sich abwechselnd bei Degenhardts und nebenan bei den Sperbers zu Hause fühlte, das Bedürfnis nach einer ausgiebigen Mittagsruhe zu verspüren.

Christian schwor wochenlang Stein und Bein, dass das Tier vor Schmerzen einen markerschütternden Schrei ausgestoßen habe, aber sein Vater wollte das nicht gelten lassen, der Anlasser des Radladers klinge eben ähnlich, das sei ganz normal.

Offenkundig wollte das Tier, das sich sehr zum Missfallen von Almuth nie hatte entscheiden können, welchem der benachbarten Haushalte es mit allen Rechten und Pflichten beitreten wollte, im warmen Motorraum des Baufahrzeugs ein Nickerchen machen, und zwar an einer so ungünstigen Stelle, dass es in den Zahnriemen des startenden Motors geriet. Die Buben, die in der Tür standen und zum Abschied winkten, bemerkten zum Glück nicht die kleinen Fitzelchen, die aus dem Lüftungsgitter flogen. Erst ein paar Stunden später, als Frau Sperber klingelte und verwundert fragte, ob Degenhardts eine Idee hätten, woher die Fell- und Fleischfetzen stammten, die in ganzer Länge über die Waschbetonplatten des Vordereingangs verteilt waren, kam das grausame Geschehen ans Licht. Und Georg vergrub daraufhin die Schnipsel und die übrigen sterblichen Reste, die er mühsam aus dem Motorgehäuse kratzte, hinter dem Komposthaufen.

Dies alles ging Georg durch den Sinn, während er das Schlamassel in Augenschein nahm, das der an sich harmlose Stuhlgang der vierpfotigen Mäusejäger angerichtet hatte. Am Sonntag mussten die Arbeiten ruhen, aber er konnte sich darauf verlassen, dass er beim Haußner auch am Sonntagabend noch anrufen konnte, um am Montagmorgen frischen Zement und Sand angeliefert zu kriegen, den er dann unverzüglich verarbeiten würde.

Die braunen Flecken lockten freilich am Sonntagnachmittag, der mit prächtigem Sonnenschein einem

Spaziergang Vorschub leistete, zahlreiche Gaffer an, ganz zuvörderst natürlich den Winkler und den pensionierten Richter. Aber auch der Rammelkammer ließ sich blicken, und zwar gemeinsam mit seiner Frau, was an sich wiederum ein bemerkenswertes Ereignis darstellte.

Für die Sache mit der Katze im Radlader würde ihm doch sicherlich niemand grollen können, sagte sich Georg. Oder war dies die Rache eines großen Katzengottes, der über alle Kätzchen, groß und klein, in aller Welt wachte, für den Mord an den überzähligen Katzenjungen? Aber warum an ihm und nicht am Seibold? Georg schämte sich ein wenig für diesen Gedanken, nur ahnte er nicht, dass er sich in nicht allzu ferner Zukunft deswegen bittere Vorwürfe machen würde.

Als Georg nach Hause kam, war Almuth nicht da. Das war absolut ungewöhnlich, und die Gunst der Stunde nutzend schauten Ferdinand und Christian unbeaufsichtigt fern, was strengstens verboten war. Georgs Bedarf an Streit und Geschrei war an diesem Samstag schon ausreichend gestillt, sodass er die Verurteilung und Bestrafung seiner Sprösslinge ruhig und so routiniert abwickelte wie ein Schnellrichter festgenommene Steinewerfer bei den Studentenunruhen. Das Urteil: Gerät sofort aus, beide Buben ins Bett und vierzehn Tage Fernsehverbot.

Georg überlegte, ob er bei den Nachbarn klingeln und nach Almuth fragen sollte, aber dann kam er sich lächerlich vor und wollte nicht überängstlich erscheinen. Da es kurz vor acht war, schaltete er die *Tagesschau* ein, hörte jedoch nicht wirklich hin, weil ihn Almuths unerklärliche Abwesenheit beunruhigte. Er verlor sich ganz und gar in der Betrachtung der gelblichen Blätter, die der Sprecher eines nach dem anderen ablas und formvollendet zur Seite legte. Als sie noch viel kleiner waren, hatte er den Buben weisgemacht, dass die Nachrichtensprecher, die in der *Tagesschau* auftraten, keine Hosen anhätten. Während sie die Neuigkeiten aus dem In- und Ausland verkündeten, saßen sie steif und förmlich hinter einem Tisch, der den Blick auf ihre Körper auf Höhe des Rippenbogens abschnitt. Dann war vor zwei oder drei Jahren Dagmar Berghoff buchstäblich erschienen*, und Ferdinand hatte seine Mutter gefragt, ob die Frau im Fernseher auch ohne Unterhose hinter dem Tisch säße. In solcherlei Gedanken verloren, starrte Georg auf die Mattscheibe, bis dann doch ein Bericht seine Aufmerksamkeit erregte. Oder besser gesagt: ihn an etwas erinnerte. Georg schaltete den Fernseher aus und ging zum Wohnzimmerbüfett, wo hinter einer Glasschiebetür die Fotoalben der Familie standen.

Er musste nicht lange suchen, da Almuth die Jahreszahlen fein säuberlich auf die Buchrücken gemalt hatte. Nach kurzem Blättern hatte er die Aufnahmen gefunden, an welche ihn die kurze Filmsequenz in der *Tagesschau* erinnert hatte, in der über ein Manöver amerikanischer Truppen berichtet worden war.

Es waren insgesamt drei Fotografien, die er seit 1972 kein einziges Mal mehr angesehen hatte: die erste war etwa vom alten Steinbruch aus hinunter ins Tal geschossen, wo hinter dem Bahndamm ein Militärhubschrauber zu erkennen war, der mitten in den Pegnitzwiesen stand. Das zweite Bild zeigte dann aus viel geringerer Entfernung, wie sich den US-Soldaten, die um die Kriegsmaschine herumstanden, eine Delegation der Dörfler näherte, bestehend aus dem Bürgermeister, dem Feuerwehrkommandanten, dem Prütting, Rammelkammer, Richter Eißenpacher und – dem Bayerlein.

Der US-Hubschrauber hatte eine Stromleitung gestreift und war daraufhin auf der großen Pegnitzwiese notgelandet. Vor allem für die Bewohner der höher gelegenen Häuser auf der Nordseite bot sich ein tagelang währendes militärisches Schauspiel, mit Feldwachen, Lastwagen, Technikern und sogar einem zweiten, kleineren Hubschrauber, der neben dem beschädigten Todesvogel mit den charakteristischen zwei Rotoren auf der Wiese landete*.

Es war das dritte Bild, das Georg besonders sorgfältig studierte. Offenbar hatte Almuth den Auslöser betätigt, denn Georgs sieben Jahre jüngeres Selbst war zu sehen, an der Hand den kleinen Ferdinand. Er stand zwischen dem Bürgermeister und dem älteren Bayerlein am Rand des Schotterweges, hinter sich das Gärtchen der Degenhardts, mit den Bohnenstangen, ein paar Johannisbeersträuchern und dem Grün junger Kartoffelpflanzen. In der Mitte der Aufnahme jedoch, mit langen Zauseln, die ihm bis zur Schulter reichten, und einem Hawaiihemd, das bis zum Bauchnabel offen stand, Friedrich Bayerlein. Der – so rechnete Georg nach – nur drei Wochen später genau hier, zwischen seinen Beeten, tot im Regen liegen sollte. Ganz vorne im Bild Rammelkammer, der einem US-Piloten staatsmännisch die Hand schüttelte, als begrüßte er einen Würdenträger, der zum wiederholten Mal dem heimatlichen Dorf seines Amtsgenossen einen Besuch abstattete.

Georg seufzte und murmelte: »Was waren wir damals alle jung!« Und obwohl er schließlich ganz alleine im Wohnzimmer saß und niemand außer ihm die Fotos betrachtete, genierte er sich nicht wenig für den wolligen Schnauzbart, der ihm unter der Nase wuchs: Ei der Daus, meldete sich seine innere Stimme, ich hatte damals ja noch meine Rotzbremse ... und Rammelkammer ... Georg näherte sein Gesicht dem Bild, bis er fast mit der Nase darauf stieß. Tatsächlich! Der Autohändler hielt die Rechte des Amerikaners mit beiden Händen umfasst, sodass alle Finger seiner Linken oben lagen, zentral vor der Linse des Fotoapparats, und da war ein großer silberheller Ring zu sehen, nicht viel mehr als ein paar Körnchen der Farbemulsion, viel zu wenig, um Einzelheiten zu erkennen.

Natürlich, sagte sich Georg, es könnte ein x-beliebiger Ring gewesen sein, vielleicht sogar Rammelkammers Ehering, den er damals vielleicht noch trug. Ich sehe Gespenster, redete er sich selbst beruhigend zu, obwohl er sich jetzt auch wieder deutlich erinnerte, dass damals am Abend eine Gruppe Soldaten in der *Juraschanze* gesessen hatte, in Gesellschaft ihrer neuen Freunde: Bayerlein, dem jüngeren, und Bernd Rammelkammer. Was seinerzeit den Gerüchten neue Nahrung gab, der Autohändler habe enge Kontakte zu den Besatzungstruppen, rein von Berufs wegen. Wohingegen Friedrich Bayerlein den weltläufigen Bonvivant abgab, aber mit Sicherheit auch auf ein schnelles Geschäft lauerte. Und bestimmt keines, bei dem es um Kartoffeln oder Autoreifen ging.

Doch erst als Georg das Album zurück in die Lücke zwischen den anderen Einbänden schob, ging ihm ein Licht auf. Diese Fotos dürften ja wohl die letzten sein, die gemacht worden waren vom Bayerlein, aber der sah darauf wie das blühende Leben aus und nicht wie einer, der sich wenige Tage später selbst über den Jordan schickt.

Almuth kam erst weit nach zehn Uhr nach Hause. Sie hatte die Seibold-Müllerin beim Wörner getroffen, und die beiden Frauen waren ins Ratschen gekommen. Elke habe sie, Almuth, noch auf einen Tee zu sich nach Hause eingeladen, wo zum Tee noch ein Schlehengeist hinzugekommen sei. Im Übrigen war Almuth eine der wenigen Menschen, welche die Seibold-Müllerin bei ihrem Vornamen riefen. Eine Kleinigkeit vielleicht, aber nicht zuletzt der Grund, weswegen die Seibold-Müllerin Almuth sehr schätzte und ihr vertraute. Kaum waren sie in der Wohnküche der Seibold-Müllers gesessen, hatte sie begonnen, ihr Herz auszuschütten, und gefragt, ob Almuth denn die Ursache wisse, warum der Richter keine Frau habe.

Keine Ahnung, das wisse niemand, vielleicht sei der Richter einfach schwul, hatte Almuth gemutmaßt.

Nach zwei weiteren Gläschen Schlehengeist rückte die Seibold-Müllerin mit ihrem Geheimnis heraus. »Ich hoffe ja sehr, dass du es nicht aus eigener Erfahrung kennst«, begann sie zögernd. »Aber du kannst dir sicherlich vorstellen, wie es ist, wenn ... wenn der Ehemann sich in einen langweiligen Ochsen verwandelt hat, der dich monate- und jahrelang nicht mehr anrührt!« Sie erregte sich nun heftig. »Du weißt doch, was ich meine! Eine taube Nuss ist mein Alter geworden, er denkt nur noch ans Essen! Und schläft bei jeder Gelegenheit ein – ständig, selbst am Tisch, wenn Gäste zu Besuch sind.«

Sie habe einfach nicht mehr ein noch aus gewusst, gestand die Seibold-Müllerin mit Tränen in der Stimme, und sei auf die Idee verfallen, dass der Eißenpacher gewiss ein gestandener Kerl war, der eine wie sie nicht von der Bettkante stoßen würde.

»Und tatsächlich war es dann viel einfacher, als ich erwartet hatte«, fuhr sie fort, und ein trauriges Grinsen legte sich schief über ihren Mund.

Das Anwesen des Richters lag im Unterdorf auf der anderen Talseite und war eines der letzten Häuser oberhalb des MAN-Heims, wohin sich die Seibold-Müllerin bisher äußerst selten verirrt hatte. Nachdem sie lediglich zwei- oder dreimal rein zufällig am Jägerzaun stehen geblieben sei, als der pensionierte Richter auf der Bank auf seiner Terrasse gesessen und Zeitung gelesen habe, habe er sie zu sich ins Haus gebeten, um ihr ein Glas Wein anzubieten.

»Es geschah alles wie von alleine: Der Richter fasste mir an den Hintern, das brauche ich dir ja nicht groß zu erklären. Ich habe schnell die Bluse abgestreift, daraufhin erst am Hosenbund des Richters gefummelt, meine eigenen Jeans heruntergezogen, aber dann wurde es seltsam, sehr seltsam ...«

Elke Seibold-Müller stürzte das nächste Glas, während Almuth vor gespannter Erwartung die Beine des Stuhls mit ihren Waden in den Würgegriff nahm.

»Sein Schwanz ist kaputt, kannst du dir das vorstellen?«, fuhr Elke fort. »Ich fischte das Dingelchen aus seiner Unterhose, es war noch halb weich, wie eine ... äh ... gekochte Zucchini, na du weißt, was ich meine. Er sagte etwas, aber ich hörte nicht hin, dann sagte er es noch einmal, und ich verstand: ›Du musst ihn zudrücken‹, ›Drück ihn zu‹ oder so ähnlich.«

»›Kaputt‹, sagst du?«, fragte Almuth, die nicht die blasseste Ahnung hatte, wie ein erwachsener Penis, der ein anderer als der ihres Mannes war, aussah. Insofern es da überhaupt Unterschiede gab.

»Wie soll ich sagen? Da waren *zwei* Kerben drin, die eine, die alle haben, und eine andere, tiefere, geknittert wie eine Narbe. Ich fand das erst gar nicht schlimm, irgendwie war es ja auch interessant, aber als ich ihn mir in den Mund steckte, schrie er plötzlich, also der Eißenpacher, ich soll sofort aufhören, ich soll ihn zudrücken, und dann stieß er mich so heftig fort, dass ich vom Sofa kugelte, und er presste die Zähne zusammen, dass es knirschte, und stöhnte vor Schmerz.«

Almuth traute ihren Ohren nicht, doch was hätte sie anderes tun sollen, als weiter zuzuhören? Die Seibold-Müllerin kippte jetzt ein Glas nach dem anderen hinunter und packte Almuth am Arm, als wollte sie dieser klarmachen, dass sie nun nichts, überhaupt nichts mehr aufhalten könnte, ihre Geschichte zu Ende zu erzählen.

»Ich war richtig in Fahrt, so kurz davor, endlich ordentlich durchgevögelt zu werden, da gab ich natürlich nicht gleich auf. Ob wir noch kurz warten wollen, fragte ich, ob er vielleicht erst mit meinem Busen spielen wolle.«

Almuth stand mit allen Mitmenschen auf gutem Fuß, dazu fühlte sie sich geradezu verpflichtet. Schließlich war sie so etwas wie eine Respektsperson und hatte früher oder später, wenn die Kinder eingeschult wurden, einen gewissen Einblick in jede Familie. Aus demselben Grund pflegte sie umgekehrt jedoch mit keiner der Frauen eine innigere Freundschaft. Dergleichen gab es freilich einige im Dorf: So steckten Frau Demleitner und Frau Steigner fast täglich zusammen, beim Skiclub gerierten sich die Wörnerin, Frau Fichtner und Elke Seibold-Müller als eine unteilbare Einheit – und lange Zeit schien es so, als wären Monika Proppenstädter und die Winklerin unzertrennlich wie siamesische Zwillinge, das lustigste Paar überhaupt im Dorf, im Mittelpunkt aller Vereinsfeiern, wenn sie zu später Stunde begannen, auf dem Tisch zu tanzen wie bestellt. Unvergesslich war der Auftritt dieses infernalischen Duos bei der Tausendjahrfeier vor nicht ganz drei Jahren, als sie die komplette Großmeinfelder Feuerwehr unter den Tisch tranken und anschließend eine Art Striptease aufführten, an dessen Finale sich am nächsten Tag absolut niemand mehr erinnern konnte, weil schlichtweg alle sturzhagelvoll gewesen waren. Doch die Freundschaft endete mit einem Schlag, kurz nachdem Monikas Mann tödlich verunglückt war. Dass Elke Seibold-Müller nun bis ins kleinste Detail ihr Intimleben auspackte, löste in Almuth eine Mischung aus Furcht und Begierde aus. Sie wollte unbedingt mehr wissen, hatte gleichzeitig jedoch Angst, weil ihr klar war, dass sie dieses Wissen bis an ihr Lebensende nicht mehr würde vergessen können. Ebenso klar war ihr, dass sie unmöglich ihrem Mann davon berichten konnte. Ihr wurde ungewollt die Verantwortung aufgebürdet, ein Geheimnis zu bewahren – die Seibold-Müllerin nahm sie gleichsam in Geiselhaft. Ich habe recht gehabt, dachte Almuth, dass ich mich immer von diesen Landfrauenverbandelungen ferngehalten habe.

Die Seibold-Müllerin war mittlerweile angetrunken, sie redete und redete, bis ihr der Speichel weiß in den Mundwinkeln schäumte, berichtete, was Eißenpacher ihr stattdessen vorgeschlagen hatte, von Lederriemen um ihre Handgelenke, von einem Gürtel, von den harten Fingern des Richters an ihrem Hals. Dass sie plötzlich Panik kriegte und mit aller Kraft schrie, obwohl sie fast keine Luft mehr bekam und die Adern in ihrem Hals pochten, als würden sie jeden Moment zerplatzen. Was für ein Glück es war, dass sie ihre Bluse selbst geöffnet hatte, sodass noch alle Knöpfe intakt waren und sie sich halbwegs anständig ankleiden konnte, nachdem der Eißenpacher endlich – wie eine halbe Ewigkeit war es ihr vorgekommen, bis er losließ – schwer atmend zu Boden sank.

Dann verstummte sie abrupt und starrte Almuth mit pechschwarzen, weit aufgerissenen Augen entgegen, als könne sie selbst nicht glauben, was sie soeben erzählt hatte.

Für eine Weile rührte sich keine der beiden Frauen, während sie sich beide bemühten, die Gedanken hinter der Stirne der jeweils anderen zu erraten. Almuth zog als Erste ihre Schlussfolgerungen.

»Es ist schon spät, Georg wird sich Sorgen machen, wo ich bleibe«, sagte sie. Und dann fügte sie ein Versprechen an, von dem sie, schon ehe sie es formulierte, wusste, dass es womöglich über ihre Kräfte gehen würde, es auf Dauer zu halten: »Und keine Sorge. Niemand wird davon erfahren, keine Menschenseele.«

Kapitel 15

Jemand hatte die Absicht, ein Gartenmäuerchen zu errichten

Georg mochte es nicht besonders, wenn ihm Leute bei der Arbeit zusahen. Es kam nicht selten vor, dass ein Hausherr oder auch die Hausherrin sich den Tag freinahm, um Georgs Arbeiten pausenlos kritisch zu beobachten (der Hausherr) oder ihm in kürzesten Abständen Speisen und Getränke anzubieten (die Hausherrin). Im Laufe seiner Berufstätigkeit hatte er sich tausend Kniffe ausgedacht, um in Ruhe gelassen zu werden. Wenn seine Auftraggeber neben ihm standen, während er grub oder mauerte oder einen Schacht schlug, schickte er sie los, einen Holzkeil zu besorgen, oder er behauptete, dass es gleich gefährlich oder laut und staubig würde, oder er bat den Lehrling, in Begleitung des Hausherrn nach einem bestimmten Eimer oder einem Stück reißfester Schnur zu suchen. Erst wenn er alleine war und ihn nichts mehr ablenkte von dem Werk, das er sich zu verrichten anschickte, erst dann war er wirklich konzentriert und im selben Moment uneingeschränkt glücklich.

Seit den beiden Toten, auf die er gestoßen war, bemerkte Georg jedoch an sich selbst ein neuartiges Bedürfnis. Nicht unbedingt, dass ständig jemand neben ihm stehen musste. So weit ging es dann doch nicht. Aber wenn ein anderer Mensch in Rufweite war, dann fühlte er sich unbestreitbar wohler. Ob ich einen seelischen Schaden erlitten habe?, fragte er sich und beschloss, irgendwann, wenn sich alles beruhigt hatte, mit seiner Frau darüber zu reden.

Nach dem peinlichen Missgeschick mit dem Verputz der Dotzauer'schen Garage, das er mit Eiwei am Montag wieder in Ordnung gebracht hatte, freute sich Georg auf seinen nächsten Auftrag, eine harmlose kleine Ausbesserungsarbeit im parkähnlichen Garten der alten Villa, die versteckt hinter Bäumen und Hecken inmitten eines großen Grundstücks auf der anderen Seite des Wasserschlosses lag. Frau Rammelkammer wohnte dort alleine, denn das Ehepaar lebte seit einigen Jahren getrennt, nachdem die Frau des Autohändlers schwer erkrankt war.

Sie hatte Georg telefonisch einbestellt und gemeint, die Sache sei wahrscheinlich ganz unkompliziert, er solle nur gleich sein Werkzeug mitbringen, da sei ein Riss in einer Natursteinmauer zu flicken, und unterhalb davon hätten sich ein paar Gehwegplatten bewegt, die müsse man nur wieder ordentlich verlegen, ehe der erste Frost käme.

Georg ging auf diesen Vorschlag ein, obwohl es nicht seiner sonstigen Gewohnheit entsprach, wonach er vorab eine Besichtigung vereinbarte, da den meisten Kunden völlig unklar war, ob er ihre Vorstellungen handwerklich auch in die Tat umsetzen konnte. In diesem Fall ließ er es darauf ankommen, da er den alten Park noch aus seinen Kindertagen gut kannte, als er seinen Vater hin und wieder zu Ausbesserungsarbeiten dorthin begleitet hatte. Damals hatte das Anwesen noch dem Baron von Holzschuher gehört, was den Besuchen einen Hauch von ritterlicher Romantik beimischte.

Frau Rammelkammers Erscheinung ließ sich in einem Wort zusammenfassen: grau. Sie war etwas größer als Georg, sehr mager und wirkte mit ihrem blassen, faltigen Gesicht und dem dünnen weißen Haar insgesamt kränklich. Vielleicht schien es Georg auch nur so, weil das Gerücht die Runde ging, die Rammelkammer leide an Brustkrebs und habe sich einem von allen Frauen sehr gefürchteten Eingriff unterziehen müssen, dessen Bezeichnung niemand laut auszusprechen wagte, um nicht zusätzliches Unheil heraufzubeschwören.

Da sich auf sein Klingeln hin nichts im Haus gerührt hatte, die Gartenpforte jedoch offen stand, war Georg ganz unbeschwert am Gebäude vorbei nach hinten in den parkähnlichen Garten spaziert.

Ehe er die Hausherrin in der Nähe eines geduckten Austragshäuschens zwischen den Büschen und Sträuchern erblickte, die sich beeilten, ihre Blätter abzuwerfen, hörte er das Kratzen des Laubrechens, mit dem sie hantierte. Um sie nicht zu erschrecken, rief Georg aus einiger Entfernung ihren Namen, doch sie schien mit ihm gerechnet zu haben und antwortete beinahe beiläufig, dass er sich die Mauer schon einmal ansehen solle, am Weg, der an der Rückseite des Hauses den Abhang hinaufführte, zum Kompostplatz direkt an der Buchsbaumhecke, hinter der die Bahnlinie verlief.

Mit einem Blick sah Georg, dass es da einiges zu graben gab, denn der Hang hatte die Mauer eingedrückt, sodass er zuerst die obere Seite würde freilegen müssen, um den Riss zu füllen. Die paar Gehwegplatten wären dann vergleichsweise schnell neu gesetzt.

Als er wenig später in etwa halber Tiefe mit der Spitzhacke einen langen Röhrenknochen aus dem Erdreich riss, erschrak er beinahe zu Tode. Irgendeine Sicherung in ihm, von der er nicht gewusst hatte, dass sie überhaupt existierte, brannte durch. Er schleuderte den Pickel von sich und schrie: »Scheibenkleister! Verdammte Scheiße!« Er machte einen Schritt zurück und schrie noch mal: »Scheiße! Scheiß die Wand an!«

Frau Rammelkammer, die sich ins Haus zurückgezogen

hatte, kam heraus und betrachtete die Knochen, die über die frisch ausgehobene Erde verstreut waren.

»Ach!«, sagte sie sanft. »Ich fürchte, Sie haben wieder einmal die Ruhe eines Toten gestört.« Sie betrachtete lächelnd Georgs entgleiste Gesichtszüge, ehe sie fortfuhr: »Ein guter Kerl ist das gewesen, der Harras, ein Afghanenmischling, den mein Mann früher in Nürnberg auf seinen Runden dabeihatte. Harras liebte es über alles, im offenen Cabrio zu fahren, mit der Schnauze im Wind, und er bellte jedes andere Auto an wie verrückt. Bernd konnte sich darüber unendlich amüsieren. Aber möchten Sie auf den Schreck vielleicht ein Bier?«

Georg blickte auf seine schmutzig-braunen Hände, die in der Tat leicht zitterten, und beschloss, zum ersten Mal seit über zwanzig Jahren ein derartiges Angebot anzunehmen.

»Ja, gerne«, sagte er und setzte sich auf eine Bank, die am Kamm einer flachen Anhöhe stand, da man von dort einen prachtvollen Blick auf die Pegnitzwiesen hatte.

Frau Rammelkammer brachte eine Flasche Neuhauser Kaiserbräu und nahm neben ihm Platz. Sie zündete sich eine Mentholzigarette an.

»Sie haben ja letzthin ganz schön Wirbel verursacht mit Ihren Grabungen. Zumindest, was ich so höre«, sagte sie.

Georg rebellierte: »Ich will nur in Ruhe meine Arbeit erledigen, ich bin Baumeister, kein Leichenjäger!«

»Denken Sie, Sie wären genauso über den armen Hund erschrocken, wenn Sie nicht zuvor zwei Skelette gefunden hätten?«

»Nein, natürlich nicht«, wehrte Georg ab.

Frau Rammelkammer ließ sich nicht weiter aus, worauf ihre Frage abgezielt hatte. Sie zog an ihrer Zigarette und blies Rauch in die Luft.

»Letzte Woche hatte ich drüben zu tun, an der Einfahrt Ihres Mannes«, sagte Georg, dem das Schweigen bald ungemütlich wurde.

»Und?«

»Nichts weiter. Ich meine, Ihr Mann ist manchmal, wie soll ich es sagen ... seltsam?«

»Sie kennen ihn nicht«, sagte sie. »Sie haben vermutlich noch nie die Geschichte von seiner ersten Frau gehört? Als ich krank wurde, kümmerte er sich liebevoll um mich, beinahe aufopferungsvoll. Trotzdem zog er aus, kaufte drüben den Bungalow neben den Winklers. Ich weiß nicht genau, weshalb, er sprach nie darüber. Ich vermute, er fühlt sich in irgendeiner Weise verflucht; dass er eine unheilvolle Wirkung auf Frauen hat. Er lässt es sich nie anmerken, aber ihm geht das Leid der anderen sehr nahe.«

»Was war mit seiner ersten Frau?«

»Sie meinen, er hätte sie umgebracht? Nein, nur beinahe, und bloß aus Versehen. Ich weiß nicht, wie oft Sie nach Nürnberg kommen, aber vielleicht kennen Sie die Ecke Welserstraße und Sulzbacher am Ostring?«

»Nur vom Vorbeifahren. Aber spazieren da nicht immer ein paar – äh ...« Georg suchte nach dem richtigen Wort, aber Frau Rammelkammer fuhr unbeirrt fort: »Ein paar Nutten, richtig. Vielleicht haben Sie auch den Wohnwagen bemerkt, der dort abgestellt ist. Und falls Sie schon mal in der Innenstadt geparkt haben, zum Beispiel in der Vorderen Sterngasse, auf dem bewachten Parkplatz, dann sind Ihnen eventuell auch zwei oder drei Wohnwagen aufgefallen, die dort geparkt sind.«

»Vielleicht, aber ich weiß nicht genau, worauf Sie hinauswollen.«

»Ich brauche Ihnen wohl nicht groß zu erklären, wofür

die Wohnwagen dort stehen. Aber Sie sollten wissen, dass diese Wohnwagen Bernd gehören, der sie für gewisse Zwecke vermietet, monatsweise oder auch nur für ein paar Stunden. Und früher – heute nicht mehr, da bin ich mir absolut sicher –, früher nutzte er die Wohnwagen auch ab und zu für den Eigenbedarf, sozusagen zu Testzwecken. Bei einer dieser Gelegenheiten muss er sich eine pikante Erkrankung eingefangen haben. Eine Lues oder Syphilis, wie Sie es auch immer nennen wollen. Er steckte damit seine Frau an. Sie hatte keine Ahnung von seinen Geschäften und fiel aus allen Wolken, als man sie eilig ins Krankenhaus schaffte und mit härtesten Antibiotika vollpumpte. Ein Albtraum – zu Hause ein zweijähriges Kind, der Mann ein Doppelleben, sie muss geglaubt haben, er sei ein Zuhälter. Als man sie als geheilt entließ, nahm sie sich einen Anwalt. Ich habe sie nur einmal getroffen, kurz vor unserer Hochzeit. Da erzählte sie mir die Geschichte. Bernd hat sie nie wiedergesehen.«

»Ich bin mir nicht sicher, ob ich das alles wissen will. Es fällt mir nicht leicht, das zuzugeben, aber manchmal ist mir Ihr Mann – sagen wir: etwas unheimlich.«

»Wissen Sie, Bernd hat es manchmal über, dass alle von ihm erwarten, dass er etwas Irres anstellt.«

»Na ja, wie sagt man? Wie man in den Wald hineinruft ...«, antwortete Georg so diplomatisch er konnte.

»Sind Sie Moralist?«

»Äh, nein. Keine Ahnung.«

»Dann also nicht. Ich selbst glaube, dass jeder Mensch seinen eigenen Wert hat. Alles andere ergibt keinen Sinn. Jeder Dealer, jede Nutte, auch ein Trinker wie der Schramm, der nicht über den Krieg hinweggekommen ist. Alle sind sie gleich viel wert. Bernd ist ein Choleriker, aber einer von der gutartigen Sorte. Er kann sich schrecklich aufregen, über lächerliche Kleinigkeiten. Aber es dauert nie lange, dann beruhigt er sich und entschuldigt sich für seinen Ausraster. Einmal wollte er unseren Audi 100 Coupé S – ein wundervolles Auto! – in eine Parklücke manövrieren, die einfach zu kurz war. Er wurde wütend, gab Gas und rammte den Vordermann. Dann legte er den Rückwärtsgang ein und rammte den Wagen hinter uns. Dann stieg er aus und trat noch eine Delle in die Tür unseres eigenen Audi. Und plötzlich war er wieder ganz entspannt, lachte und klemmte unsere Adresse hinter die Scheibenwischer der anderen beiden.«

Georg fühlte sich zunehmend unwohl. So wichtig war ihm der Rammelkammer nicht, dass er sich für solcherlei biografische Details interessiert hätte. Doch dann fiel ihm wieder der Ring ein und die tote Frau im Grab des Selbstmörders und die Mumie hinter der Stützmauer.

»Diese Geschäfte, von denen Sie sprechen, die haben aber nichts mit den Toten zu tun, oder? Oder mit dem Bayerlein?«

»Ach! An den Bayerlein erinnere ich mich noch gut! Der saß oft bei uns in der Küche. Was für ein verhauter Schlawiner! Aber nein, das glaube ich nicht. Wissen tue ich gar nichts, Bernd hat mir nie etwas erzählt. Aber vielleicht sollten Sie mit Dr. Bukowski sprechen. Er und Bernd stecken immer noch regelmäßig zusammen. Zumindest ist mir nichts Gegenteiliges bekannt.«

Frau Rammelkammer stand auf und richtete den Blick zu den Wolken, die rasch über den nördlichen Kamm des Tals zogen.

»Wer ist Dr. Bukowski?«, fragte Georg.

»Das nächste Tiefdruckgebiet ist im Anzug, das spüre ich in den Knochen.«

Georg begriff sofort, dass ihre Ansprache geendet hatte und er hier keine weiteren Einzelheiten erfahren würde.

»Dann mache ich mich mal wieder an die Arbeit«, antwortete er, »der Rest sollte schnell geschehen sein.«

Später, auf dem Weg nach Hause, spielte er kurz mit dem Gedanken, dass auch er verflucht war, wie der Rammelkammer und seine Frauen, und er fragte sich, ob er vielleicht irgendeine schwere Untat begangen hatte, für die er nun bestraft wurde, in einem vorherigen Leben vielleicht, von dem alle langhaarigen Gammler unweigerlich faselten, wenn sie von einer Indienreise zurückkehrten.

Doch dann freute er sich darüber, dass er die Mauer ohne größere Schwierigkeiten geflickt hatte und der Weg wieder in einwandfreiem Zustand war. Das Werk soll seinen Meister loben, hatte sein Vater zu unzähligen Anlässen gesagt, und Georg spürte ganz tief in seinem Inneren die große Weisheit, die aus diesen Worten sprach. Er würde Almuth die ganze Geschichte erzählen, alles, was Frau Rammelkammer da berichtet hatte, und Almuth würde eine einfache und stichhaltige Begründung finden, weshalb er sich über all diese kriminellen Angelegenheiten nicht weiter den Kopf würde zerbrechen müssen.

***

»Ich sag's dir, wie's ist«, eröffnete Almuth dann später ihre Schlussfolgerungen. »Hier im Dorf scheinen einige Leute Bescheid zu wissen, aber erzählen werden sie dir nichts. Ich bleibe dabei: Du musst dich unbedingt einmal in der *Grauen Gans* umschauen! Dort liegt der Hund begraben – entschuldige bitte diese geschmacklose und unangebrachte Floskel!«

Georgs Unmut ließ sich von seinem Gesicht ablesen. »Wir sprechen über Ereignisse, die vor sieben Jahren ...«, versuchte er zu bedenken zu geben, aber Almuth ließ ihn nicht zu Ende sprechen.

»Ja, und!? Alle drei: innerhalb von zwei Wochen tot! Das kann doch kein Zufall sein!« Almuth geriet langsam, aber sicher in Rage.

»Grundgütiger! Und deswegen soll seit sieben Jahren jemand in der *Grauen Gans* herumsitzen und darauf warten, dass ich aufkreuze und ihn frage, was wirklich passiert ist?« Georg wehrte sich mit Händen und Füßen gegen die Vorstellung, sich noch mehr mit der Affäre beschäftigen zu müssen, als ihm sowieso schon lieb war.

Aber Almuths Eifer ließ sich nicht bremsen. »Jetzt gib dich nicht dümmer, als du bist! Zu jedem Mord gehört ein Täter!«

»Wenn es überhaupt Morde waren ...«, wandte Georg halbherzig ein.

»Agathe, die Puppe kotzt! Was denkst denn du? Es wird wohl kaum einer hinter eine halb fertige Stützmauer steigen und sich dort verstecken, um Selbstmord zu begehen!«

»... und ist doch alles verjährt ...«

»Wenn's nicht Mord wäre, dann schon! Aber pass auf: hin oder her, was seine Frau sagt – Rammelkammer ist ein Zuhälter.«

Der überraschende Themenwechsel war eine der effektivsten Taktiken in Almuths Arsenal, zumal Georg noch wirklich jedes Mal darauf hereingefallen war.

»Wie? Sag ich doch: Der Mann ist nicht ganz koscher. Du nimmst ihn noch immer in Schutz.«

Georg hätte auch unter keinen Umständen abstreiten können, dass er im Vergleich zu den anderen Männern großes Glück mit seiner Ehefrau hatte. Vielleicht hätten der Zahnarzt Winkler oder der verunglückte Proppenstädter von sich das Gleiche behauptet, aber für Georg war Almuth eine Gattin wie aus dem Bilderbuch, Hausfrau, Mutter und Lehrerin zugleich. Und da er ihr uneingeschränkt vertraute, nahm er sich vor, tatsächlich einmal die *Graue Gans* aufzusuchen. Freilich erst, wenn sich eine günstige Gelegenheit ergäbe.

***

Wie von Frau Rammelkammer vorhergesagt, gab es ein paar Tage später den ersten Nachtfrost des nahenden Winters, weshalb Georg beschloss, dem Gartenmäuerchen einen weiteren Besuch abzustatten, um zu prüfen, ob alles in Ordnung war, sich keine der Platten verschoben oder ein Stein gesenkt hatte. Er folgte einem Gefühl, das er nicht erklären konnte, denn wenn man ihn gefragt hätte, ob er sich tatsächlich darum sorgte, er könnte das Mäuerchen nicht nach allen Regeln der Kunst, mit aller verfügbaren Sorgfalt und Geschicklichkeit renoviert haben, hätte er ohne zu zögern mit »Nein« geantwortet, »absolut ausgeschlossen«.

Georg erinnerte sich immer wieder an den Moment, als er mit dem Spaten in die knöchernen Überbleibsel im Park der Rammelkammerschen Villa gestoßen war. Einen Hund hielten viele Leute, aus den unterschiedlichsten Beweggründen, und dass ab und zu eines der Tiere verstarb, war nichts Außergewöhnliches. Es hatte nur indirekt dazu beigetragen, dass er dieses Jahr jedes Mal ein Skelett zu finden schien, sobald er in der Erde zu graben begann. Kurz und gut: Er wusste nicht, warum, aber er musste noch einmal dort vorbeischauen.

»Schau«, sagte er zu Almuth, »es hat aufgehört zu regnen, ich werde mal zum Schlosspark rüberspazieren, ob ich dort nicht die Wasserwaage liegen gelassen habe.«

Almuth, die sich genüsslich in ein Fotomagazin vertieft hatte, murmelte nur »Tu, was du nicht lassen kannst« und bekam nicht einmal mit, wie hinter ihrem Gatten die Haustür ins Schloss fiel.

Erst als Georg eine Stunde später durch den Flur gestolpert kam, mit kreideweißem Gesicht vor ihr stand und stotterte, dass der Rammelkammer verrückt geworden sei, zog sie es in Erwägung, die Angelegenheit geflissentlich zur Kenntnis zu nehmen. »Ist das eine Neuigkeit?«

Frau Rammelkammer war nicht zu Hause gewesen. Das war nichts Ungewöhnliches, denn es war ihr zur Gewohnheit geworden, stundenlang durch die Wälder auf den Hochebenen zu streifen, von Hartenstein bis Hirschbach und rechts der Pegnitz bis nach Großviehberg und Stöppach. Wie gehabt war Georg am Haus vorbei in den herbstlichen Garten spaziert und hatte sich in aller Ruhe umgesehen. Mit Mauer und Weg war alles in Ordnung, und die Wasserwaage brauchte er nicht zu suchen, da er sie an ihrem üblichen Platz in der Werkzeugkiste sorgfältig verwahrt hatte. Doch dann tauchte Bernd Rammelkammer auf, nahm wie aus dem Boden gewachsen vor Georg, den er um einen ganzen Kopf überragte, Stellung und zischte hasserfüllt, sein Gesicht keine Handbreit von Georgs entfernt.

»Pass auf«, stieß er heraus, »ich sag's nur einmal. Wenn du hier herumschleichst, ohne dass ich dich hereingebeten habe, ist das, als käme ich in deine Küche, würde deinen Kühlschrank inspizieren und hernach deine Frau frühstücken. Klar? Wir machen das jetzt so«, knurrte er, indem er sich Georg noch ein Quäntchen mehr näherte und dabei die

Augäpfel so weit aus den Höhlen drückte, dass Georg schon die Hände hinhalten wollte, um sie davor zu bewahren, im feuchten Matsch zu landen.

»Ich hole jetzt den Spaten aus dem Werkzeugschuppen und komme wieder hierher. Wenn du dann noch da bist, dann ziehe ich dir das Blatt so derartig über die Rübe, dass du nicht mehr weißt, ob du ein Männchen oder ein Weibchen bist, klar?!«

Georg machte sich überstürzt davon, eilte im Laufschritt durchs Dorf zurück ins sichere Haus und sperrte die Tür hinter sich ab, obwohl es noch nicht einmal fünf Uhr am Nachmittag war.

Almuth versuchte die Episode ins Lächerliche zu ziehen, aber dieser Zwischenfall gab Georg den Rest. Nachdem er sich wochenlang heldenhaft dagegen gewehrt hatte, war seine Widerstandskraft nun endgültig ausgehöhlt und brach geräuschlos in sich zusammen. Ausschließlich und allein seiner Frau zuliebe, wie er später nicht müde wurde zu betonen, gab er nach und machte sich auf, eigene Nachforschungen anzustellen.

Kapitel 16

Zur Grauen Gans

Frühabends am darauffolgenden Sonntag bestieg Georg zwar widerstrebend, jedoch entschlossen seinen blauen Pritschenwagen und machte sich auf nach Eschenbach. Die Ortschaft lag jenseits von Pegnitz und Bahnlinie, wenn man auf der Staatsstraße zwischen Hohenstadt und Alfalter unterwegs war. Im Frühjahr und im Herbst, wenn es starke Regenfälle gab, kam es alle paar Jahre vor, dass die Ortszufahrt überflutet wurde und das Dorf nur noch von der anderen Seite, von Hirschbach her, das schon zur Oberpfalz gehörte, erreichbar war. Man könnte meinen, der Ort sei dumm gelegen, weil bei Hochwasser von der Straße abgeschnitten. Tatsächlich spielte das aber keine Rolle, denn wer geht schon bei Hochwasser wandern? Vielmehr trug das Dorf den Titel »Luftkurort«, hier betrieben die Siemens-Schuckertwerke viele Jahrzehnte ein Erholungsheim, ganz genauso wie die MAN in Artelshofen und die Straßenbahner aus Nürnberg in Alfalter.

Von den zwei oder drei Gasthäusern im Ort war die *Graue Gans* das mit Abstand bekannteste, da dort seit Mitte der Siebzigerjahre ein jüngeres und alternatives Publikum ein und aus ging, angelockt von unerhörten Dingen, die dort stattfanden, beispielsweise Literaturlesungen oder Auftritten regionaler Bluesbands.

Die Bahnschranke gleich beim Sägewerk war gerade runtergegangen, als Georg von der Staatsstraße abbog. Er schaltete den Motor aus, da er wusste, dass es länger dauern würde. Spätestens seit auf der Strecke nach Neuhaus

Triebwagen unterwegs waren, fürchtete man, dass ein Fahrzeug, das in letzter Sekunde den Bahnübergang überqueren wollte, vom Schnellzug gerammt würde, insbesondere, wenn es sich um eine Landmaschine mit einem Fahrer am Steuer handelte, der sich seit dem Morgengrauen bei der harten Arbeit mit hopfenhaltigen Essenzen gestärkt hatte. Daher ließ der Wärter am Bahnhof in Hohenstadt die drei Schranken, die er bediente, schon runter, wenn der Zug eben erst in Hersbruck oder, von Bayreuth her, in Vorra losfuhr.

Georg fühlte sich nicht wohl in der Haut. Seiner Einschätzung nach würden an einem Sonntagabend nur die üblichen drei oder vier Säufer im Wirtshaus sitzen. Entweder jeder für sich alleine dumpf in ein Bierglas stierend an einem separaten Tisch, oder mit roten Köpfen unter Freisetzung von gewaltigem Geschrei Karten auf den Tisch dreschend. Er konnte nicht sagen, was ihm lieber wäre – wenn er ein konkretes Ziel hätte benennen müssen, dann war dies, mit dem Wirt oder der Bedienung ins Gespräch zu kommen, ein wenig über die beiden Toten zu reden, die er gefunden hatte, und möglichst viel herauszuhören, ob es eine Verbindung nach Eschenbach gäbe. Vermutlich hatte auch hier schon jeder von der Nutte in Düsselbach und der Mumie in Artelshofen gehört. Insofern erwartete Georg, dass man ihn schon beinahe als eine Berühmtheit betrachten würde, was seine Aufgabe nicht einfacher machte. Denn sein Beschluss stand fest: Er wollte unauffällig nachforschen, ohne neugierig zu wirken. Und insbesondere wollte er nicht mit seinen Fragen an jemanden geraten, der sich am Ende als gewaltbereiter Krimineller herausstellte. Folglich würde er alle fünf Sinne feinst säuberlich beisammenhalten müssen.

Das Donnern des Güterzuges, der sich von Hohenstadt näherte, riss Georg aus seinen Gedanken. Ein Waggon nach dem anderen rumpelte vorbei, mit nichts anderem beladen als Gasrohren und Panzern. Gasrohre von Mannesmann für die neue Erdgasleitung, die östlich an Vorra vorbeiführen sollte*, und amerikanische Panzer auf dem Weg zum Truppenübungsplatz in Grafenwöhr. Verrückte Welt, dachte Georg, die einen verlegen Rohre nach Russland, um Gas zu kaufen, die anderen bringen Panzer in Stellung, um den Ostblock zu vernichten.

Georg blickte in den Rückspiegel und sah, dass hinter ihm der Lieferwagen der Hirschbacher Spenglerei Gebr. Grötsch anstand. Michi, der ältere der beiden Brüder, saß am Steuer und winkte Georg zu. Georg hob den Arm, den er zum heruntergekurbelten Fenster hatte heraushängen lassen, und erwiderte den Gruß. Er kannte Michi Grötsch gut und arbeitete seit Langem Hand in Hand mit ihm, nur hätte er ihn bei tausend anderen Gelegenheiten lieber getroffen als ausgerechnet heute. Denn er hätte entweder eine Ausrede erfinden oder wahrheitsgemäß erklären müssen, dass er zur *Grauen Gans* wolle, weil seine Frau glaubte, er würde dort Drogensüchtige antreffen, die einen Hinweis zur Herkunft eines mumifizierten Toten liefern konnten.

Dann endlich hoben sich die Schranken wieder, und Grötsch fuhr zu Georgs Erleichterung Richtung Hirschbach davon, während er selbst den Transporter auf dem Dorfplatz abstellte.

Der Flur in der *Grauen Gans* war wie seit unvordenklicher Zeit mit grauen Fliesen ausgelegt, die Wände bis auf halbe Höhe mit hellem Holz getäfelt. Rechter Hand ging wie gehabt eine Tür mit grünen Butzenscheiben zum Gastraum, doch gleich daneben standen seit Neuestem ein Kicker- und ein Billardtisch in einer länglichen Nische.

Ein Billardspieler versperrte Georg den Weg zum Gastraum. Weit über den Spieltisch gebeugt, das Queue blitzartig nur wenige Zentimeter vor und zurück schubsend, war er restlos versunken in der Abwägung des bevorstehenden Stoßes.

»Entschuldigen Sie bitte, könnte ich mal durch?«, sagte Georg zu dem mageren Hinterteil in den Bundfaltenjeans.

»Ich entschuldige überhaupt nichts, Dämlack, du kannst mir mal gründlich die Ritze auslecken, und für dich werde ich mir vorher drei Tage lang nicht mehr den Arsch abwischen.«

Georg erkannte, dass er nicht die geringste Ahnung hatte, wie es in jüngster Zeit in der *Grauen Gans* zuging. Hie und da wurde beim *Pechwirt* oder in der *Juraschanze* wildes Zeug aus Eschenbach berichtet. Der Richter ging angeblich öfter hierher, und früher hatte auch der Bayerlein, ehe er mit der unbekannten Frau das Grab in Düsselbach bezog, zum Frühschoppen die *Graue Gans* besucht. Die Ahnungslosigkeit der Bauern würde in wenigen Jahren in dem Hinweis des Dotzauers gipfeln, bald breche sowieso die blanke Anarchie aus, denn »in der *Grauen Gans* treiben sich in letzter Zeit nur noch haufenweise Aids-Süchtige* herum«.

Georg betrat hastig den großen Saal und blickte sich um. Hinter dem Tresen lehnte an dem Regal mit den Biergläsern eine Frau, die neu in der Gegend sein musste, dachte er, weil er sie noch nie gesehen hatte. Sie trug eine unverschämt kurze Jeanshose und keine Schuhe. Sie war noch jung, wirkte allerdings müde und verlebt, was daran lag, dass graue Ringe ihre Augen umflorten, fettiges Haar ihr ins Gesicht hing und die Ränder ihrer Fingernägel schwarz und schartig waren. Hinzu kam ein stumpfer Knick in der Mitte ihrer Nase, was alles zusammen den Eindruck erweckte, dass sie wie ein begossener Kakadu über dem Spülbecken kauerte. Der Tauchsieder neben dem Zapfhahn am Ausschank in einem Glas voll trübem Wasser war ein Relikt aus vergangenen Tagen und wartete vergeblich darauf, dass einmal wieder eine Runde uralter Bauern nach gewärmtem Bier verlangte.

Besonders viele Möglichkeiten zur Freizeitgestaltung hatte es noch nie in Eschenbach gegeben, genauso wenig wie in den anderen umliegenden Dörfern. Die Älteren, die sich nie richtig daran gewöhnt hatten, stundenlang in ein Fernsehgerät zu glotzen, hielten den Männergesangs- und den Schützenverein am Laufen. Eine der wichtigsten Beschäftigungen bestand dabei darin, vor, während und nach den Aktivitäten gemäß Vereinssatzung große Mengen Bier zu trinken. Alkoholfreies Bier war vor 1980 komplett unbekannt im Lande. Nicht nur beim *Pechwirt*, sondern in ganz Bayern und dem Rest der Welt. Wenn ein Hellseher eingetreten wäre und am Sonntagvormittag dem Stammtisch verkündet hätte, in fünfundzwanzig Jahren würde die Hälfte von ihnen alkoholfreies Weizen trinken, weil ihnen der Arzt andernfalls einen schmerzhaften und unappetitlichen Tod durch Leberversagen prophezeite, wäre dem Wahrsager kurzerhand die Nase eingeschlagen worden.

In der *Grauen Gans* allerdings waren manche Vorboten der Neuzeit bereits eingetroffen. Junge Menschen kamen von nah und fern dorthin, um gegen die faschistische Politik eines Franz Josef Strauß, gegen Kernkraftwerke und Atomraketen zu wettern. Wenige Jahre später wurde hier regelmäßig die gemeinschaftliche Teilnahme an einer der zahlreichen Demonstrationen gegen die Wiederaufbereitungsanlage in Wackersdorf organisiert. Wurden beim *Pechwirt* Myriaden von Bratwürsten und Bauernseufzern mit Bergen von Kraut vertilgt, gab's in der *Grauen Gans* Pasta, Falafel und Hühnchensalat. Man schmückte sich mit Ohrringen enormen Durchmessers, kunterbunten Haarsträhnen und Palästinensertüchern. Im *Pechwirt* hingegen kam es nicht selten vor, dass einer mit Gummistiefeln und Blaumann am Tisch saß, und wenn der Gesprächsstoff zur Neige ging, wie das Bier in den schlichten Halblitergläsern, dann brauchte nur einer möglichst lautstark einen Furz auf die Bank zu drücken, und schon lachte der ganze Saal.

Georg blieb gerade ausreichend Zeit, den Raum einmal zu überblicken, als von der anderen Seite, wo sich das WC befand, die Proppenstädterin in die Szene gewackelt kam. Sie hinkte, da sie nicht anders konnte, ließ aber kein Anzeichen von Betrunkenheit erkennen. Sie spreizte ihre rot lackierten Fingernägel und setzte sich zu einem Kerl, der haargenau so aussah, als kenne er sich leidlich gut im Nürnberger Nachtleben aus. Sonnenbrille und Goldkettchen, Schnurrbart und Dauerwelle, weißes Jackett über schwarzem Hemd. Die Proppenstädterin schmiss sich ran an diesen Herren, der seiner äußeren Erscheinung nach etwas jünger als sie war und eine abweisende Haltung einnahm. Georgs Gedanken gerieten durcheinander – bei diesem Mann würde sie nicht landen, das sah er auf den ersten Blick, aber wer sollte ihr verdenken, dass sie es zumindest versuchte? Sie wollte halt auch noch was erleben, nur: Was, wenn es der Typ war, dessentwegen Almuths detektivischer Instinkt ihn, Georg, hierhergeschickt hatte?

Georg fühlte sich mit einem Mal von der Situation überfordert und machte kehrt in den Flur, um sich in Ruhe einen Plan zurechtzulegen. Insbesondere wollte er nicht unvorbereitet in ein Gespräch mit Monika Proppenstädter hineingeraten, die ja irgendwie ebenfalls in die Angelegenheit verwickelt war.

Später hätte Georg auch unter Folter nicht mehr sagen können, wieso er an dem Joint gezogen hatte. Ralf Steigner hielt ihm, der sich allerhöchstens einmal an Silvester eine Zigarre genehmigte, die merkwürdige, konisch gerollte Zigarette hin und forderte ihn auf, zuzulangen. »Einmal musst du's schon probieren, du weißt überhaupt nicht, was dir entgeht.« Der älteste der Steigner-Söhne rührte instinktiv an Georgs Stolz, der darin bestand, hart im Nehmen zu sein und den jungen Kerlen noch jederzeit zeigen zu können, dass er nicht zum alten Eisen gehörte. Georg bildete sich ein, seinen eigenen Söhnen ein starkes Vorbild zu sein, ein verlässlicher Fels, auf dem die Familie wie auf einem sicheren Fundament ruhte. Und auch wenn Almuth es vehement bestritten hätte, da es nicht zu ihrem Selbstbild von der emanzipierten und unabhängigen Frau passte, liebte sie diesen urtümlich-männlichen Kern, der in ihrem Gatten steckte.

Es überraschte also kaum, dass Georg, sooft er schon vergeblich darüber gegrübelt hatte, welches die größten Verfehlungen seiner Seele wären, nie auf die Todsünde des Stolzes gekommen war – und genau hier lag auch der blinde Fleck seiner Selbstwahrnehmung. Darum wollte er unbedingt sein Gesicht wahren, wollte vermeiden, dass ihn jemals ein Bursche, der kaum halb so alt war wie er, als feige oder weichlich verspotten konnte.

Todesmutig zog er kräftig an dem glimmenden Röllchen, inhalierte tief und bemerkte mit großer Genugtuung, dass er nicht einmal husten musste, obwohl ihn der würzige Rauch bis in die äußersten Spitzen seiner Lunge stach.

Bis dann die Wirkung einsetzte und das Haschisch die Kontrolle über Georg übernahm. Eine Wirkung, die er sich komplett anders vorgestellt hatte.

»Komm doch mit nach oben«, schlug Ralf vor. »Wir hören Musik und glotzen *Heavy Metal**. Der Afghane ist eingetroffen.«

Georgs professioneller Blick erkannte sofort, dass das Treppenhaus dringendst einer Überarbeitung bedurfte. Die Sperrholzverkleidung der Seitenwände war mit Schriftzügen beschmiert, die »Stoppt Strauß!« oder »WAAhnsinn« verkündeten, und die Stufen waren schief und ausgetreten.

Als sie das Fremdenzimmer gleich rechts vom Treppenabsatz betraten, lungerten vier oder fünf langhaarige Gestalten auf dem Sofa und einer Handvoll Stühlen herum. In einer Ecke drehte sich eine Schallplatte auf einem Plattenteller, aus zwei Boxen dröhnte Gitarrenmusik, doch die Gammler, die lethargisch in ihren Sitzen hingen, starrten stur in einen Fernsehbildschirm, über den bunte Bilder flimmerten.

»Hey Leute, schaut mal, wen ich mitgebracht habe! Den ältesten Hippie von ganz Oberartelshofen!«

Niemand nahm Notiz von den beiden Besuchern. Georgs Gedanken schweiften ab, er dachte über seine Frisur nach, glaubte, dass sie der Grund sein musste, wieso er als »Hippie« bezeichnet wurde. Sein vom Haschisch aufgewirbelter Verstand blieb an dem Wort »Frisur« hängen, und er musste kichern, denn sein Haupthaar hatte sich schon mit Mitte zwanzig zu lichten begonnen. Mittlerweile waren ihm nur noch an den Seiten und im Nacken Inseln von dünnen weichen Flusen geblieben, die Almuth monatlich auf drei Millimeter abrasierte, während er auf dem Rand der Badewanne hockte.

Als ob sie neben ihm stünde, hörte Georg plötzlich die Stimme seiner Mutter, die ihm zum tausendsten Mal vorhielt, er sei zu oft mit nassen Haaren an die frische Luft gegangen, ohne vorher gründlich zu föhnen, weshalb er selbst daran schuld sei, mit einer Glatze durchs Leben gehen zu müssen, aber es geschehe ihm recht, und er habe keinerlei Grund zu jammern. Verwundert blickte Georg um sich und entdeckte voller Verwunderung, dass er ein paar Meter von sich selbst entfernt stand und sich beobachtete wie einen fremden Menschen, den er zum ersten Mal bemerkte.

»Schau!«, bedeutete ihm Ralf Steigner und zeigte auf den Fernsehapparat, der auf einem grob gezimmerten Tisch an einer Seite des Raums thronte. Über die Mattscheibe flimmerten in verwirrender Geschwindigkeit Zeichentrickszenen, denen alle Menschen im Zimmer völlig gebannt folgten. Atemberaubende Kameraflüge durch psychedelische Marslandschaften wechselten sich mit Nahaufnahmen großbusiger Heroinnen ab, Raumschiffe, Autos und Flugzeuge in grotesk bunten Farben rasten durch surreale Räume, welche die starrenden Zuschauer förmlich in sich hineinsogen. Vor Georgs weit aufgerissenen Augen stieg völlig unvermittelt Bayerlein, der immer noch sein Hawaiihemd trug, aus einem Wandschrank und trat zu einer Frau, die mit dem Rücken zu Georg auf einem bestickten Kissen auf dem Boden saß.

»Fritz!«, krächzte Georg. Sein Hals war staubtrocken, und die Filmmusik schien aus allen Richtungen zugleich auf ihn einzuhämmern. Bayerlein beachtete ihn nicht, er streckte den Arm aus und zog die Frau zu sich empor. Erneut versuchte Georg, dem Gespenst – denn um ein solches musste es sich handeln – etwas zuzurufen, doch er brachte keinen Laut zustande. Er kniff die Augen zusammen und sah ganz genau hin, da erkannte er das Kleid der Frau, das überhaupt kein Kleid war, sondern der japanisch anmutende Bademantel der Winklerin, und sie, die nun eng an den Bayerlein geschmiegt zu tanzen begann, trug elegante rote Schuhe mit extrem hohen Absätzen, in denen sie deutlich sichtbar hinkte.

Georg begriff überhaupt nichts mehr, ihn überkam schreckliche Angst, dass vielleicht als Nächstes Almuth erscheinen würde, nackt bis auf zehn klobige, schwere Silberringe, die an ihren Fingern steckten, aber es kam noch schlimmer: Endlich hatte sich das tanzende Paar so weit um seine Achse gedreht, dass er das Gesicht der Person im Bademantel erkennen konnte – und da lachte ihn der Rammelkammer an, unter einer Perücke aus wie Feuer leuchtenden roten Haaren hervor, den Arm um Bayerleins Hüfte gelegt, und beide Tänzer riefen ihm im Chor zu: »Hey, Django, where you goin' with that gun in your hand?«

Georg wurde schlagartig schwindlig, ihm wurde bewusst, dass die Luft im Zimmer zum Schneiden war – würzig duftende Rauchschwaden waberten unter der Decke und funkelten gleißend auf, wenn sie eine der messerscharfen Klingen aus Licht, die durch die Ritzen der weitgehend komplett verrammelten Fenster stießen, durchquerten. Von einem Moment zum nächsten wurde ihm übel. Er murmelte etwas Unverständliches, doch der Steigner-Sohn hatte seine Aufmerksamkeit unverrückbar auf den Bildschirm gerichtet, und so tappte Georg rückwärts hinaus in den Flur, wo er mit dem letzten Rest Logik, dessen er habhaft werden konnte, die Toilette vermutete und folgerichtig auch fand.

Während er über der Schüssel kniete und sich wieder und wieder übergab, tobte in seinem Kopf ein regelrechter Karnevalsumzug der Gedanken.

Zwei Tage auf dem Rücken liegen und schon mal für das Totsein üben ... vom Glück, die Atombombe zu besitzen, kennt das jemand außer mir? ... der Rausch, die Euphorie der Selbstauslöschung in unfassbar schönen Bildern ... verdampfen in Würde ... das Hochgefühl, das hervorbricht bei der Vorstellung des Weltendes, des gewaltigen Feuerballs, mit dem alles endet und aufhört, und man sich nie wieder Gedanken machen muss, wie es weitergeht, auch nicht, was geschehen wird, wenn sie selbst nicht mehr sein würde, weil es danach überhaupt und insgesamt nichts und niemanden mehr gäbe ... nur noch Arme, die aus der Erde ragen, und Gesichter, die aus dem Dunkeln quellen, immer näher kommen ...

Georg gelang es nur mit Mühe, sich von den grausigen Bildern zu befreien. Was kann ich tun, überlegte er, damit dieser Irrsinn endlich nachlässt? Doch schon schweiften seine Gedanken erneut ab, zersplitterten in Millionen kleinster Partikel, halbe Wörter, neblige Bilder, kakofonische Laute. Erst nach einer Zeitspanne, deren Dauer einzuschätzen er vollkommen unfähig war, ließ die Wirkung des afghanischen Marihuanas endlich nach. Georgs Rücken hatte sich verkrampft, weil er mit aller Kraft die Kloschüssel umarmt hatte, aber es gelang ihm, sich zu erheben und auf wackeligen Beinen zurück in die Gaststube zu stolpern. Er hatte unerträglichen Durst und stieß jeden beiseite, der ihm auf dem Weg zur Theke im Weg stand. Denn draußen war inzwischen längst die Dunkelheit hereingebrochen, und das Wirtshaus war gestopft voll von jungen Menschen, die mit erhobenen Stimmen gegen die aus schlechten Lautsprechern plärrende Musik fochten.

Plötzlich spürte er, wie ein harter Gegenstand sich am hinteren Bund seiner Hose verhakte. Noch ehe er sich umschauen konnte, zog etwas mit so großer Kraft an ihm, dass er rückwärts taumelte und sich, ohne zuvor zu prüfen, wo er landen würde, auf die gepolsterte Sitzbank unter dem Fenster zum Dorfplatz setzte. Neben ihm saß ein auffallend großer und stark gebauter Mann mit hellblonden, buschigen Haaren und einem grauen Knebelbart am Kinn.

»Setz dich her, Kerl«, sagte der Hüne. »Hier bist du erst einmal aus dem Weg.«

In der Hand hielt der Mann den versilberten Griff eines Krückstocks, mit dem er sich Georg aus dem Getümmel vor dem Tresen geangelt hatte.

»Gestatten: Dr. Bukowski. Du kannst Doc zu mir sagen, wenn du magst«, grinste er. »Und als Nächstes solltest du erst einmal einen großen Schluck Wasser trinken. Du musst wahrscheinlich noch Auto fahren, oder?«

Richtig, fiel es Georg ein, das hatte er vorhin überhaupt nicht bedacht. Er erinnerte sich mit Grausen an das Auto, das vor einigen Jahren ein paar Kilometer weiter oben, zwischen Hirschbach und Unterklausen, in einen tiefen Graben gestürzt und danach in einem Betonrohr stecken geblieben war. Strömender Regen war die Ursache gewesen, dass der Fahrer die Straße an einer sehr ungünstigen Stelle verfehlt hatte. Die Türen hatten sich nicht mehr öffnen lassen, und beide Insassen waren hilflos ertrunken. Sie konnten erst am nächsten Morgen von der Feuerwehr aus dem völlig mit Schlamm bedeckten VW-Käfer geborgen werden. Das THC in seinem Blut befähigte Georg, sich das qualvolle Ertrinken im Inneren des mit Wasser volllaufenden Autos so realistisch vorzustellen, dass er panisch nach Luft schnappte.

Am Tisch links von Dr. Bukowski hockte der Gumpsch aus Eschenbach, ein Stammtischbruder, wie er in den Grundschullehrbüchern für den Heimat- und Sachkundeunterricht abgebildet war: mit hochrotem Kopf, glänzender Platte und Bierbauch. Gumpsch hatte bereits ausgiebig Bier intus, und seine Augen traten beängstigend stark aus dem Kopf, wenn er den jungen Mädchen nachglotzte, als wollte er ein Loch in die hautengen Jeanshintern brennen. Er rückte auf und beugte sich zu Georg hinüber.

»Den Appetit holst du dir unterwegs – gegessen wird zu Hause«, schrie er. »Wo hast du deinen Ehering, Georg?«

Georg antwortete nicht. Er nahm einen großen Schluck Leitungswasser aus dem Weizenglas, das man ihm gebracht hatte, und dachte angestrengt über eine angemessene Antwort nach. Seinen Ehering trug er schon seit einigen Jahren nicht mehr. Das hatte aber nicht im Geringsten etwas mit dem Verhältnis der Eheleute zu tun, wie es der lüsterne Gumpsch vermutete, der nichts weiter tat, als von sich auf andere zu schließen. Es verhielt sich vielmehr so, dass Georg ein paar Monate nach der Trauung einen kleinen Unfall mit dem Ring gehabt hatte. Er war beim Abladen einer Zementmischmaschine am Gestell hängen geblieben, mit dem Ring, der genauso wenig nachgab wie die Stahlstrebe. Das schwächste Glied in der Kette war Georgs Finger gewesen, den der Ring zur Hälfte abschälte, sodass die Haut in Fetzen herunterhing.

»Halt doch du die Fresse!«, mischte sich nun eine andere Stimme ein, die aus der Ecke gegenüber kam und den gewaltigen Lärmpegel mit Leichtigkeit übertönte. Sie gehörte einem weiteren Vertreter der alteingesessenen Gäste, einer verlotterten Gestalt im fortgeschrittenen Stadium der Trunksucht, mit abgemagertem, rötlich-braunem Gesicht und dichtem, schwarz glänzendem Haar, dessen pomadige Wellung vom erst vor zwei Jahren verstorbenen Elvis Presley abgeschaut war.

Beide, die angriffslustige Person, die Georg auf Anhieb hochgradig unsympathisch war, und Gumpsch, vor dem sich Georg ekelte, standen in argem Kontrast zum Rest des Publikums.

»Du reaktionäres Arschloch!«, brüllte Gumpsch.

»Debiler Syphilitiker!«, kam als Antwort zurück.

Früher, als noch nicht jeden Tag Hippies, Motorradnarren und Nürnberger Kahlfresser die Wirtsstuben mit ihren Leibern und dem Lärm, der aus diesen sprudelte, verstopften, waren es hauptsächlich alte Männer, die von früh bis abends in den traditionellen Gasthäusern herumsaßen. »Verschlissene Säufer« nannte sie Almuth, und Georg dachte häufig darüber nach, warum sie oftmals so auffallend große Hände und markante Ohren hatten, aus denen büschelweise graue Haare sprossen. Das musste daher kommen, so reimte er sich seine eigene Erklärung zusammen, dass die Alten auf ein Leben zurückblickten, das erfüllt war von harter körperlicher Arbeit auf Feld und Wiesen, wo es Tag und Nacht so unfassbar still war, dass die Ohren sich nach und nach streckten, um noch das leiseste Geräusch einzufangen. Doch nicht einmal die beiden endemischen Streithähne entsprachen diesem Stereotyp, das, wie Georg mit Wehmut konstatierte, im Aussterben begriffen war.

»Wer ist das?«, fragte Georg seinen Nachbarn zur Linken, den ominösen Dr. Bukowski, derweil die beiden Herren zu seiner Rechten fortfuhren, sich zu beschimpfen.

»Helmut Schmidt, ein Bildhauer aus Hersbruck. Ja, wie der Bundeskanzler, damit kokettiert er auch gerne. Ein alberner Aufschneider ist er.«

»Es muss in Deutschland Tausende Helmut Schmidts geben ...«, faselte Georg, dem diese Erkenntnis absolut neu und bahnbrechend erschien.

Gumpsch wandte sich an Georg: »Ein Kunstherrenmensch ist das, einer, der sich für den goldenen Schiss des Kolumbus hält!«

Irgendwie musste Helmut Schmidt entgegen aller Bekundungen der Verachtung eine gewisse Faszination auf Georgs neue Freunde ausüben. Denn anstatt ihn einfach zu ignorieren, ließen sich Gumpsch und Dr. Bukowski genüsslich über den Bildhauer aus, sich einander ins Wort fallend und überschreiend. So erfuhr Georg, ohne dass er es jemals hatte wissen wollen, dass Schmidt kleine grüne Hirsche verfertigte, etwa kniehoch aus Gips gegossen, mit denen er den Oberen Markt in Hersbruck komplett hatte zustellen wollen. Doch kaum dass erste Gerüchte darüber in Umlauf gekommen waren, sei die Bevölkerung Sturm gelaufen gegen dieses Vorhaben, in der bei Weitem nicht alle eine künstlerische Heldentat sehen konnten, sodass schließlich der Stadtrat die Verwirklichung verhinderte. Ob denn Georg nicht die *Hersbrucker Zeitung* lese, da sei wochenlang praktisch nichts anderes daringestanden. Jeden Tag sitze Schmidt nun in der *Grauen Gans*, ein Bier und einen Schnaps vor sich auf dem Tisch, und suhle sich in Selbstmitleid, voller Hass auf eine Bevölkerung, die minderbemittelt und zu reaktionär sei für seine Kunst.

»Allesamt motorisierte Odelkutscher«, wetterte Schmidt, »zum Stoßen dumm!«

»Nicht wahr?«, entgegnete Gumpsch über zwei Tische hinweg. »Du wärst halt gerne der Diktator hier, dann würdest du uns allen das Maul verbieten!«

»Du blöde Sau, dich mach ich schon auch noch fertig!«, gab Schmidt brüllend zurück.

Niemand sonst im Saal schien sich um das Gezanke der beiden rotgesichtigen Trinker zu scheren, vermutlich, weil die alternative Szene damals noch das Toleranzgebot, das sie sich auf die Fahnen geschrieben hatte, ernst nahm. Georg beschloss, es den anderen gleichzutun, den Künstler zu ignorieren und sich eingehender mit Dr. Bukowski zu beschäftigen. Er merkte nämlich, dass er wieder halbwegs klar im Kopf wurde – wie lange das ungefähr gedauert hatte, konnte Georg erst auf dem Heimweg rekonstruieren, als er feststellte, dass er geschlagene sechs Stunden in der *Grauen Gans* verbracht hatte.

»Nun zu dir, Junge, was ist das Problem?«, fragte Dr. Bukowski.

»Was das Problem ist? Na ja, sagen wir es so: Es gibt da einen Autohändler, den ein Bauunternehmer dabei beobachtet hat, wie er mit der Frau des Zahnarztes herummacht. Wegen der hat sich vor sieben Jahren ein Gammler umgebracht. Und dann ist da eine andere Frau, die zur gleichen Zeit wie auch eine drogensüchtige Mumie verschwand, und zwar auch pfeilgerade im Sommer 1972, als das furchtbare Spektakel mit der Baader-Meinhof-Bande aufgeführt wurde.«

Dr. Bukowski hörte zu, ließ aber ständig den Blick durch den Raum schweifen, als wäre er nicht sonderlich interessiert an Georgs Bericht.

Zunehmend verunsichert fuhr Georg fort: »Eigentlich findet meine Frau, dass es ein Problem gibt – wegen eines seltsamen Rings, der bei uns auftauchte, genau so einer, wie ihn die Mumie hinter der Stützmauer ...« Er verstummte. Er war außerstande, die ganze Geschichte verständlich darzustellen. Und er fragte sich, ob es das Richtige war, was er tat: einem praktisch Wildfremden sein Herz auszuschütten. Insbesondere, weil da nur unsortierte Eindrücke und haltlose Vermutungen zutage traten. Er kämpfte immer noch mit den Nachwirkungen des Joints und hätte noch nicht einmal mit Gewissheit sagen können, dass Dr. Bukowski keine Ausgeburt seiner Phantasie war. In diesem Augenblick löste sich von der Decke der Gaststube ein Kronleuchter. Das Ding, das aussah wie aus einem Ochsenjoch und Steingutfassungen zusammengebastelt, hatte nur mit dem Kabel an der Decke gehangen. Die vier Glühbirnen zerplatzten beim Aufprall, ein kräftiger Schlag übertönte alle Gespräche, und ein großer Aufschrei ging durch die dick verqualmte Wirtschaft.

Dr. Bukowski warf nur einen schnellen Blick auf die Szene und wandte sich dann gleich wieder an Georg. »Es gab ja letzthin einigen Wirbel in der Gemeinde, richtig?«, sagte er langsam und bedächtig. »Wenn mich nicht alles täuscht, warst du ja nicht unmaßgeblich beteiligt an den Exhumierungen. An den Bayerlein erinnere ich mich noch gut, sehr gut sogar. Das war ein Halunke!«

Dr. Bukowski lachte, aber sein Lachen verwandelte sich beinahe übergangslos in ein bellendes Husten. Er tastete rasch nach einer Sporttasche, die links von ihm auf der Bank lag, und zog eine Maske aus durchsichtigem Plastik heraus, die er sich vor Mund und Nase presste. Ein Schlauch führte von der Maske in die Sporttasche.

»Die Lunge, verstehst du? Macht nicht mehr mit. Ich war Anfang September am Zeppelinfeld*. Open Air, The Who, AC/DC, kennst du sicher.«

Georg schüttelte zaghaft den Kopf.

»Echt nicht? Ungewöhnlich, du hast doch sogar zwei Jungs zu Hause, die müssten das Zeug Tag und Nacht anhören. Macht aber nichts. Ich war jedenfalls dort, und die ganze Zeit musste ich denken: Das wird das letzte Mal sein, dass du auf einem Rockkonzert bist. Aber dann sagte ich mir: Selbst wenn du es nicht überlebst, es hat sich auf alle Fälle rentiert. Verstehst du, was ich meine?«

Neben ihnen brachen Gumpsch und Schmidt in eine weitere Runde Geschrei aus. Sie beschuldigten sich gegenseitig, durch ihre Dummheit die Lampe an der Decke so sehr geschwächt zu haben, dass sie den Freitod gewählt habe. Gumpsch beleidigte Schmidt zusätzlich mit der Behauptung, selbst die Trümmer des Leuchtkörpers seien noch tausendmal ansehnlicher als der Müll, den er, Schmidt, ohne Unterlass produziere.

Dr. Bukowski knurrte genervt. »Ich sag dir was: Hier drinnen können wir uns unmöglich in Ruhe unterhalten. Aber vielleicht hast du ja Lust, nächste Woche nach Nürnberg zu kommen? In der Regel sitze ich jeden Abend in derselben Kneipe. *Behütetes Trinken* heißt die.«

Georgs Gesicht sendete Fragezeichen, wodurch Dr. Bukowskis Laune sofort wieder ins Heitere wechselte.

»Frag doch einfach den Brunzfritz, der kann dir Bescheid geben. Überhaupt, dort kann ich dir ein bisschen von früher erzählen. Von den wilden Zeiten, vielleicht ist ja etwas dabei, das dir auf die Sprünge hilft. Aber sei mir nicht böse, ich muss jetzt sofort raus aus diesem Irrenhaus. Und vorsichtig auf der Heimfahrt, wegen des Dings, du weißt schon.«

Dr. Bukowski zwinkerte zum Abschied. Und wirklich erst im allerletzten Moment, als er ihm die Hand reichte, bemerkte Georg den merkwürdigen Silberring an Dr. Bukowskis Finger.

Kapitel 17

P. A. M.

Friedrich Brunn wusste sofort, um wen es sich handelte, als ihm Georg anderntags von seiner neu erworbenen Bekanntschaft in der *Grauen Gans* erzählte, wobei dieser es natürlich vermied, Einzelheiten von seinem unrühmlichen Auftritt in der Eschenbacher Wirtschaft zu berichten.

In Nürnberg, wo Dr. Bukowski zu Hause war, kenne ihn jedes Kind, behauptete Brunzfritz. »Der Typ war früher praktisch in jeder Kaschemme Stammgast, in den verruchtesten Läden ging der ein und aus, als wär er dort daheim. Nicht wenige Leute dachten, es wären in Wirklichkeit mehrere Männer, weil es unmöglich ist, an ein und demselben Abend an so vielen unterschiedlichen Orten gesehen zu werden. Es sei denn, Dr. Bukowski beherrscht diesen indischen Trick, sich selber zu vervielfachen – das würde ich ihm allerdings durchaus zutrauen.«

Auch das *Behütete Trinken* war Georgs Zunftgenossen geläufig. »Das ist ein guter Ort!«, verkündete er. »Sehr gemütlich und völlig harmlos, falls du dir Sorgen machst. In Nürnberg gibt's viel schlimmere Läden! Das *KOMM* zum Beispiel, in der Königstraße, wo das ganze Geschwerdel abhängt. Alles Drogensüchtige und Terroristen. Oder seit Neuestem in Johannis die ehemalige Desinfektionsanstalt, die heißen sie beschönigend ein ›selbstverwaltetes Zentrum‹*, aber da lache ich nur! Der Laden quillt praktisch über vom Abschaum: Punker mit grünen Haaren, Ausländer und das sonstige Nachtgelichter. Dem Bayerlein – dem würde es dort ganz ausgezeichnet gefallen, Gott hab ihn selig, er darf's ja leider nicht mehr erleben.«

Die Sache war schnell abgemacht, und so bestieg Georg zusammen mit Brunzfritz am Mittwochabend den Regionalzug nach Nürnberg. Ob denn an einem Tag mitten unter der Woche, an dem es zudem stürmte und wie aus Kübeln regnete, überhaupt eine Gastwirtschaft geöffnet habe, wunderte sich Georg.

Doch Brunn lachte nur und sagte: »Ich verspreche dir, du wirst nicht vor der verschlossenen Tür verdursten müssen, Georg. Außerdem haben wir doch alle Zeit der Welt. So wie's aussieht, werden wir die nächsten Wochen eh nichts arbeiten können bei dem Sauwetter. Du kannst doch morgen einfach im Bett liegen bleiben!«

»Woher kennst du eigentlich diesen ominösen Dr. Bukowski?«, wollte Georg wissen, während die Bahn durchs schöne Pegnitztal zockelte.

Brunn rückte nicht gleich heraus mit der Sprache, sondern stellte eine Gegenfrage: »Was willst du überhaupt von dem Bukowski? Im Übrigen heißt der in Wahrheit Gabsteiger, Hugo Gabsteiger mit vollem Namen. Aber ich schätze, so hat ihn schon lange keiner mehr genannt. Wahrscheinlich hat er selbst schon vergessen, was in seinem Ausweis steht.«

Georg kam der Name vage bekannt vor, vielleicht hatte er ihn schon in der Zeitung gelesen und sich dabei gedacht, dass »Grabsteiger« noch viel hübscher geklungen hätte.

Der Brunzfritz gab sich vorerst schweigsam, aber während der Zug ein Kaff nach dem anderen hinter sich ließ, Hersbruck, Reichenschwand, Neunkirchen am Sand, Lauf, Rückersdorf und so weiter, plauderte er allmählich Einzelheiten aus, und Georg staunte wieder und wieder, wie wenig er vom Leben des Maurergesellen wusste, mit dem er seit etlichen Jahren zusammenarbeitete. Der Brunzfritz stammte ursprünglich aus Nürnberg und hatte eine wilde Jugendzeit hinter sich. Er hatte in den Fünfzigern die Auftritte der Kettenschlägerbande in Gostenhof miterlebt, damals das berüchtigte Glasscherbenviertel Nürnbergs, und später selbst mit einer Motorradgang das Umland unsicher gemacht. Dr. Bukowski war einer der Anführer gewesen, wenn sie draußen in Wendelstein, Altdorf oder Fischbach im Wald zelteten und Lagerfeuer machten. Am Wochenende ging's rüber nach Weißenohe, wo sie ins *To Act* einfielen.

»Kenne ich nicht«, sagte Georg, der seine Jugend und frühen Erwachsenenjahre im Dorf verbracht hatte, zwischen Schützenverein und Freiwilliger Feuerwehr.

»Das war damals, sagen wir, vor zehn Jahren, total angesagt. Jeden Samstag sind wir raus nach Weißenohe, immer im großen Pulk, mit röhrenden Motoren, Lederjacken mit wehenden Fransen, beim Fahren die Jack-Daniels-Flaschen an den Lippen, sogar Iggy Pop habe ich dort gesehen. Wie wir alle war Dr. Bukowski den drei bösen Königen verfallen: dem Drin-King, dem Smo-King und dem Fuc-King. Er war der Älteste von uns, und in letzter Zeit ist er zusehends verfallen. Ein schnelles und hartes Leben fordert eben seinen Preis, davon müsstest selbst du schon gehört haben, Georg.«

Bisher hatte Georg nur die Gefahren seines eigenen Berufes gesehen, Verletzungen bei Unfällen, kaputte Gelenke, ein Rücken, der irgendwann verschlissen sein würde. Es leuchtete ihm ein, dass auch ein Hehler jederzeit damit rechnen musste, bestohlen zu werden, und dass ein Dealer früher oder später selbst von der Ware abhängig wurde, mit deren Vertrieb er seinen Lebensunterhalt verdiente.

Vom Hauptbahnhof in Nürnberg ging es weiter mit der Straßenbahn nach Schoppershof, zur Haltestelle »Alte Messe«. Vor ein paar Jahren erst war die Messe in den Stadtteil Langwasser umgezogen, eine Trabantenstadt wie aus dem Bilderbuch, mit tristen Hochhäusern im Umkreis eines Einkaufszentrums und dreier U-Bahn-Stationen*. Vor dem Krieg hatte man dort die Zeltlager für die Reichsparteitage errichtet, anschließend ein Kriegsgefangenenlager und ein paar Jahre später schon Auffanglager für die Vertriebenen und Flüchtlinge aus den deutschen Ostgebieten. Einen Ort mit schlechtem Karma nannten das die Hippies in der *Grauen Gans.*

Obwohl er drei Jahrzehnte nicht mehr daran gedacht hatte, fiel Georg ein, dass er um 1950 herum einmal mit seinem Vater die alte Messe besucht haben musste, wo sie Werkzeug eingekauft hatten, Kelle, Meißel, usw., und er nahm sich vor, zu Hause in seinem Werkzeugschrank nach den alten Trümmern zu suchen. Eine schöne Idee, dachte er zufrieden, den Buben als Familienerbstück einen Nachkriegsvorschlaghammer oder eine Blechschere zu schenken.

In seine Grübelei tief versunken, bekam er nicht viel mit vom Weg, den Brunzfritz zielstrebig einschlug. Als Georg und der Brunzfritz das *Behütete Trinken* betraten, saß Dr. Bukowski an einem Ecktisch, neben sich auf der Bank die grüne Sporttasche, daran gelehnt der schwarz lackierte Gehstock mit den silbern blinkenden Beschlägen.

Nur eine Handvoll Gäste bevölkerte die Wirtsstube. Je eine alte Dame saß allein an einem Tisch in gegenüberliegenden Ecken des sparsam beleuchteten Raums. Dr. Bukowski hatte an einem Tisch links vom Tresen Platz genommen, rechts schloss sich eine Musikbox an und der ausladende Stammtisch, wo drei grauhaarige Herren Skat droschen.

»Da sind wir ja wieder!«, rief Dr. Bukowski. »Hockt euch her zu mir, ihr zwei Hübschen«, als wäre dies eine völlig zufällige Begegnung.

Ohne dass sie etwas gesagt hatten, stellte der Wirt, ein schwarzhaariger Mann mit dunklem Gesicht und beeindruckend gewölbtem Bauch, zwei volle Gläser auf den Tisch. Wortlos drehte er wieder ab und verzog sich hinter den Tresen, auf dem eine Zeitung lag, in die er sich vertiefte.

Sie tauschten die üblichen Floskeln aus, und in null Komma nichts hatte Fritz die erste Halbe geleert, sodass Georg sich bemüßigt sah, mitzuhalten. Er hatte zu Hause ganz gegen seine üblichen Gewohnheiten noch eine Tasse schwarzen Kaffee getrunken, um »den langen Abend durchhalten« zu können, wie er Almuth erläuterte. Und nun musste er dringendst die Toilette aufsuchen. Er erspähte in einem schummrigen Winkel eine unscheinbare Tür, die in den rückwärtigen Teil des Gebäudes führte, und vermutete, dass er dort das WC finden würde.

Was die Toiletten anging, hatte er richtig gelegen, doch ehe er sein Geschäft verrichtete, lenkte die Neugier seine Schritte weiter bis ans Ende des braun gekachelten Ganges, wo sich ein Hinterzimmer befand. Die Tür stand einen Spalt offen, diffuses Licht fiel in den kalten Flur. Die Stimmen einiger Männer waren zu hören, die dort drinnen um einen runden Tisch saßen, rauchten und Karten spielten. Dicke Bündel Geldscheine lagen auf dem Tisch, wie Georg auf den ersten Blick erkannte, als er vorsichtig durch den Türspalt in das verqualmte Kabuff lugte. Schnell wandte er sich ab und betrat das Herren-WC keine Sekunde zu früh, denn unmittelbar nach ihm stellte sich ein großer und dicker Mann neben ihn und richtete seinen Strahl mit Wucht auf die weißen Fliesen der Pisswand. Der Mann roch schwer nach Schweiß und nach Tabak. Georg hoffte inständig, dass ihn der andere nicht ansprechen würde, doch anscheinend hatte er sich in den letzten Jahren zu wenig um Gott gekümmert, sodass dieser nun auch wenig Lust hatte, Georg einen Gefallen zu tun.

»Wer bist nachher du?«, redete ihn der andere von der Seite an.

»Wie? Ich?«, stotterte Georg. Wurde erwartet, dass er nun seinen vollen Namen und sein Geburtsdatum nannte?

Mit einem kraftvollen Ruck, als wollte er den Reißverschluss komplett herausreißen, schloss der andere sein Hosentürchen und pumpte sich vor Georg zu voller Größe auf.

»Meinst du, ich sprich mit meim eigener Schwengel, du Flitzpiepn?«

»Nein, nein, natürlich nicht.«

»Wie kommst mir überhaupt daher? Dei verkackte Frisur, dei verkackte Hos'n, die verkackte Lederjack'n, diesd da anhast – bist du ein verkackter Scheißzivilbulle, du aufg'stellter Mausdreck, du Rotzbubbl?!«

Georg spürte, wie sich unter seinem Kinn die Faust seiner neuen Bekanntschaft um seinen Jackenkragen krallte und seine Füße wie durch Zauberei vom Boden abhoben. Er war von Berufs wegen beileibe kein Schwächling, hatte jedoch keinerlei Erfahrung im Kampf von Mann gegen Mann, und jegliches Werkzeug, das ihm in dieser Situation hätte dienlich sein können, hatte er bedauerlicherweise zu Hause gelassen.

»Wennst die Nas'n bei uns neistecken willst, brauchst bloß was sag'n!«, knurrte der kastenförmige Mann und rückte so nah mit seinem Gesicht an Georgs Nase, dass dieser die Berührung feiner Härchen spürte. Er befürchtete plötzlich, niesen zu müssen, direkt in das Antlitz seines Angreifers.

Doch ehe es dazu kam, packte jemand den anderen an der Schulter und riss ihn herum. Der Griff an Georgs Kragen öffnete sich, und ein Ellenbogen, der blitzschnell herumschwenkte, traf ihn am Mund.

Brunzfritz schob sich zwischen die beiden und sagte mit einer Bestimmtheit, die Georg von ihm nicht kannte: »Halt! Aus! Der will dir mit Sicherheit nichts tun. Wir sind hier, weil der Doc mit uns sprechen will.«

Der reizbare Hüne knurrte noch etwas davon, dass er sich von niemandem blöd anglotzen lasse und dass »der da«, also Georg, bloß aufpassen solle, weil neugierige Leute früh sterben würden. Doch damit entspannte sich die Lage, und an der Tür zum WC trennten sich ihre Wege.

»Oh weh! Ich dachte mir schon, da ist jemand in Schwierigkeiten geraten«, lachte Dr. Bukowski, als Georg hinter Fritz zurück in die Gaststube dackelte. Georg war gehörig verwirrt, nichts hätte ihn mehr aus dem Konzept bringen können als dieser völlig unvermittelte Gewaltausbruch vor einer harmlosen Pinkelrinne.

Schon Georgs Vater hatte zeit seines Lebens den Städtern misstraut. »Die sind nicht aufeinander angewiesen in der Stadt«, hatte der bei jeder Gelegenheit verkündet, »sie tun erst nur mordsfreundlich, streichen dir Honig ums Maul, versprechen das Blaue vom Himmel, und kaum drehst du dich um, ist die Geldbörse weg. Und wenn du dann umkehrst und dich beklagst, hast ruck, zuck das Messer in der Brust. So gehen die Leute in Nürnberg miteinander um, und wenn da ein Landei wie ein Degenhardt dazwischengerät, macht der städtische Strauchdieb nicht viel Federlesens.«

Keine dreißig Jahre später verstand Georg nun, wovor ihn sein Vater gewarnt hatte. Der Vorfall war ihm maßlos peinlich. Er schwor sich, niemals mehr dieses Lokal aufzusuchen und seinen Söhnen von vorneherein fürs gesamte Leben zu verbieten, hier einzukehren.

Dr. Bukowski kicherte, während sich Georg setzte und dabei einen Fetzen Papierhandtuch auf die blutende Lippe presste. »Weißt du«, fragte Dr. Bukowski, »wie die Sanitäter das nennen, die ins *KOMM* oder in die *Desi* gerufen werden, weil sich ein paar Besoffene gegenseitig die Fresse blutig geschlagen haben?«

Georg schüttelte den Kopf und trank einen großen Schluck Bier.

»Im Funksprech nennen sie das Pe-A-Em – ein paar aufs Maul.«

»Bamm!«, prustete Brunzfritz. Jetzt lachten sie alle drei und stießen mit den Gläsern an.

Auch diesmal trug der verlebte Rock 'n' Roll-Veteran am Finger den auffälligen Ring. Ganz unverhohlen musterte Georg von Zeit zu Zeit dieses Schmuckstück, dessen Zwilling ihn seit Wochen in seinen Träumen heimsuchte. Doch er fragte nicht danach, und Dr. Bukowski machte keinerlei Anstalten, auf Georgs offenkundige Neugier einzugehen.

»Pass auf«, sagte er stattdessen, »jetzt hast du dir etwas verdient mit deiner angekratzten Goschen. Ich will dich mal ein wenig aufklären. Die tote Frau, die du ausgegraben hast, die war eine Kollegin der traurigen Witwe Proppenstädter. Du erinnerst dich sicher, dass die letzthin auch da war, in der *Grauen Gans*. Früher ging sie hier in Nürnberg auf den Strich, kurz nach dem Krieg. Sie stammt aus Schweinau, genauso wie die Thüringer, und beide hatten sich beim Rammelkammer eingemietet, in einem seiner Wohnwagen. Kennst du das Lied aus den Fünfzigern: *Sexie Hexy**?«, fragte Dr. Bukowski, doch Georg schüttelte nur erneut den Kopf. Ihm schien, dass irgendwie alle unter einer Decke steckten, Tote und Lebende – und dass außer ihm jeder Bescheid wusste. Eine Vorstellung, die ihm überhaupt nicht behagte.

»Monika hieß Flechsner mit Mädchennamen, und bald nannte man sie nur noch Sexie Flexie. Ein böser Witz eigentlich, über ihr kurzes Bein, das den Anschein erweckt, dass sie wahnsinnig beweglich in der Hüfte ist, und manchmal spielte sie für Männer, die das anmachte, den Teufel mit dem Pferdefuß. Die Tote wiederum hieß Kreszentia, aber alle sagten nur Kräschi zu ihr, weil das englisch klingt und bei den Zupfern* gut ankam.«

Georg erfuhr so von der Verbindung der drei Frauen: von der Thüringer, der Proppenstädterin – und Babette Winkler, deren Rolle jedoch eher darin bestanden habe, so Dr. Bukowski, die anderen mit Utensilien zu versorgen. Sie lieferte Tabletten, Kondome, stellte, wenn erforderlich, den Kontakt mit Engelmachern und der Militärpolizei her. Eine echte Geschäftsfrau, vielleicht wäre aus ihr allmählich eine Art fränkische Beate Uhse geworden, aber dann wurde sie die Frau eines Zahnarztes und zog aufs Land.

Dr. Bukowski lachte, als er in Georgs Miene las, dass dieser gerade hart damit kämpfte, das Gehörte in sein Bild der Welt einzufügen. »Nürnberg ist nicht so weit weg, wie du dachtest, stimmt's? Den Rammelkammer kennst du natürlich und auch seine Frau, die zweite meine ich. Der stieg als einer der Ersten ins Drogengeschäft ein. Amphetamin, K.-o.-Tropfen, Morphium. Was damals eben so angesagt war. Bot sich ja auch an, oder nicht? Wenn er schon mit den Autos kreuz und quer durchs Land unterwegs war, konnte er dabei den Stoff gleich mitnehmen. Offiziell betrieb er einen Parkplatz in der Vorderen Sterngasse, hatte den Wohnwagen dort stehen für seine Pferdchen. Seine erste Frau hat er mit Syphilis angesteckt, sie zuvor aber noch mit gewaltigem Tamtam in der Lorenzkirche geheiratet. Vor dem Bischof höchstpersönlich gaben sie sich das Jawort. Es scheint den Frauen nicht gutzutun, sich mit dem Typen zu verbandeln. Seine zweite Frau stammt aus altem Industrieadel in Erlangen, Siemens-Erbin oder so etwas. Es ist mir absolut rätselhaft, wieso die Frauen auf diesen Kerl so abfahren.«

An dieser Stelle hielt Dr. Bukowski inne und beäugte konzentriert etwas, das hinter Georgs Rücken am Tresen ablief. Georg hielt die Luft an, er wagte kaum, sich umzudrehen. Aus dem Augenwinkel beobachtete er zwei Männer, die offenbar aus dem Hinterzimmer gekommen waren. Mit gedämpften Stimmen redeten sie auf den Wirt ein.

Dann gab er Entwarnung, indem er den kerzengerade aufgerichteten Rücken lockerte und den Faden wiederaufnahm. »Von dem halsbrecherischen Flug in der Junkers weißt du sicherlich?«

Georg freute sich, dass er endlich auch einmal nicken konnte, und Bukowski fuhr fort. »Aber du weißt anscheinend nicht, was sie dabeihatten in dem Flugzeug? Eine Kiste hatten sie dabei, die bis unter den Deckel voll war mit Pervitin. Noch in der Originalverpackung der Temmler-Werke in Berlin. Methamphetamin. Speed.«

Bukowski konnte in Georgs ratloser Miene lesen, dass dieser nicht die geringste Ahnung hatte, worum es ging. *»Drogen«*, sagte er nachdrücklich.

»Äh, ja, und?« Zu Georgs Überraschung schaltete sich nun Brunzfritz ein: »Der Schramm, zum Beispiel, der war früher ständig zugedröhnt. Total dicht. Bei ihm lagerte das Zeug.«

Sie tranken noch eine weitere Runde und dann noch eine. Das Gespräch wurde lockerer und weniger einseitig, denn Fritz, den der Alkohol anfeuerte, begann lustige Anekdoten von der Baustelle zum Besten zu geben, und auch Georg taute auf, erzählte den einen oder anderen Schwank aus seiner Dorfjugend, die ihm vollkommen normal erschien. Die anderen fanden seine Storys jedoch nicht nur einmal zum Schreien komisch.

Doch Georg, dem die ungewohnten Mengen Bier bald zu Kopf stiegen, brannte noch eine Frage unter den Nägeln. Es kostete ihn einige Überwindung, aber schließlich brach es mitten während einer von Brunzfritz' Schnurren aus ihm heraus. »Moment!«, unterbrach er seinen Kumpan. »Jetzt würde ich schon noch gerne eines wissen: Warum erzählen Sie mir das alles? Was ist der wahre Grund, dass wir hierhergekommen sind?«

»Ausgezeichnete Frage, Jungchen!«, sagte Dr. Bukowski und hob den Zeigefinger senkrecht in die Luft. Doch dann fiel eine dunkle Wolke über seine grob geschnitzten Gesichtszüge, eine Mischung aus Sehnsucht und Traurigkeit. »Ich sagte dir ja schon, dass ich es wohl nicht mehr lange machen werde. Und als mir dein Freund hier« – er legte seine riesige Pranke auf die Schulter des Brunzfritz – »als mir dein Freund hier berichtete, wie du mit dem Schädel des unseligen Bayerlein in der Hand dastandst und ratlos aus der Wäsche schautest wie die Jungfrau beim Ringelpiez mit Anfassen, da fingen die verrosteten Räder hierdrin« – er tippte sich an die Stirn – »an, sich zu drehen. Ich sagte mir: ›Doc‹, sagte ich, ›nicht mehr lange, dann reitest du durch die ewigen Jagdgründe, also sieh zu, dass du nichts unerledigt lässt in dieser Welt.‹ Und weil dazu gehört, dass irgendjemand weiß, was damals alles war und wie es am Ende dazu kam, wie es kam – deshalb wollte ich es dir erzählen. Du warst – wie sagt man? – genau: Du warst prädestiniert. Verstehst du?«

»Ja, verstehe«, sagte Georg knapp und nahm einen großen Schluck Bier, während Brunzfritz unbeirrt seine angefangene Rede wieder aufnahm, als sei nichts gewesen.

Gegen elf brachen sie dann auf, da sie den letzten Zug erwischen wollten, und wurden nachgerade herzlich von Dr. Bukowski verabschiedet, der, je später der Abend geworden war, umso häufiger zu seiner Sauerstoffmaske hatte greifen müssen.

Als sie glücklich in der Straßenbahn zum Bahnhof saßen, hielt es Georg nicht länger aus. »Was eine Type«, sagte er. »Fritz, sag, woher weiß der das alles?«

Brunzfritz brabbelte nur unverständliche Laute, doch Georg fuhr fort zu monologisieren. Vielleicht würde es ihm helfen, seine Gedanken zu sortieren, indem er laut nachdachte.

»Was meinst du? Ist er am Ende ein Zivilbulle?«

»Bullen?«, fragte Fritz, den dieses Reizwort aus seinem Tran riss.

Im Zug ließ sich Fritz schwer auf das rote Kunstleder der Sitzbank fallen. Er schaffte es zwar noch, eine Zigarette aus der Packung Marlboro zu fingern, doch gelang es ihm nicht mehr, die Flamme seines Zippos an das brennbare Ende des Glimmstängels zu führen. Die Kippe glitt ihm aus den Fingern, und er begann binnen Sekunden zu schnarchen. Nur einmal erwachte er während der Fahrt, als die blecherne Stimme des Schaffners den Halt in »Hersbruck, rechts der Pegnitz« ankündigte.

»Bayerlein?«, krächzte er und blinzelte Georg aus ganz schmalen Augen an. »Alfred? Wozu zum Teufel ... schau, da fließt die Pegnitz ...«

Und schon war er wieder eingeschlafen und überließ es dem völlig übermüdeten Georg, sich einen Reim auf all das zu machen, was er im Laufe des Abends erfahren hatte, einschließlich der allerletzten kryptischen Botschaft, die den Träumen des benebelten Brunzfritz entsprungen war.

Eine Frage allerdings musste Georg nicht mehr stellen, denn es lag auf der Hand: Brunzfritz war es gewesen, der das Zusammentreffen mit Dr. Bukowski in der *Grauen Gans* arrangiert hatte. Und Georg konnte sich des Gedankens nicht erwehren, dass die Ereignisse der letzten Monate womöglich weitaus weniger vom Zufall bestimmt gewesen waren, als es den Anschein hatte.

Kapitel 18

Ein schlagartiges Geständnis

»Da bist du ja endlich«, seufzte Almuth, »ich dachte schon, du kommst überhaupt nicht mehr. Bin ich froh, wenn ich morgen den Zirkus bei Tante Hedwig hinter mir habe ...«

Sie drehte sich um und schlief sofort ein.

Das Licht im Schlafzimmer war aus, und Georg kroch im Dunkeln ins Bett, daher sah Almuth nicht die Schramme an seiner Lippe. Sie stand in aller Herrgottsfrühe auf, machte sich und die Kinder fertig, sodass Georgs Verletzung, die sich beim Blick in den Badezimmerspiegel als geringfügiger als gedacht herausstellte, ihrer Aufmerksamkeit entging. Es war der Allerheiligentag, und Almuth verfrachtete Oma Bär und Christian, der noch nicht alt genug war, um sich erfolgreich dagegen zur Wehr zu setzen, ins Auto, um nach Weiden zu fahren, wo eine ihrer Cousinen zum Gedenken an den Schwager ihrer Mutter auf den städtischen Friedhof geladen hatte. Jener Onkel Franz war, die schlimmsten Befürchtungen wahr machend, dem Sekundentod zum Opfer gefallen, weswegen seitdem regelmäßig mit außergewöhnlichem Aufwand an Kerzen, Gebeten und den ortsüblichen Totenbildchen beim Herrgott um Gnade für die unvorbereitet dem irdischen Dasein entrissene Seele geworben wurde.

Schon vor Jahren hatte Georg Almuth das Zugeständnis abgerungen, dass er sich nicht verpflichtet fühlen musste, an jedwedem »sinnentleertem katholischem Brimborium«, wie er es nannte, teilzunehmen. Ihm gingen die zum Teil bizarren Ausprägungen der Religiosität seiner angeheirateten Verwandtschaft so sehr gegen den Strich, dass er sich unweigerlich danebenbenahm, sosehr er sich auch bemühte. Was Almuth schließlich dazu bewog, ihn von derartigen Verpflichtungen freizusprechen.

»Denkt ihr, es wird wirklich so furchtbar, dass Oma das Kotzkleid braucht?«, fragte Georg scheinheilig. Er meinte damit ein sackähnliches Gewand ohne Taille, in dunkelbraun mit pastellfarbenen Mustern, auf das sich vor etlichen Jahren Christian, damals noch ein Säugling, während einer Fahrt übergeben hatte. Weil es einfach die einprägsamste Bezeichnung für dieses Kleidungsstück war, nannten es seitdem nicht nur die Kinder, sondern alle Familienmitglieder das »Kotzkleid«.

Almuth strafte ihn für diese Bemerkung mit einem Blick, der einem Hagel von Giftpfeilen gleichkam. Sie verabschiedete sich kühl und verschwand aus der Tür.

Georg stellte sich auf einen gemütlichen Vormittag ein und setzte sich an den Küchentisch, um das Kreuzworträtsel in der *Hersbrucker Zeitung* zu lösen, ehe er um halb elf zu Frühschoppen und Schafkopf zum *Pechwirt* spazieren wollte. Er war fest entschlossen, die Nachbeschau der Vorfälle des gestrigen Abends und insbesondere Dr. Bukowskis Geschichten aus lange zurückliegenden Tagen auf später zu verschieben. Doch merkte er sofort, dass es ihm unmöglich war, die Gedanken an den Ring, den sein Sohn nach Hause gebracht hatte, zu unterdrücken. Handelte es sich dabei doch nun mit absoluter Sicherheit um ein Beweisstück, das er, Georg, im Grunde besser gestern als heute den Behörden hätte melden müssen. Oder unauffällig entsorgen, grübelte Georg, doch fiel ihm kein Weg ein, wie er Almuth dazu bringen würde, das alberne Schmuckstück zu vergessen, selbst wenn er es auf den Grund der Pegnitz beförderte.

Da klingelte das Telefon, und am anderen Ende der Leitung meldete sich Monika Proppenstädter. Sie lallte, und ihre Nase war verstopft, als hätte sie vor kurzer Zeit geweint.

»Du sollst zum Eißenpacher kommen, er stirbt gerade«, schluchzte sie.

»Was ist denn passiert?«

»Da lief Blut aus seinem Ohr. Er lag auf dem Boden im Badezimmer und war schon ganz kalt, als ich ihn gefunden habe.« Sie schnäuzte laut, sodass Georg instinktiv den Hörer ein Stück weit vom Ohr weghielt.

»War er tot?«, fragte er.

»Nein, nicht tot. Aber er stirbt und will mit dir reden.« Erneut schnäuzte sie sich kräftig, dann erklangen Schluckgeräusche. Georg tippte auf Schnaps.

»Er rollte ganz komisch mit den Augen«, fuhr sie mit deutlich ruhigerer Stimme fort, »aber er konnte noch sprechen. Er sagte, dass man dich rufen soll, bloß keinen Arzt, und dass es mit ihm allemal zu Ende geht.«

»Ich komme, okay?«, sagte Georg und legte auf.

Die erste Überraschung erlebte Georg, als sich beim Eißenpacher die Tür öffnete und anstelle der Proppenstädterin die Frau des Zahnarztes vor ihm stand.

»Nur hereinspaziert!«, sagte sie höhnisch. »Der Kadi erwartet dich.«

Georg betrat zögerlich das Schlafzimmer des Richters. Der lag in seinem Bett, bis zum Kinn eingewickelt in eine dicke Daunendecke, als ob ihm bitterkalt wäre.

Eißenpacher zog ihn am Kragen der Jeansjacke ganz dicht heran, sodass sich Georg mit einer Hand auf dem Kopfkissen abstützen musste, um nicht auf den sterbenden Richter zu kippen. Warum nur derzeit alle Menschen darauf versessen waren, sich an seinen Jackenkragen zu klammern?, wunderte sich Georg.

»Ich muss dir noch eine Frage beantworten!«, keuchte der Alte.

Georg klappte der Kiefer nach unten. Hatte er seinen Gedanken laut ausgesprochen, ohne es selbst zu bemerken?

»Welche Frage?«

»Na, du wirst doch noch wissen, was du mich gefragt hast!«

Georg hatte keinen blassen Schimmer, wovon der Richter sprach. Es ging jedenfalls nicht um den Kragen seiner Jeansjacke, die wie in Zeitlupe dem Griff des alten Mannes entglitt.

»Ja, selbstverständlich«, sagte er in der Hoffnung, den Raum baldmöglichst wieder verlassen zu können.

»Sie war drei Tage lang in der Hütte gelegen, bis sich die Gelegenheit ergab. Dann, als der dumme Bayerlein sich die Kugel in den Kopf jagte.«

Georg spürte eine große Hitze, die ihm ins Gesicht stieg. Er hatte also mit seiner Vermutung, die tote Frau sei in Bayerleins Grab verfrachtet worden, weil jemand unbemerkt eine Leiche hatte loswerden müssen, genau ins Schwarze getroffen.

»Von wem sprechen Sie?«

»Von Kräschi. Von der Kreszentia. Sie war die Beste, die ich je hatte, die Beste. Es tat mir so leid, ich habe es nicht gewollt –«

Nun trat die Winklerin nach vorne ans Bett und sagte mit schneidender Stimme und, so empfand es Georg, für die Umstände viel zu laut: »Du hast sie erwürgt! Du perverses Schwein!«

»Babette! Du weißt es besser ... wir hatten es schon tausendmal zuvor getan, nie ist etwas passiert ... und sie hat mir verziehen! Nachdem du sie gefunden hast, Georg, stand sie plötzlich noch einmal vor mir, im alten Schuppen, wo sie gelegen war ... sie trug noch die Handschellen, die Fessel um den Hals, sie war genauso jung wie damals ...«

»Ach! Fahr zur Hölle! Fahrt alle zur Hölle!«, keifte die Winklerin und stürmte aus dem Zimmer.

»Georg ... gib gut acht ... vor allem der ...«, stöhnte der Richter.

Georg trat näher, doch Eißenpachers Stimme erstarb. Mehrere Minuten lang stand Georg reglos neben dem Bett und wartete, ob der Richter sich nicht doch noch einmal rührte. Aber mit dem war es endgültig vorbei.

Zuerst roch er nur ihr Parfüm, dann sah er zur Seite, wo die Winklerin am Türpfosten lehnte – er hatte keine Ahnung, wann sie zurückgekommen war.

»Was machst du hier?«, fragte er sie.

Die Winklerin lachte kurz auf. »Das Gleiche wie du, im Zweifelsfall«, sagte sie. »Ich sag dir: Vergiss den Django, das war nur ein kleiner Dealer. Oder hat er überhaupt davon gesprochen? Nein?«

Sie sah ihm in die Augen und erkannte, dass Georg völlig ratlos war. Dann trat sie vor ans Bett und riss in einem einzigen heftigen Ruck dem Toten Zudecke und Nachthemd vom Körper. »Da, schau!«, rief sie, stolz wie ein Zauberer, der das Kaninchen aus dem Hut zieht.

Georg, der in seinem Leben bereits eine nicht unmaßgebliche Anzahl männlicher Genitalien hatte beschauen dürfen – in der überwiegenden Mehrheit der Fälle natürlich vor der Pisswand in irgendeiner Dorfgaststätte –, musste sich zunächst die Augen reiben und danach ein zweites Mal hinsehen, ehe er verstand, was er da erblickte.

»Das hat der Kräschi das Genick gebrochen!«, verkündete

sie, ehe sie zum zweiten Mal aus dem Zimmer stürmte und Georg alleine ließ, der heftig blinzelte, um festzustellen, ob er wirklich wachte oder die ganze Geschichte nur träumte.

Nach ein paar Minuten riss sich Georg los vom Totenbett des nackten Richters und fand die Winklerin in der Küche, wo sie ihr wohlgeformtes Hinterteil an die Spüle lehnte und eine Zigarette rauchte. Georgs einziger Gedanke war, so schnell wie möglich aus diesem Haus zu verschwinden und nie mehr mit der Sache zu tun zu haben. Er wollte sich jedoch nicht davonschleichen wie ein Dieb, sondern sich wenigstens kurz verabschieden.

Babette Winkler starrte angespannt geradeaus auf die drei altertümlichen Holzmodeln, welche die Wand gegenüber vom Fenster schmückten. Ihre Kiefer mahlten, und ihre grünen Augen glänzten.

»Ich geh dann mal«, sagte er, und es kam ihm so vor, als sei überdeutlich zu hören, wie belegt seine Stimme war.

»Bist du zufrieden mit der Vorstellung, ja? Dann weißt du jetzt ja Bescheid!« Sie spuckte die Worte aus wie saure Milch.

»Er hat doch nur phantasiert, oder?«, fragte Georg entgegen seiner eigenen Überzeugung.

»In erster Linie ist er jetzt auch tot«, sagte die Winklerin, »aber deine Frau hat schon recht, du bist ein argloses Schaf.« Sie gab sich einen Ruck. Sie wolle ja nicht, dass Georg einmal dumm sterbe, verkündete sie, und ihm daher erzählen, wie es passiert sei. »Der Richter hat die Kräschi erwürgt«, wiederholte sie den Vorwurf, den sie kurz zuvor auch dem Sterbenden an den Kopf geworfen hatte. »Meins wäre das ja nicht, dieser Zirkus mit den Handschellen und der Augenbinde. Aber was geht mich das an? Jedes, wie es will, sage ich immer, bloß der Herr Richter musste einen Schritt zu weit gehen.«

Sie zündete sich eine weitere Zigarette an. Die erste Kippe hatte sie achtlos ins Spülbecken geworfen. Immerhin schien sie sich allmählich zu beruhigen. »Komisch, wie sich das anfühlt«, fuhr sie fort, »wenn man plötzlich erfährt, dass der Mensch, der so oft neben dir auf der Gartenbank saß, einen anderen Menschen getötet hat. Die Gartenbank bleibt dieselbe, der Kirschbaum bleibt derselbe, der Schatten und die Sonne bleiben dieselben. Bloß der Mensch, wenn er einmal wieder neben einem im Schatten des Kirschbaums auf der Gartenbank sitzt, ist nicht mehr derselbe. Dieser Mensch ist nun ein Mörder. Niemandem habe ich jemals ein Wort davon gesagt.«

»Babette!«, sagte Georg und sprach das e am Ende ihres Namens mit. »Babette! Wir müssen die Polizei rufen!«

»Du wirst dich hüten! Unter gar keinen Umständen!«

»Aber warum nicht? Es geht um Mord und Totschlag ...«

»Fahrlässige Tötung war es, wenn's hochkommt! Verstehst du nicht? Sie hatte eine Familie!«

»Der Name der Frau stand doch schon in der Zeitung!«

»Bitte, Georg, niemand hat etwas davon, wenn alles wieder von vorne aufgerollt wird. Und der Eißenpacher ist vorhin vor deinen Augen gestorben, er wird also schlecht vor Gericht erscheinen können.« In ihre Stirn grub sich eine tiefe, senkrechte Falte, während sie angestrengt nachdachte. Dabei ließ sie Georg nicht aus den Augen.

Schließlich machte sie ihm einen Vorschlag: »Pass auf. Ich erzähle dir, was ich weiß. Nicht einmal mein Mann weiß von alldem. Und im Gegenzug machst du nicht noch alles schlimmer, als es schon ist. Vor allem verständigst du nicht die Polizei. Erinnere dich nur an die Schweinerei, die es im Frühjahr in Nürnberg gab.«

Die Winklerin sprach von der dilettantischen Festnahme Anfang Mai, die eine RAF-Terroristin nicht lebend überstanden hatte*. Das Vertrauen der Bevölkerung in die Polizei war seit der Schießerei in der Stephanstraße in der Nürnberger Südstadt auf einem Niveau angelangt, das man als Tiefpunkt bezeichnen konnte.

Georg seufzte, denn er war unschlüssig, was er lieber wollte: die Polizei zum toten Richter rufen – was er intuitiv für seine staatsbürgerliche Pflicht hielt – oder hören, was Babette ihm erzählen wollte. Natürlich würde hier niemand von übereifrigen Fahndern wegen Terrorverdachts brutal niedergestreckt. Doch stand zu erwarten, dass ihn die Ermittler ausfragen und er dabei ständig in Gefahr schweben würde, sich noch tiefer in die Sache zu verwickeln, weil er es wohl irgendwann nicht mehr ertragen könnte, noch länger den Ring zu verschweigen. Den er, so schalt er sich, schon vor Wochen in der Pegnitz hätte versenken sollen. »Erzähl«, sagte Georg und schloss die Augen.

Der Richter habe sie am Morgen angerufen, als Dr. Winkler bereits auf dem Weg in die Praxis in Velden gewesen sei, begann sie. Zusammen mit dem Rammelkammer habe sie damals geholfen, die Tote in den Schuppen zu schaffen, eingewickelt in einen alten Perserteppich. Kräschi hatte ihren schrottreifen Opel Kapitän oberhalb der Wirtsleite geparkt, wo der Weg zum Naturfreundehaus abzweigt. Der Richter habe ihr, der Winklerin, eine schöne Stange Geld gegeben und sie gebeten, das Auto der Thüringer zurück nach Nürnberg zu fahren.

Es habe sich nämlich folgendermaßen verhalten mit der Thüringer, fuhr sie fort: Diese habe ein Doppelleben geführt, sie sei verheiratet und die Mutter einer halbwüchsigen Tochter gewesen. Im Haus der Thüringers in Buchenbühl habe Babette Winkler mittags den Ehemann angetroffen, die Tochter war da noch in der Schule. Nur wenig sei ihr im Leben so schwergefallen, wie Herrn Thüringer die Nachricht vom Tode seiner Frau zu überbringen. Babette Winkler habe von einem Unfall gesprochen und dass man immer damit habe rechnen müssen, er, Thüringer, habe ja Bescheid gewusst, und Kräschi sei ja nicht zuletzt seinetwegen wieder auf den Strich gegangen, nachdem sie sich ein paar Jahre lang in eine bürgerliche Existenz zurückgezogen hatte. Babette habe ihm das Geld gegeben und Kräschis Buko.

»Den was?«, fragte Georg, der bis dahin schweigend gelauscht hatte.

»Den Beischlafutensilienkoffer«, erklärte Babette. »So nannte die Sittenpolizei früher die Handtasche einer Nutte, die sie einkassierten. Ich kannte Kräschis Mann seit Jahren, er hat sie im Rotlichtviertel an der Frauentormauer kennengelernt. Meines Wissens betrieb er damals ein wenig Hehlerei, womöglich ab und zu ein kleiner Einbruch ... Halbwelt eben. Ich überzeugte ihn, dass es besser war, wenn die Beerdigung in aller Stille erledigt wurde, der wohlhabende Kunde würde sich darum kümmern. Ich werde den Anblick nie vergessen! Er saß nackt bis auf die Unterhose am Küchentisch, den Blick starr hinausgerichtet auf die Wiese mit den Obstbäumen und die Schaukel im Garten, die an einem Ast hing. Und die verzinkte Badewanne, auf deren Rand ein paar Amseln hockten und ihre Schnäbel ins Wasser tauchten, denn es war brüllend heiß dort draußen. Er starrte nur und war mit allem einverstanden. Man nennt das einen gebrochenen Menschen, glaube ich. Nach der Heirat, als er und Kräschi versuchten, ein normales Leben zu beginnen, hat er einen Laden für Polaroidkameras aufgemacht. Aber irgendwie klebte ihm der Misserfolg wie Pech an den Schuhen. Er brachte es mit dem Laden nie auf einen grünen Zweig, weil er die Kameras ungern in fremde Hände gab, sie lieber für sich behielt und Fotos von seiner Frau und seinen Kindern machte. Kein Wunder, dass nichts reinkam, wenn er die teuren Filme selbst verknipste. Das Genick gebrochen hat ihm dann eine Erfindung, von der er Anfang der Siebzigerjahre gehört hatte. Ein Gerät, das eine absolute Rarität darstellte: eine Sofortfilmkamera, Aufnahme- und Abspielgerät in einem, eine Technologie, die heute vergessen und ausgestorben ist. Eines der berühmten ›Abfallprodukte der Raumfahrt‹, wie Teflonpfanne und Sekundenkleber. ›Weltraumschrott‹ hatte Alfred das Zeug im Sommer genannt. Kräschis Mann jedoch nahm einen Kredit auf den Laden auf, er konnte nicht anders. Er musste diesen Apparat besitzen. Einen einzigen Film brachte er damit zustande, einen einzigen kurzen Film nur. Danach war er ruiniert. Ich war dabei, wie er ein paar Freunden diesen Film vorführte. Man sah ihn selbst, seine Tochter, Kräschi. Alle drei vereint in glücklichen Tagen.«

Babette liefen Tränen übers Gesicht, ihre Wimperntusche hinterließ schwarze Spuren auf den Wangen. Sie achtete nicht darauf, zündete sich die nächste Zigarette an.

»Bald danach ging es endgültig bergab. Konkurs, Hoffnungslosigkeit, Selbstvorwürfe. Kräschi hielt es irgendwann nicht mehr aus, in totaler Abhängigkeit von der Bank und dem Sozialamt zu leben. Sie fing wieder an zu arbeiten, wie früher, und anfangs ging auch alles gut. Bis sie dann eben erwürgt wurde! Es kommt mir vor wie ein Hohn des Schicksals: in einem Kuhdorf im Nürnberger Land, wo man nicht weiß, ob ein Zipfel vom Wald noch zu Franken oder schon zur Oberpfalz gehört. Von einem sadistischen Freier, der sie bezahlt hatte, um ihm und seinem gespaltenen Penis sexuelle Erleichterung zu verschaffen, und der dann die Kontrolle über sich und alles andere verlor, bis schließlich eine tote Ehefrau und Mutter mit blau angelaufenem Gesicht im schummrigen Schlafzimmer eines hochrangigen Staatsdieners lag.«

Nach drei Tagen hätten sie und Eißenpacher die Tote auf den Friedhof geschleppt. Sie in das Grab vom Bayerlein gepackt. Unten hinein, ein wenig Erde darüber. Am nächsten Tag kam der Sarg oben drauf. Pfarrer, Predigt – fertig aufgeräumt.

»So war das, Georg. So war das«, schloss Babette Winkler.

»Ich will das alles gar nicht wissen«, wiederholte stöhnend ein überforderter Georg Degenhardt sein Mantra. »Ich will nur in Ruhe meine Arbeit erledigen.«

»Das hättest du dir früher überlegen müssen«, höhnte sie. »Schon ehe du Kräschis Ring einstecktest, hättest du es dir gut überlegen müssen. Das warst doch du, oder? Beim Wühlen zwischen den Knochen? Sonst wäre die Polizei schon längst auf die Idee gekommen, dass Django etwas damit zu tun hat. Und du hättest es dir erst recht überlegen müssen, ehe du dich mit Dr. Bukowski eingelassen hast.«

»Wie kommst du auf das alles?« Georg fühlte, wie sich Panik in ihm breitmachte.

»Wir haben dich alle beobachtet, Georg, das ließ sich nicht vermeiden. Jeden Tag sprechen wir über dich. Es ist doch äußerst merkwürdig, dass du sie beide kurz hintereinander gefunden hast – nur ein Zufall?«

»Wer sind ›wir‹?«, fragte Georg, der kurz davor war, die Beherrschung zu verlieren. Weshalb nur versuchten alle, ihm eine Rolle in einem Spiel aufzudrängen, an dem er nicht den geringsten Anteil hatte?

»Denk daran: Du weißt von nichts, klar?«

»Nichts lieber als das!«, rief Georg und verließ das Haus.

***

Der Tod des Richters sprach sich schnell herum im Dorf. Als Almuth kurz vor neun Uhr abends nach Hause zurückkehrte, war sie eine der Letzten, die davon erfuhren.

Georg hatte den restlichen Tag damit verbracht, die Flut an Geheimnissen, die in den vergangenen vierundzwanzig Stunden über ihn hereingebrochen war, zu sortieren. Immerhin begriff er nun, was hinter dem unsinnigen Wunsch des Richters gesteckt hatte, den Geräteschuppen in eine andere Ecke des Gartens zu versetzen. Dieser hatte sich vermutlich kaum noch in die Hütte hineingetraut, da ihn die Furcht vor einer Begegnung mit dem Geist der Ermordeten, die darin zwischengelagert worden war, quälte. Dass der Richter unter Erscheinungen gelitten hatte, schien Georg verständlich, obschon er keinen Anhaltspunkt fand, welche der Aussagen des Sterbenden ernst zu nehmen waren und welche nicht. Die Verwicklungen aller mit allen hatte er längst geahnt, auch Almuth hatte sich dergleichen zusammengereimt. Doch was in aller Welt wollte die Winklerin von ihm? Georg bedauerte plötzlich, dass er Dr. Bukowski nicht eingehender nach der Zahnarztfrau befragt hatte.

Die Frage, die ihn am meisten quälte, war jedoch eine ganz andere: Was würde er Almuth erzählen? Oder genauer gesagt: Wie viel würde er erzählen – und umgekehrt: Was würde er wohlweislich verschweigen? Wenn er wollte, dass seine Frau irgendwann das Interesse an den Nachforschungen verlor, würde er aufhören müssen, Öl ins Feuer zu gießen. Insofern es überhaupt möglich war, Almuths Forschergeist, wenn er einmal geweckt war, überhaupt noch zu bremsen.

Zunächst hatte Almuth einiges zu berichten. Der Gottesdienst hatte geschlagene dreieinhalb Stunden gedauert, danach war man auf dem Friedhof im strömenden Regen kreuz und quer dem Pfarrer hinterhergetrottet. Onkel Karl habe während des ganzen Tages kein einziges Wort gesprochen, dafür systematisch zwölf Weizenbier in sich hineingeschüttet. Tante Maria habe zum einhundertundersten Mal die Geschichte von ihrem Friseur erzählt, der »über Nacht schwul geworden« und mit einem anderen Mann nach Köln durchgebrannt sei, sodass sie seitdem keine vernünftige Dauerwelle mehr kriegen könne, obwohl sie von Pontius zu Pilatus gelaufen sei, heißt: zu jedem Coiffeur und noch zum letzten Hundefellgerber in der nördlichen Oberpfalz. Und Christian hatte sich auf dem Rückweg erbrochen, Schwarzwälder Kirsch und Cola aufs Kleid der Oma, sodass das Wageninnere im Wesentlichen verschont geblieben sei. Das sei zusammengefasst die einzige halbwegs erfreuliche Nachricht.

Und wie er, Georg, den Tag verbracht habe?

Georg kam gerade so weit, vom Schlaganfall des Kadis und dessen relativ friedvollem Dahinscheiden zu berichten, als draußen vor dem Küchenfenster ein Auto vorfuhr und die Hupe des Wagens ertönte.

»Die Winklerin ...«, stellte Almuth, die hinter dem Vorhang hinausspähte, verwundert fest. »Was will die denn noch so spät?«

»Jedenfalls will sie nicht aussteigen ...«, murmelte Georg. »Ich gehe mal raus und frage, was los ist.«

Die Winklerin hatte das Auto direkt vor dem Haus der Degenhardts auf der Straße abgestellt. Die Scheinwerfer blendeten Georg, während er den Wagen zur Fahrerseite umrundete. Es nieselte, und ein kalter Wind fuhr ihm in den hochgeschlagenen Kragen seines Anoraks. Sie saß hinter dem Steuer und kurbelte die Fensterscheibe herunter, als Georg seinen Kopf hinabbeugte. Sie verzichtete auf jegliche Einleitung.

»Damit du nichts falsch verstehst, Georg, Alfred ist außer sich. Er trauert um seinen Freund, seinen besten Freund. Kannst du dir vorstellen, wie das ist, wenn man zusammen den Krieg überlebt hat? Alfred war der Jüngste damals – keine achtzehn – und hatte schon viel zu viel gesehen, was kein Mensch sehen möchte! Der Kadi flog die Maschine. Er wollte nur nach Hause, seine Verletzung war noch nicht verheilt. Alfred wechselte ihm damals den Verband. Und als dann das Missgeschick mit der Nutte passierte, half er dem Richter …«

»Babette, ich will das alles nicht wissen.«

»Ell-Emm-A-A. Weißt du, was das heißt, Georg?«

»Lass uns doch noch die Polizei rufen – verstehst du nicht? Es geht um ein echtes Verbrechen!«

»Verstehst *du* nicht, Georg? Alfred ist wie von Sinnen. Er hat wieder das Zeug geschluckt. Nach all den Jahren. Ich wusste überhaupt nicht, dass es so lange haltbar ist. Die Polizei können wir jetzt unter keinen Umständen brauchen!«

»Und nun?« Georg ließ die Schultern hängen. Er fühlte sich mit einem Schlag unendlich müde.

»Weißt du, was du bist, Georg? Du bist auch so einer, der nichts alleine anpacken kann. Einer, der nur funktioniert, wenn ein Zweiter dabei ist. Ein halber Mensch nur, wie sollst du etwas anzetteln? Geschweige denn es zu Ende bringen, nachdem du es angezettelt hast?«

Babette spuckte in hohem Bogen durchs Fenster auf die Straße. »Es wäre besser«, fauchte sie, »wenn du in Zukunft nicht noch mehr tote Menschen finden würdest. Du hast alles kaputt gemacht!«

»Ist es das, weshalb du mich die ganze Zeit angiftest?« Georg spürte, wie er allmählich selbst in Zorn geriet. »Du gehst langsam, aber sicher zu weit, Babette. Da ist offenkundig ganz schön viel übles Zeug gelaufen. Gut – der Tod der Thüringer war wohl ein Unglück. Aber sie im Grab vom Bayerlein zu versenken, war überflüssig und gegen das Gesetz. Dann gibt es da noch die Mumie, und ich bin mir sicher, dass die auch etwas mit dem Richter zu tun hatte. Und der Seibold hat gehört, dass der Proppenstädter zu Tode geprügelt wurde nach dem Unfall mit dem Mähdrescher, er konnte nur nicht sagen, wer es gewesen ist ...«

»Stopp!«, kreischte Babette. »Das darfst du niemals, unter keinen Umständen, jemandem erzählen, Georg.«

»Wenn überhaupt, dann melde ich das der Polizei«, ereiferte er sich. »Die geht das nämlich wirklich etwas an.«

»Viel Glück wünsch ich dir«, sagte sie, drehte den Zündschlüssel und fuhr mit wütend aufheulendem Motor davon.

Georg fürchtete kurz, dass ihn eine Anwandlung von Schwindel befallen könnte, obwohl er eigentlich die Konstitution eines Brauereipferdes hatte. Doch der Moment der Schwäche ging so schnell vorbei, wie er gekommen war.

Als Georg wieder in die Küche trat, lehnte Almuth mit vor der Brust verschränkten Armen an der Anrichte und glich dabei in beunruhigender Weise Babette, wie sie wenige Stunden zuvor in Eißenpachers Küche die traurige Geschichte der Kreszentia Thüringer zum Besten gegeben hatte. Almuth hatte hinter dem Vorhang gestanden und das Gespräch Georgs mit Babette beobachtet.

»Was hast du mit der Winklerin?«, fragte sie, und Misstrauen verdunkelte ihren Blick.

»Wenn ich das selbst nur wüsste, ich würde es dir sagen!«

In all den Jahren seiner Ehe hatte Georg niemals Grund gehabt, Almuth gegenüber etwas zu verheimlichen. An dieser Tatsache hatte sich nicht das Geringste geändert, doch im Laufe der zurückliegenden vierundzwanzig Stunden war irgendetwas in ihm auf der Strecke geblieben. Es gelang ihm nicht, seine übliche Gelassenheit aufrechtzuerhalten, vielleicht laborierte er auch einfach nur an den Nachwirkungen des Alkohols.

»Ich bin vollkommen erschöpft«, sagte er, »und gehe auf der Stelle ins Bett.«

Und das tat er dann auch.

Kapitel 19

Die Vor- und Nachteile eines Getreidesilos

Die Vorteile eines Silos liegen klar auf der Hand – sonst würde man diese Dinger ja nicht in die Landschaft stellen, um darin Kraftfutter oder Getreide dauerhaft zu lagern. Beim Dotzauer standen seit dem Frühjahr gleich zwei davon wie überdimensionierte hölzerne Fässer auf dünnen Beinchen, mit einer Blechleiter an der Seite zum Hinaufklettern. Zum Problem kann so ein Silo allerdings auch ganz unerwartet werden, zum Beispiel dann, wenn ein Dutzend Schaulustige und Einsatzkräfte in den Hof einfallen, weil ein Nachbar dahin geraten ist, wo er nicht hingehört, nämlich mitten in den Tank, wo es übermenschlicher Kräfte bedarf, um lebend aus der Silage zu entkommen. Letzteres ließ sich von einem gewissen Standpunkt aus freilich als das Problem desjenigen auffassen, der selbst im Silo steckte.

Weil er im Materiallager auf der anderen Seite der Staatsstraße zugange gewesen und es längst noch nicht Mittag war, dachte sich Georg, er könne ja noch einmal beim Dotzauer vorbeischauen, wie sich der Verputz anließ, nachdem er die ersten acht Tage an der Garagenwand verbracht hatte. Seit dem frühen Morgen kauerte ein klammer Nebel im Talgrund, und sogar die Obstbäume mit ihren kahlen Zweigen schienen zu frösteln. Der Hof lag tot und steif da, als hätte man ihn tiefgefroren, und der struppige Hund, der sonst jeden kleinsten Spatz ankläffte, bequemte sich nicht einmal, mit dem Schwanz zu wedeln, als Georg aufs Haupthaus zusteuerte, sondern markierte einen festgefrorenen Kadaver, der nicht mehr war als ein Fraß für die Würmer.

Der Traktor stand führerlos da, mit tuckerndem Motor, der eine Getreidepumpe antrieb, aus der es ein bisschen herausqualmte, aber das mochte auch vom Staub kommen, Georg kannte sich da nicht aus, und es war sonst niemand in der Nähe, der sich um die Maschinen gekümmert hätte.

Überhaupt: Keine lebende Seele war zu sehen, und Georg spürte einen kalten Schauer seinen Rücken hinabrieseln, als ihn ein metallisches Klingeln aufschauen ließ. Ein Ton, als schlüge etwas Hartes, Sprödes an ein dünnwandiges Rohr aus Edelstahl. Ein Zahn zum Beispiel. Links von ihm ragte das ältere, rechts das nagelneue Silo, das Hans Dotzauer erst im vergangenen März hatte errichten lassen, in den makellos blauen Himmel hoch über dem Tal, und oben, am Ende der behelfsmäßigen Leiter, auf dem dünnen Steg, der das große runde Loch umkreiste, balancierte der Schramm, der wie immer in seinem zerfledderten Blaumann steckte.

Er winkte Georg zu, panisch und so nachdrücklich und ernst, dass Georg keine drei Minuten später oben neben ihm stand, keuchend und vor Schweiß tropfend wie ein Ackergaul. Schramm deutete mit zitterndem Finger in die Tiefe des Silos, schaute aber nicht in diese Richtung, sondern Georg ins Gesicht. Den Mund weit aufgeklappt, mit grauen zitternden Lippen setzte er an zu sprechen. »Leck mich fett«, sagte er mit einem Würgen in der Stimme.

Dort unten steckte der alte Seibold bis zu den Achseln im Getreide, ruderte mit den Armen, sein Gesicht war blau angelaufen, und er schnappte nach Luft wie ein Fisch auf dem Trockenen.

»Heimatland«, keuchte Georg, und der Schramm starrte ihn unverwandt an, wobei seine Kiefer mahlten wie die einer Kuh, wenn sie abends das Gras zum zweiten Mal kaut. Sie standen Schulter an Schulter auf der schmalen Plattform, unten im Hof surrte die Pumpe, ein blasser Dunst schwebte über dem Traktor, der Hund nur ein grauer Fleck auf dem betonierten Geviert vor den Viehställen.

»Wo ist der Dotzauer?«, fragte Georg. »Und wie kommt der Seibold da hinein?«

Eine dumme Frage, ohne jeden Zweifel. Andererseits: Wieso war der Seibold überhaupt hier oben gewesen? Und weshalb hatte er es nicht vorgezogen, für den Abstieg wieder die Leiter zu nehmen?

»Wir müssen den Motor abstellen, sofort!«, rief Georg, doch Schramm glotzte ihn nur blöde mit weit aufgerissenen Augen an.

Georg brauchte ein paar Augenblicke, bis er den richtigen Hebel erwischte, dann wurde es mit einem Schlag still im Hof, geradezu gespenstisch still. Georg zermarterte sich das Hirn, was als Nächstes zu tun war, da fiel sein Blick auf den Flansch, mit dem der mannsdicke Kunststoffschlauch am Auslass des Silos befestigt war. Gerade so hoch, dass er ihn noch ohne auf eine Leiter zu steigen erreichen konnte. Er packte die Flügelschraube, die den Flansch zusammenhielt, und rüttelte daran. Es gelang ihm nur mit einiger Kraft, sie zu lösen, als plötzlich jemand hinter ihn trat.

»Was hast du da vor?«, fragte eine Stimme. Sie gehörte dem Dotzauer. Er schien weder verärgert noch beunruhigt zu sein. Nur überrascht, Georg dabei zu ertappen, wie dieser sich ungefragt in sein Tagewerk einmischte.

»Der Seibold steckt da drin«, stieß Georg hervor, »und muss so schnell wie möglich wieder heraus.«

Aber alle Mühe war vergebens. Niemand würde je erfahren, was dem Seibold in den letzten Sekunden seines Lebens durch den Kopf ging, doch es hatte den Anschein, als hätte er kurz vor seinem Ende auf eine Flucht nach vorne gesetzt.

Als ob er es für seine letzte Option gehalten hätte, im feinen Häcksel durch den Abfluss und den Schlauch gleichsam hinauszuschwimmen. Denn als sie den Verschluss öffneten, ragte aus dem abgeknickten Blechstutzen eine leblose Hand, über die pausenlos das Kraftfutter rieselte.

In den üblichen Kuhstallgeruch mischte sich eine Note von vergorener Stärke. Georg und der totenbleiche Dotzauer standen reglos da, und keiner sagte ein Wort, bis der Schramm zwischen sie trat und seinem Entsetzen laut Ausdruck verlieh: »Allmächtiger! Der ist hie!«

Als hätte er auf sein Stichwort gewartet, hob der Hund den Kopf und öffnete die Augen, sprang auf die Beine und begann wie irrsinnig den Schlauch anzubellen, der unbeachtet neben dem Traktor lag. Er bellte, als stellte der Schlauch alle versammelten Bedrohungen jeglichen höheren Lebens auf dem Planeten dar und als könne er nur von ihm alleine durch trommelfellzerreißendes Gebell daran gehindert werden, die komplette Welt aufzusaugen.

Diesmal führte kein Weg daran vorbei, die Polizei zu verständigen. Um den Zustand des Toten festzustellen oder den Hergang des Unfalls zu rekonstruieren, hätte es keiner Unterstützung von auswärts bedurft. Nur musste ja irgendwer den Vorfall sozusagen beurkunden, damit die Familie Seibold den Vater ordnungsgemäß abmelden und die Sparbücher abheben konnte.

Die beiden Beamten aus Hersbruck, die nach einer Stunde eintrafen, waren dieselben, die schon auf dem Friedhof in Düsselbach und am Loch in der Stützmauer über der Wirtsleite als die Hüter der staatlichen Ordnung vor Ort gewesen waren. Sie erkannten daher Georg sofort wieder.

»Sie sind aber auch überall dabei, wo eine Leiche ans Licht gezogen wird, oder?«, sprach ihn der eine Beamte an.

Georg zuckte verdattert mit den Schultern. Kaum war die Polizei aufgetaucht, war ihm sofort der Ring eingefallen, den Almuth in Christians Kinderzimmer konfisziert hatte. Wie oft schon hatte sie ihn gefragt, wann er das verwünschte Ding endlich bei der Polizei abgeben würde? Und jedes Mal hatte er sich gewunden und am Ende versprochen, dies ganz gewiss bei allernächster Gelegenheit zu erledigen. Nun standen zwei Wachtmeister neben Georg, und er wusste wieder einmal nicht: War dies nun eine gute Gelegenheit oder eher die schlechteste aller denkbaren?

Der andere Beamte, der zuvor die Leiche in Augenschein genommen hatte, trat neben seinen Kollegen und mischte sich ins Gespräch: »Aber Sie haben nie was mit dem Ableben der Leute zu tun, nicht wahr?«

»Nein, nein«, sagte Georg und hob abwehrend die Hände. »Ich bin rein zufällig hier, ich will nichts anderes als meinem Baugeschäft nachgehen …«

»Ach! Sie sind dann also der, der die Garage dort hinten mit Katzenscheiße verputzt hat? Mein Gott, war das lustig!«, rief der Beamte fröhlich. »Wir sind am Sonntag eine Extrastreife gefahren, um uns das mit eigenen Augen anzusehen.«

An Georg prallten die Spötteleien ab wie das Wasser vom Bitumen, mit dem ein Grundmauerwerk eingelassen wird.

Der Leichenwagen von Thomas Schramm, einem entfernten Verwandten des Artelshöfer Georg Schramm, fuhr auf den Hof. Als er die Klappe zum Kofferraum öffnete, landeten ein paar Schallplatten im Dreck der Einfahrt. Weitere lagen hinten auf der Pritsche, wo üblicherweise der Sarg seinen Platz hatte. Thomas Schramm war, das hätten alle beschwören können, nicht ganz ausgelastet mit der Führung seines Bestattungsunternehmens – er besaß einen schwarzen Mercedes-Kombi mit reichlich Ladefläche, kam viel herum in der Gegend und natürlich hier und da auch direkt in die Wohnungen der Leute, die seine Dienste im »Trauerfall«, wie Schramm es nannte, beanspruchten. Wie es der Zufall so wollte, hatte ihn ein alter Schulfreund gefragt, ob er denn nicht oft als einer der Ersten davon erfahre, wenn sich im Nachlass eines Verstorbenen größere Gebinde von Langspielplatten befänden, vorzugsweise ältere Exemplare, aus den Fünfzigern oder Sechzigern. Dann kam eines zum anderen, und inzwischen verbrachte Schramm viel Zeit auf Flohmärkten und Schallplattenbörsen, die nicht zuletzt auch zweimal jährlich in der *Grauen Gans* veranstaltet wurden. Es hieß sogar, Thomas Schramm habe mittlerweile eine Plattensammlung zusammengetragen, die in ganz Süddeutschland ihresgleichen suchte, doch hatte sich noch niemand persönlich davon überzeugen wollen. Wer würde schon freiwillig den Bestatter zu Hause besuchen?

Wie auch immer – dass der alte Seibold sich schon vor einigen Jahren seinen eigenen Sarg aus übrig gebliebenen Brettern zusammengenagelt hatte, wusste keiner der Anwesenden. Bis auf den Bestattungs-Schramm, dem der Seibold einen krakeligen Brief geschrieben hatte, welchen dieser sogar vor der eigenen Tochter verheimlichte. Auch der Seibold war 1945 mit nichts als einem Wehrmachtsrucksack und ein paar Stiefeln im Dorf gestrandet. Nach Schlesien konnte und wollte er nicht mehr zurück, seine unfassbar vielseitig ausgeprägte Sparsamkeit hatte er ebenso wenig abgelegt wie seine Stiefel, und er erstaunte die Einheimischen, obschon diese allesamt selbst nicht zur Verschwendung tendierten, immer wieder mit seinem Geiz. Das Auto seines Schwiegersohns putzte er einmal die Woche mit dem Abwasser der Waschmaschine, das er sorgsam in einer dunkelgrünen Plastikwanne sammelte, der bereits ein Henkel fehlte. Er besorgte sich alle paar Jahre, wenn der Prütting seinen Traktor wartete, das Altöl, um die Zäune ums Grundstück zu streichen. Er hortete leere Obstkistchen vom Wörner, um den Badeofen zu heizen, und holte aus der *Juraschanze* das verbrauchte Fett aus der Fritteuse, um zu Hause damit das Heizöl zu strecken. Immerhin hatte er solcherweise Georg auf die Idee gebracht, sich für die Rundreise ins kommunistische Südosteuropa einen Wagen mit robustem Dieselmotor anzuschaffen.

Ein kluger Mann baut vor, hatte sich der Seibold gedacht, und nun war es so weit, dass er recht behielt. Nur hatte er nicht einberechnet, dass andere vielleicht nicht so sorgfältig nachdachten wie er, sondern meinten, die Dinge regelten sich von selbst, und sie müssten nur abwarten, dann erledigte sich alles von alleine. Thomas Schramm war einer von denen, die – wenn es nicht in ihrem eigenen Interesse war – nie mehr taten, als man ihnen auftrug. Und weil es leicht geschehen konnte, dass einer seine Kräfte für umsonst vergeudete, lehnte er sich gemütlich ans Heck seines Schlachtschiffs und warf einen herausfordernden Blick in die Runde.

»Wie ist das jetzt hier?«, fragte er. »Wer bringt den Sarg her? Und wer holt den Meister da aus dem Schlauch heraus?«

Dann zündete er sich einen Zigarillo an und wiegte sich mit geschlossenen Augen sachte in den Hüften, als hörte er ganz alleine eine wundervolle Musik aus dem Himmel strömen.

Es ließ sich beim besten Willen nicht verhindern, dass die Seibold-Müllerin am Unfallort auftauchte. Unfallort, weil außer Georg niemand im Traum an die Möglichkeit dachte, dass es sich unter gewissen Umständen um einen Tatort handeln konnte. Der Schramm, der sich seiner Verantwortung als wichtigster Zeuge wohl bewusst war, behauptete steif und fest, dass es ein Unfall war. Abgesehen von ihm sei niemand in der Nähe des Silos gewesen, den ganzen Tag nicht, außer dem Hofbesitzer natürlich und für ein paar Minuten Frau Dr. Winkler. Mit der habe er kurz geplaudert, da sie zufällig im Ford ihres Mannes vorbeigefahren sei und angehalten habe. Weshalb dieser Zwischenstopp, wisse er, Schramm, leider nicht mehr, aber wie gesagt, sie sei nach kürzester Zeit wieder losgefahren, woraufhin er und der alte Seibold in aller Ruhe ihre Arbeit fortgesetzt hätten. Bis dann Schramm einem natürlichen Bedürfnis gehorchend runtergeklettert sei und auf dem Rückweg vom Misthaufen noch ein schnelles Bier in der Speis zu sich genommen habe. In dieser Zeitspanne musste es passiert sein.

Jedenfalls eilte die Seibold-Müllerin herbei, nachdem die Polizisten sich durchgerungen hatten, zwei Fliegen mit einer Klappe zu schlagen – die schlechte Nachricht hin- und den Sarg zurückzubringen. Elke Seibold-Müller taumelte atemlos durch das halbe Dorf in den Dotzauerschen Hof – unglücklicherweise just im selben Moment, in dem es dem Dotzauer gelang, mithilfe eines monströsen Seitenschneiders den Ansaugstutzen so weit aufzuschneiden, dass der mit einer dicken Staubschicht bedeckte Kopf des Toten zum Vorschein kam. Als sie das grün-gelbe Gesicht ihres kopfüber aus dem Silo hängenden Vaters sah, brach sie zusammen.

Während sich die anderen um den Leichnam kümmerten, packte Georg die Seibold-Müllerin beherzt unter den Achseln und machte sich daran, sie nach Hause zu schleppen. Die Seibold-Müllerin stolperte schluchzend an seiner

Seite, unsäglicher Jammer brach sich Bahn, unartikuliertes Stöhnen und Heulen wechselte ab mit wirren Reden.

»Der Eißenpacher, schon wieder er! Der Eißenpacher!«, kreischte sie.

Georg versuchte vergeblich, ihr klarzumachen, dass der Eißenpacher seit drei Tagen tot war und am Freitag in Vorra beerdigt werden würde.

»Das meinst du«, schrie sie und kippte erneut um.

Georg merkte, dass nun auch er an die Grenze seiner seelischen Belastbarkeit gelangte. Wenn diese Schrecken nicht bald ein Ende nähmen, so befürchtete er, würde es sein Geist nicht mehr aushalten und bersten wie die Wand einer Verschalung, hinter der dickflüssiger Beton höher und höher stieg. Vielleicht sagte *sie* die Wahrheit?, überlegte er. Vielleicht hatte er den Tod des Kadis nur geträumt? Vielleicht war er aber auch viel tiefer in alle Vorfälle verwickelt, als er dachte – hatte womöglich höchstselbst alle Leichen vergraben, wonach ihm die Erinnerung abhandengekommen war, sodass er zwanghaft in den Gräbern seines eigenen Gedächtnisses wühlen musste? Oder waren es die Drogen – die guten oder die schlechten –, die bewirkten, dass er nicht mehr herauskam aus diesem Traum, während er immer noch friedlich schlummernd im Krankenhaus lag?

Georg sah an sich selbst hinunter, um sich zu überzeugen, dass er kein Skelett war ... er schüttelte den Kopf, atmete tief ein, packte die Seibold-Müllerin fester unter den Achseln und schleppte sie links vom Milchhäuschen die steile Straße hinauf.

Wie hatte sich der eine der Hersbrucker Polizisten ausgedrückt? »Es wäre uns nicht ganz unrecht«, hatte er zum Abschied gesagt, »wenn ihr zukünftig ein wenig besser auf eure Leute aufpassen würdet. Ausgemacht?«

»Ausgemacht«, murmelte Georg, an ihm sollte es definitiv nicht liegen.

Kapitel 20

Die Dosis macht das Gift

Es half ja alles nichts, Georg hatte vor Weihnachten wie jedes Jahr noch alle Hände voll zu tun. Der Frost, der Anfang November seine eisige Herrschaft antrat, unterband zwar endgültig jegliche Art Außenarbeiten bis zum nächsten Frühjahr, aber nun war die Instandsetzung der Werkzeuge und Maschinen fällig, unter anderem die des Monstrums von einer Rüttelmaschine, die ihm den Leistenbruch beschert hatte.

Nachdem er Elke Seibold-Müller ihrem Ehemann übergeben hatte, der offenbar nicht auf der Arbeit und tief bestürzt über die Nachricht vom Tode seines Schwiegervaters war, hatte Georg das dringende Bedürfnis, aus der Ortschaft herauszukommen. Er brauchte unbedingt frische Luft, und wo gab es mehr davon als in Happurg, beim Baumaschinenhändler Willi Kragel an der Straße zum Stausee? Georg beschloss, das Schöne mit dem Nützlichen zu verbinden, lud mit Hilfe Eiweis, der für eine halbe Stunde zum Lagerplatz geradelt kam, das Gerät auf den Pritschenwagen und machte sich auf den Weg. Die Inspektion ergab keine schlüssige Erklärung für das Versagen der Aufhängung. »Dass sich die Schrauben von alleine lösen, habe ich noch nie erlebt. Aber offensichtlich kommt so etwas vor«, lautete die lapidare Mitteilung des Mechanikers.

Georg machte sich auf den Rückweg, als die Sonne schon tief über dem Michelsberg stand. Der schweren Maschine auf der Ladefläche eingedenk fuhr er langsam und aufmerksam, denn er erinnerte sich an einen Unfall, der sich auf der Straße nach Großviehberg ereignet hatte, noch während seiner Lehrzeit. Damals war eine Rüttelmaschine, die man nicht festgeschnallt hatte, weil man sie nach einer kurzen Fahrt sowieso wieder abladen wollte, nach vorne gerutscht, hatte die Fahrerkabine von hinten zerdrückt und den Beifahrer gleich mit, von dem buchstäblich nur Brei übrig geblieben war. Die zwei Gesellen hatten nicht damit gerechnet, dass ihnen um diese Uhrzeit auf dem abschüssigen Weg nach Hersbruck hinunter in einer Kurve eine Schafherde den Weg versperren würde. Besser wäre es gewesen, der Fahrer wäre mit unverminderter Geschwindigkeit durch die Tiere gerauscht. Dann hätte es, wie die Augenzeugen später übereinstimmend feststellten, zwar auch eine Menge Hackfleisch gegeben, aber der Transporter wäre vielleicht unbeschädigt geblieben, und der Beifahrer obendrein. Und, wie der Winkler in seiner eigenwilligen Art angemerkt hatte: Man hätte die Überbleibsel dann wenigstens aufessen können.

In der lang gezogenen Kurve zwischen dem Abzweiger nach Eschenbach und Alfalter beschleunigte Georg behutsam, da das Laub von den Bäumen gefallen war und er fast bis zum Ortseingang vorausschauen konnte. Als er am Ende der Kurve den Fuß vom Gas nahm, um sanft in die Ortschaft hineinzugleiten, warf er einen Blick in den Rückspiegel. Auf Anhieb erkannte er den gelben Porsche, der ihn mit hell aufgeblendeten Scheinwerfern verfolgte. Rammelkammer schlingerte immer wieder über den Mittelstreifen, wie um zu überholen, blieb jedoch regelrecht an der hinteren Stoßstange des Transporters kleben, als wolle er anschieben.

Georg bemühte sich, seinen Hintermann zu ignorieren, und hielt sich gewissenhaft an das Tempolimit innerorts. Rammelkammer ließ nicht ab von seinem Slalomstil bei minimalem Abstand, sodass Georg allmählich nervös wurde und deutlich mehr aufs Gaspedal drückte, als er selbst es für vernünftig erachtete. So ging es in die lange Gerade, die aus Alfalter heraus- und an der modernen Kläranlage vorbeiführte, an deren kesselartigen Klärturm mal wieder ein langhaariger Staatsfeind ein weiteres »Stoppt Strauß!« gepinselt hatte.

Dann endlich, kurz nach Düsselbach, überholte Rammelkammer und trat dann völlig unvermittelt scharf auf die Bremse. Georg trat ebenfalls mit voller Wucht aufs Pedal und dachte während des Bruchteils einer Sekunde daran, einfach die Augen zu schließen, doch dann besann er sich eines Besseren und riss das Steuer scharf nach links, wo das Schicksal den schmalen Stichweg ausgerollt hatte, der zu der Häuserzeile am Sandbühlweg oberhalb der Bahnlinie führte. Wenn in diesem Augenblick Gegenverkehr aus Vorra gekommen wäre, hätte es fürchterlich gekracht. Doch sie hatten beide Glück – Georg ließ den Transporter unbeschadet auf dem leichten Anstieg ausrollen, und Rammelkammer legte mitten auf der Kreisstraße ein wahnwitziges Wendemanöver mit qualmenden Reifen und allem Drum und Dran hin, ohne einen Kratzer abzubekommen.

Georg zögerte kurz, da er überhaupt nicht wusste, was er von der filmreifen Aktion zu halten hatte. Dann beschloss er auszusteigen und Rammelkammer zur Rede zu stellen – der ihm bereits auf dem unbefestigten Weg entgegengestapft kam und anstelle eines einzigen Worts der Begrüßung Georg anschrie: »Wieso hältst du nicht an?«

Dann standen sie sich gegenüber, wieder einmal, und Georgs Herz begann heftig zu schlagen, da er mit irgendeiner Wahnsinnstat rechnete.

»Soll ich dir«, stieß Rammelkammer hervor, »soll ich dir sagen, was noch in dem Flieger war, der uns nach Hause brachte? Soll ich es dir sagen?«

Davon hatte allerdings Georg schon von Dr. Bukowski gehört. »Das Bernsteinzimmer?«, fragte er daher spöttisch und wunderte sich selbst, welcher Teufel ihn ritt, hier und jetzt schnippisch zu werden.

»Nein!!«, brüllte der Rammelkammer, machte unvermittelt kehrt und marschierte zurück zu seinem Porsche. Er war im höchsten Grad erregt und wusste nicht, wohin mit seinen Händen. Völlig besinnungslos griff er nach der Autoradioantenne und bog sie so stark um, dass sie mit einem hellen Knacken abbrach. »Verflucht!«, schrie er, »was bin ich doch für ein Obervolldepp!« Er fuchtelte mit dem abgebrochenen Metallstab in der Luft herum, wobei er abwechselnd mit beiden Füßen aufstampfte und schließlich die Spitze seines Cowboystiefels mit aller Kraft in die Fahrertür rammte, wo eine tiefe Delle zurückblieb. »Scheiße!«, brüllte er, und noch mal: »Verfluchte Scheiße!«

Ebenso abrupt, wie er sich entfernt hatte, drehte er wieder um und machte drei große Schritte auf Georg zu, die abgebrochene Antenne wie ein Florett vor sich her wedelnd. »Georg! Du musst mir glauben! Ich habe noch niemals im Leben jemandem etwas zuleide getan! Ich kann keiner Fliege ein Haar krümmen, gottverdammt!«

Georg gelang es nicht, die Worte Rammelkammers und dessen tobsüchtiges Gebaren, das jedes Rumpelstilzchen vor Neid hätte erblassen lassen, zur Deckung zu bringen. Der Teil von Georgs Gehirn, der für das logische Denken zuständig war, verweigerte den Dienst.

Rammelkammers Redefluss war nun nicht mehr zu stoppen. Während Georg verzweifelt versuchte, sich den

Monolog des Autohändlers so exakt wie möglich einzuprägen, beobachtete er, wie sich an der Lippe seines Gegenübers kleine Schaumbläschen bildeten.

»Ich hatte den Typen absolut rein zufällig mitgebracht, Django hieß der, ein kleiner Dealer, mit dem hatte ich noch rüber nach Grafenwöhr fahren wollen, weil es da noch etwas zu erledigen gab. Aber das tut nichts zur Sache, Geschäfte, absolut sauber.« Der Rammelkammer ruderte abwehrend mit den Armen, ohne seinen Redefluss zu unterbrechen. »Zuvor sind wir noch zum Kadi gefahren, zum Eißenpacher also, der an diesem Abend eingeladen hatte, keine Ahnung, warum. Denn es kam gar nicht zu einem Gespräch, wenn das ursprünglich überhaupt geplant war. Wahrscheinlich wäre es um die tote Nutte gegangen, nach der Django suchte. Du musst nämlich wissen: Django kümmerte sich ab und zu um die Kräschi, verstehst du?«

Georg erwartete, dass ihm der Rammelkammer nun zuzwinkern würde, um irgendeine Art des Verständnisses zu erzeugen, aber der starrte ihn nur einen endlosen Moment an, als überlege er, welcher Spezies das Wesen angehörte, das da zu seiner eigenen außerordentlichen Überraschung vor ihm stand.

Endlich fuhr der Autohändler etwas geruhsamer fort: »Übrigens stets mit Billigung Dr. Bukowskis! Schließlich trug Django das Erkennungszeichen, einen der silbernen Ringe, die der Doc unter seinen Getreuen verteilte. Der Richter Eißenpacher, der hat auch einen besessen. Egal. Die Thüringer arbeitete ja ganz gerne alleine, sie hatte auch eine ganz normale Familie, Mann, Kind. Ich vermutete immer, dass die Kräschi für Django eine Art Ersatzmutter war und zugleich eine kleine Schwester, die er schützen wollte. Und jetzt pass genau auf, Georg: Django stand vom Sessel auf und fragte nach dem Klo – und ich hätte meine Hand für den ins Feuer gelegt! Ich hab ihm absolut vertraut!«

Ein schmerzlicher Zug straffte Rammelkammers Züge, als leide er noch heute unter der Enttäuschung seines Vertrauens. Oder, ging es Georg durch den Kopf, stieg da so etwas wie ein Funke schlechtes Gewissen an die Oberfläche?

»Nach zwanzig Minuten sind wir unruhig geworden und haben nachgesehen. Neben dem Klo lag er, auf dem Boden, der elende Wichser, kaum dass wir die Tür aufbrachten, weil der Django in dem engen Kabuff vor der Schüssel lag. Der linke Ärmel hochgeschoben, eine Spritze am Boden. Niemand sagte etwas, alle glotzten nur mich an. Mich! Als wäre ich schuld an der Misere, aber der Typ war schlichtweg an einer Überdosis gestorben, eine stinknormale Überdosis, als er Stoff ausprobierte, den ich eigentlich im Auto gelassen hatte, sicherheitshalber, ich bin doch nicht blöd! Wahrscheinlich war es sowieso irgendeine blöde Reaktion auf das Zeug gewesen, das Django schon zuvor im Blut gehabt hatte. Die Leiche schaffte ich mit dem Winkler hinter die halb fertige Stützmauer, an der du damals gerade bautest, Georg, nur zwei Häuser vom Richter entfernt, ein ideales Versteck! Wir warfen einfach so lange Erde darüber, bis vom Django nichts mehr zu sehen war. Das musste am nächsten Tag so wirken, als wäre ein Teil vom Hang heruntergekommen. Stimmt's? So war's!«

Sogar einen großen Stein hätten sie herausgestemmt, weiter oberhalb aus der lehmigen Wand, und Georg erinnerte sich daran, dass er damals, als er morgens auf die Baustelle gekommen war, für kurze Zeit befürchtete, ein Bergsturz hätte alle bisherigen Anstrengungen zunichtegemacht, aber dann hatte sich der Erdrutsch als harmlos erwiesen. Eiwei und Georg hatten ohne Schwierigkeiten die obere Hälfte der Mauer betoniert und die Stützwand fertiggestellt.

»Ich hatte noch tagelang rasende Rückenschmerzen!«, klagte der Rammelkammer. »Das war kein Spaziergang, ich sag's, wie's ist! Dieser miese kleine Junkie rührte keinen Finger. In der Eile vergaßen wir auch noch, ihm den Ring abzunehmen. Das ist uns später siedend heiß eingefallen, doch da war es dann zu spät. Außerdem war es eine scheußliche Sauerei. Dem Richter waren die Nerven durchgegangen. Er stieß mich weg, als ich neben Django kniete und seinen Puls am Hals fühlen wollte. Der Winkler stand nur da und lachte, aber der Richter trat dem Junkie in die Fresse, dass die Zähne nur so über den Teppich purzelten. Eine ungute Atmosphäre – irgendetwas stimmte nicht mit diesem Zimmer, nicht mit diesem Haus.«

Nun endlich gelang es Georg, den Wasserfall an Worten, die auf ihn einprasselten, abzuschneiden. »Der Richter? Okay – aber der Winkler, der muss doch aufpassen mit seiner Praxis. Was, wenn jemand zur Polizei geht?«

»Lass dich nicht täuschen, Georg! Du kennst ihn nicht. Weißt du, was der Winkler gemacht hat?«

Georg hatte ein Déjà-vu. Unwillkürlich spürte er wieder den Geruch von Frau Rammelkammers Mentholzigaretten in der Nase. »Nein«, sagte er, »das weiß ich nicht.«

Und er wich einen Schritt zurück, doch der andere rückte nach, brachte sein Gesicht ganz nahe vor Georgs, sodass es den Rest der Welt komplett ausblendete und Georg nur noch die knittrige graue Haut und die funkelnden Augen Rammelkammers sehen konnte.

»Der Winkler bat den Eißenpacher um eine Rohrzange und riss dem Toten säuberlich die restlichen Zähne aus. Du kannst es mir glauben, mir wurde kotzschlecht. Als Django plötzlich zu röcheln begann, oder besser: wie es aus seiner Leiche, als wir sie auf einen alten Läufer legten und Richtung Tür zogen, auf einmal ganz scheußlich herausgurgelte, da riss Alfred ein Klappmesser aus seinem Mantel, keine Ahnung, wieso er das bei sich hatte, und stach es mit voller Wucht in Djangos Rücken. Er wollte sichergehen, brüllte er, und auch noch den letzten Rest Luft ablassen.«

Von seiner Anlage her ein Geduldsengel, besaß Georg jedoch auch eine ganz andere Seite, die am Grunde seiner Seele schlummerte und nur unter größten Anstrengungen zum Leben erweckt werden konnte. Und zwar genau jetzt: Der heilige Zorn packte ihn. »Mir reicht's«, schrie er. »Macht, was ihr wollt! Ich habe genug!«

Und schon war seine Wut verraucht, und ihm ging auf, wie lächerlich es war, wenn er versuchte, die Tobsucht des Autohändlers mit eigenem Gebrüll zu quittieren.

»Ja, mein Lieber, das glaube ich dir.« Rammelkammer senkte nun die Stimme, bis er nur mehr flüsterte. »Aber woher soll ich wissen, dass du nicht mit drinsteckst? Warum eigentlich nicht? Du hast vielleicht den größten Auftrag deiner ganzen Berufslaufbahn – die Toten ausbuddeln, weil irgendjemand die Vergangenheit neu aufrollen möchte?«

»Wer sollte denn das wollen?«

»Na, wer wohl! Sag nur, Babette gefällt dir nicht? Und warst du nicht auch dabei, als der Bayerlein tot im Acker lag, nachdem er sich angeblich selbst erschossen hatte?« Rammelkammer funkelte Georg mit bösen Augen an.

»Du bist verrückt! Hau ab, geh mir aus dem Weg!«

In diesem Augenblick begann die Vorraer Feuersirene zu heulen. Beide Männer lauschten, ohne sich zu rühren, dem gellenden Ton, der allen, die ihn hörten, durch Mark und Bein ging. Erst als das Heulen anhielt und nicht nach ein paar Sekunden in das Auf und Ab des ABC-Alarms mündete, entspannten sie sich. Kein Atomkrieg, wieder einmal, nur Feuerwehralarm*.

»Okay«, sagte Rammelkammer.

Für eine Weile, die beiden endlos erschien, blickten sie sich in die Augen, ohne mit einer Wimper zu zucken. Dann stiegen sie in ihre Fahrzeuge und stießen rückwärts zurück auf die Hauptstraße, erst Rammelkammer, dann Georg, der so behutsam wie möglich rangierte, zumal inzwischen die Dämmerung angebrochen war.

Nur kurze Zeit später standen sie erneut nebeneinander auf der Straße. Die Ortsdurchfahrt von Vorra war gesperrt, denn das Gasthaus *Zum Roten Ross* stand in Flammen. Aus dem Dachstuhl des alten Fachwerkhauses quoll dicker schwarzer Rauch, Teile des Verputzes und ein Stück des Mauerwerks im Winkel unter dem Dachfirst waren auf die Straße gestürzt. Der Spritzenwagen der Freiwilligen Feuerwehr war soeben vorgefahren, Feuerwehrmänner rollten Schläuche zur nahe gelegenen Pegnitz, der Motor der Pumpe kam gerade tuckernd in Fahrt. Drei Dachgeschosse auf strohtrockenen Balken gelagert, an den Decken Strohmatten, Fehlböden voller Spreu – Georg musste nicht lange überlegen, um darauf zu kommen, dass das hier eine größere Aktion werden würde. An ein Durchkommen war nicht zu denken, zumal schon in Kürze die Wehren aus den Nachbardörfern eintreffen würden.

Der überflüssigste Gedanke von allen schoss ihm durch den Kopf: Ob die Metzgerei der Familie Kraft, deren Ladenlokal nach vorne zur Hauptstraße ging, bis zum Frühjahr wieder geöffnet sein würde, wenn er und Eiwei sich dort mit Wurst und Semmeln für die Brotzeit eindecken mussten? Dann riss er sich zusammen und verbot sich derartige Überlegungen.

»Ich kann hier nichts Sinnvolles beitragen«, sagte er zum Rammelkammer, »außer blöde zu gaffen.«

Inzwischen versammelte sich das halbe Dorf auf der Straße, um sich am Anblick der Feuersbrunst zu ergötzen. Aus Düsselbach traf der Traktor vom Haußner ein, der die Wasserpumpe schleppte, und Georg erkannte, dass sein Transporter nun auch noch die Löscharbeiten behinderte.

»Wir nehmen den Bahnhofsweg«, sagte er und stieg hinters Lenkrad.

Er wendete geschwind, bog in die Stöppacher Straße ein und dann vor der Unterführung unter der Eisenbahn nach rechts ab in die Poststraße. Rammelkammers Porsche folgte ihm erneut, diesmal jedoch in angemessenem Abstand. Als sie das Postamt passierten, trat gerade Herr Bauder, der Amtsvorsteher, auf die Straße, um zu ergründen, was den Aufruhr im Dorf hervorrief. Georg hob die Hand, um Bauders Gruß zu erwidern, dann blickte er in den Rückspiegel. Und bemerkte das zweite Auto, das dicht hinter Rammelkammers Porsche aufschloss. Ein grasgrüner Ford Taunus. Es war Dr. Alfred Winkler, der ihnen folgte.

Kapitel 21

Zahnarzttermin

Keuchend sprang Georg aus der Fahrerkabine und stürmte ins Haus.

»Da ist ein Brief für dich gekommen«, empfing ihn Almuth im Flur. »Kein gewöhnlicher Brief. Aus Nürnberg, von einem ›H. Gabsteiger‹ …«

Georg starrte sie aus einem Gesicht an, in dem panischer Schrecken und angestrengtes Nachdenken um die Herrschaft rangen. Er wusste nicht, wie er anfangen sollte. Seit Tagen hatten sie keine Gelegenheit mehr gehabt, sich auszutauschen, und nun hatte sich so viel angestaut …

»Das *Rote Ross* brennt«, stieß er hervor, da wenigstens darüber kein Zweifel bestand.

»Ich habe die Sirene gehört. Ist es schlimm?«

»Oh ja! Sehr schlimm, es brennt lichterloh! Almuth, wir müssen reden … es kann aber sein, dass jetzt gerade nicht ausreichend Zeit ist …«

Nachdem Georg den Zahnarzt erkannt hatte, hatten sich die Ereignisse für ihn seitenverkehrt abgespielt, da er kaum noch auf die Straße vor ihm sah, sondern abwechselnd in Rück- und Außenspiegel. Rammelkammer blieb stoisch an seiner hinteren Stoßstange kleben, als Georg Gas gab, ohne dabei die Gefahr zu vergessen, die von dem eisernen Monster auf der Ladefläche drohte. Er war am Sägewerk vorbei und ohne abzubremsen über die Kreuzung am Tunnel gebraust, hatte den Lagerplatz sowie die Werkhalle der Steinplattenhandlung Koch links beziehungsweise rechts liegen gelassen und es bis zum letzten Haus jenseits des

Bahnhofgebäudes geschafft, ohne dass Winkler Gelegenheit gehabt hätte zu überholen.

Der Bahnhofsweg nach Artelshofen war so schmal, dass er nur in einer Richtung befahren werden durfte, aber Georg war gerade nicht in der Stimmung, diesem Umstand Rücksicht zu zollen, zumal ihm momentan nicht mehr einfiel, in welcher Richtung das Fahren erlaubt war. Er setzte alles darauf, dass nicht ausgerechnet während der entscheidenden drei Minuten ein anderes Fahrzeug entgegenkäme. Hinter ihm und Rammelkammer drängelte Winkler mit Lichthupe und hektischem Schlängeln. Der kritische Moment trat ein, als der Weg eine lang gezogene Linkskurve machte, also etwa auf Höhe des Parks der Rammelkammer'schen Gattin. Georg biss die Zähne zusammen und beschleunigte auf über fünfzig Stundenkilometer. Dann die Erlösung: Der Weg vor ihm war frei, und zugleich war im Spiegel der grüne Ford zu sehen, der plötzlich nach rechts ausscherte und mit der Absicht, auf der grünen Wiese an Rammelkammer vorbeizuziehen, über die flache Böschung rutschte. Wo er natürlich sofort in der sumpfig-feuchten Pegnitzwiese stecken blieb.

Womit Georg nicht gerechnet hatte, war, dass als Nächstes der Rammelkammer ohne Vorwarnung von der Verfolgung abließ, sich vorne beim Schloss scharf links hielt und hinter der Biegung verschwand. Ohne sich weiter aufzuhalten, fuhr Georg nach Hause, parkte den Transporter schräg in der Garageneinfahrt und wurde von Almuth schon in der geöffneten Haustür empfangen.

Nun griff Georg hastig nach dem Umschlag, den ihm Almuth entgegenhielt. Er riss ihn auf, zerrte zwei eng beschriebene Blatt Papier heraus und begann zu lesen. Bis zum Zerreißen gespannt sah ihm Almuth zu. Von Zeile zu

Zeile wich das Blut mehr aus Georgs Gesicht, doch er war kaum bis zur Hälfte der ersten Seite gekommen, als es klingelte. Nachgerade markerschütternd brutal klingelte es. Draußen vor der Tür war jemand, der den Klingelknopf bis zum Anschlag in die Wand fest gedrückt hielt und erbarmungslos Einlass forderte.

Georg schob Almuth den Brief in die Hand. »Ich muss noch einmal ... ahm, zum Lagerplatz«, stotterte er eilig. »Die Rüttelmaschine ...« Dann spurtete er in die Küche.

»Zum Lagerplatz geht's nicht dort lang ...«, protestierte Almuth, zugleich öffnete sie aber die Tür, denn anders war der infernalische Lärm offenbar nicht abzustellen.

»Herr Dr. Winkler, mit Ihnen hätte ich überhaupt nicht gerechnet. Ich wollte gleich morgen bei Ihnen anrufen, wegen eines Termins für Georg ...«

»Das erledige ich sofort, da brauchen wir keinen Termin!«, schrie Winkler, rempelte Almuth zur Seite, raste in die Küche und sprang Georg hinterher aus dem Fenster.

Nun sagt man ja, der Teufel scheiße immer auf den großen Haufen, und manchmal möchte man wirklich glauben, dass etwas daran sei. Denn es reichte offenbar nicht, dass in Vorra ein Großbrand tobte, der die Hauptstraße blockierte: Irgendein amerikanischer General war wohl auf die Idee verfallen, in dieser Nacht eine halbe Division – nur rein spekulativ – von Auerbach nach Fürth zu verlegen, weshalb eine schier endlose US-Kolonne durch die Nacht nach Süden rauschte: Panzer, Jeeps, Lkw und alles, was das Herz eines Generals sonst noch begehrt.

Georg gelang es, zwischen zwei Trucks über die Staatsstraße zu schlüpfen, wo es keine hundert Meter mehr bis zu seinem Lagerplatz waren, der sich in vollkommener Finsternis an den Bahndamm schmiegte.

Er suchte verzweifelt nach einer Waffe. Während sich vorne auf der Straße Maschinengewehre und Kanonen stockend vorwärtswälzten, dachte er zuallererst an seinen Spaten – der jedoch in der Werkzeugkiste auf dem Transporter friedvoll ruhte und den Feierabend genoss. Georgs erster Instinkt war es gewesen, den Wahnsinnigen so weit weg von seinen Kindern und seiner Frau zu locken, wie es ihm möglich war. Wenn Babette Winkler und Rammelkammer die Wahrheit gesprochen hatten, dann war Winkler völlig von Sinnen und würde nicht mit dem handeln, was man einen kühlen Kopf nennt. Georg war klar, dass Winkler nur ein Ziel hatte: ihn zu töten, ihn mit den bloßen Händen zu erwürgen.

Georg kannte sich auf seinem Lagerplatz selbstverständlich aus wie in seiner eigenen Hosentasche. Er verkroch sich in der hintersten Ecke der Halle, nicht nur, weil er dort ein kleines Sammelsurium beschädigter Werkzeuge hatte, darunter schartige Beile und abgebrochene Schaufeln – er wollte auch abwarten, bis die amerikanischen Fahrzeuge durchgezogen waren, deren Motorenlärm es unmöglich machte, zu hören, wo sein Gegner in dem Verhau aus Materialien und Gerät herumtappte.

Und tatsächlich dauerte es nicht länger als eine gefühlte halbe Ewigkeit, dann kehrte wieder Ruhe ein, und er konnte zu seiner Erleichterung die Schritte einer Person im Schotter der Einfahrt ausmachen.

»Georg, komm raus!«, brüllte Winkler.

Georg tastete im Dunkeln unendlich behutsam, um selbst kein Geräusch zu verursachen, nach einem Stück Eisen, das groß und kantig genug war, um damit eine wirksame Delle in einen Zahnarztschädel zu schlagen. Fieberhaft ging er im Kopf sämtliche Werkzeuge und Baustoffe durch, deren nicht gerade wenige den Schuppen füllten. Wie merkwürdig, dachte er: Wenn er mit den Kindern hier war, sah er nichts als tödliche Gefahren und grässliche Verletzungen, doch jetzt, da er im Dunklen mit einem Amok laufenden Zahnarzt konfrontiert war, entdeckte er beim besten Willen nichts, was ihm als Waffe geeignet schien.

»Komm raus, Georg«, brüllte Winkler erneut. »Ich mach dich genauso kalt wie den Seibold!«

Im selben Moment stießen Georgs Finger auf etwas Kaltes, Hartes, Längliches. »Du wirst dich schuldig fühlen!«, rief Georg zurück, der es nun nicht länger ertrug, still hinter den Zementsäcken zu hocken. Dabei klammerte er beide Fäuste um ein Brecheisen, das schon sein Vater mit Erfolg gegen Kisten und Paletten eingesetzt hatte.

»Blödsinn!«, lachte Winkler in die schwarze Leere. »Wie naiv bist du denn? Ein nutzloses Arschloch weniger – was ist schon dabei?«

Georg war durchaus bewusst, dass seine Erwiderung dem Winkler einen unnötigen Hinweis dafür geliefert hatte, in welcher Ecke er sich versteckte. Eine Positionsänderung erschien ihm daher dringend angebracht. Er musste damit rechnen, dass Winkler eine Schusswaffe bei sich hatte, was äußerst unangenehm werden konnte.

Just in dem Moment, als die US-Kolonne endgültig Richtung Vorra verschwunden war, rauschte ein Güterzug von Bayreuth herbei und überquerte donnernd die Stahlbrücke. Keine Ruhe lassen sie einem, fluchte Georg stumm in sich hinein. Nichtsdestotrotz half ihm der Lärm, sein Versteck zu wechseln. Auf dem Bauch kroch er zentimeterweise hinter ein paar Europaletten, auf denen Zement- und Kalksäcke gestapelt waren.

Weder Georg noch der Winkler hatten das Auto vorfahren hören und zuckten dementsprechend zusammen, als plötzlich eine Stimme durch die Lagerhalle schallte. »Suse, liebe Suse, was raschelt im Stroh?«, sang der Besucher, der geräuschvoll das Tor hinter sich zuschlug. »Es sind die lieben Gänslein, die haben kein Schuh.«

Dann flammte die nackte Glühbirne an der Decke auf, nicht mehr als eine Sechzig-Watt-Funzel, die vor allem undurchdringliche Schatten warf.

»Du Verräterschwein«, brüllte Winkler, als er den Rammelkammer erkannte.

Sie standen sich keine drei Meter gegenüber – der Rammelkammer scheinbar vollkommen entspannt im schwarzen Jackett, mit rotem Hemd und weißer Krawatte, der Winkler mit vor Wut glühendem Gesicht in einem blauen Blouson und rudernden Armen. Georg beobachtete mit Entsetzen, wie die beiden Männer begannen, sich wie in Zeitlupe zu umkreisen.

Georg hatte Eiwei schon Tausende Male ermahnt, die Schaufel vollständig abzusenken, wenn er den Radlader abschaltete. Er wusste, dass sich Eiwei, wenn er alleine auf dem Lagerplatz war, bisweilen in der wuchtigen stählernen Wanne auf ein kurzes Schläfchen ablegte. Die Maschine stand gleich rechts vom Tor, die Schaufel war heruntergeklappt, aber wieder einmal nicht flach auf dem Boden liegend, sondern aufrecht gestellt wie ein Trog.

Genau betrachtet wurde dem Winkler schließlich sein Beruf zum Verhängnis. Als das Vorgeplänkel seiner Meinung nach lange genug gedauert hatte, griff er nach dem Gerät, das ihm als Waffe am geeignetsten schien: einem handlichen Presslufthammer. Nicht mehr als ein »Spielzeug«, wie Eiwei sagte, aber dieses Ding lag für den Zahnarzt, der eine gewisse Vertrautheit mit diesem Werkzeug empfinden musste, in Reichweite. Vorne aus dem Kolben ragte ein zwanzig Zentimeter langer stählerner Meißel. Winkler richtete die Spitze auf Rammelkammers Unterleib und brüllte: »Aus dem Weg, du Schwein, sonst kommst du zuerst an die Reihe!«

So ein Kompressor, der die Druckluft für einen Presslufthammer erzeugt, und selbst der kleinste, der überhaupt auf allen Baustellen der Welt zum Einsatz kam, brauchte in jedem Fall wenigstens eine Minute, bis er in voller Fahrt war. Das war niemandem bewusster als Georg. Dennoch war es eine durchaus brauchbare Idee, einfach den Startschalter zu drücken, um zu probieren, ob nicht vielleicht ein Rest Druckluft im Tank war. Vor allem, wenn der zugehörige Kompressor direkt vor ihm stand.

Der kurze Stoß, den der Presslufthammer dem Winkler versetzte, hätte alleine niemals ausgereicht, um ihn umzuwerfen. Der Schlauch jedoch, der hinter ihm am Boden lag, schaffte es, den Zahnarzt von den Beinen zu holen, indem dieser rückwärts darüberstolperte – und direkt auf die Schaufel des Radladers fiel. Mit dem Kopf, und zwar – als hätte er sorgfältig darauf gezielt – direkt auf einen der eisernen Grabzähne.

Georg, der aus seinem Versteck hervorkam, und Rammelkammer, der nervös seine Ärmel abklopfte, mussten sich nicht erst abstimmen, um zur selben Schlussfolgerung zu kommen. Es war sehr schnell gegangen, und da war wohl auch nichts mehr zu machen.

Georg brach als Erster das Schweigen. »Komm mit«, sagte er, »ich will jetzt erst einmal in Ruhe den Brief zu Ende lesen.«

Rammelkammer gab keinen Laut von sich, stellte keine Fragen, sondern folgte Georg zurück über die Hauptstraße, die so verlassen und still dalag, als wären sie soeben aus einem unruhigen Schlaf hochgeschreckt und würden erleichtert feststellen, dass die Welt nie etwas anderes gekannt hatte als Ruhe, Frieden und Einigkeit aller Völker und Menschen.

***

Der Brief lautete wie folgt:

Größter Baumeister aller Zeiten! (Friedrich Brunn nannte Dich einmal so, und mir gefällt diese Anrede ganz außerordentlich gut, also nimm's mir nicht krumm.)

Ich weiß, die Idee ist nicht sonderlich originell, aber wenn Dich dieser Brief erreicht, werde ich nicht mehr unter den Lebenden weilen.

Umgekehrt weiß ich nicht, ob es Dir irgendwann einmal nützt, aber mir ist sehr wichtig, dass Du Dir über eines im Klaren bist: Gib acht auf den Winkler! Er ist der Einzige, dem wirklich Blut an den Händen klebt. Er ist unberechenbar – ich weiß das aus eigener Anschauung. Winkler erschlug den Proppenstädter, als der in seinem Mähdrescher eingeklemmt auf dem Berg lag.

Bis hierher kannte Georg den Text bereits.

Der Mähdrescher war nämlich nicht verunglückt, ohne dass jemand nachgeholfen hätte. Als Winkler beim Spaziergang den besoffenen Bauern auf dem Mähdrescher sitzen sah, stellte er ihn zur Rede. Schließlich verlor er die Beherrschung, kletterte zum Fahrersitz hinauf und schlug den armen Kerl bewusstlos. Dann trat er aufs Gas und sprang ab.

Und das einzig und allein, weil Winkler irrtümlich glaubte, Proppenstädter hätte ihn gehörnt. Also: Vorsicht! Lass ihn nicht in deine Nähe!

Ansonsten schätze ich, dass ich Dir nicht vieles mitzuteilen vermag, was Du nicht eh schon wüsstest. Natürlich war ich der fünfte Mann im Cockpit. Das hast Du längst erraten, richtig? Ich war ein waschechter Stabsarzt damals, mit Studium und Examen. Da staunst Du, was ...?

Ich musste gerade, ehe ich weiterschreiben konnte, einen Schluck aus der Sauerstoffpulle nehmen, so sehr lachte ich, als ich mir vorstellte, welch große Kuhaugen Du jetzt machst!

Ich hatte natürlich Zugriff auf die Hermann-Göring-Pillen, wie man das Pervitin damals nannte. Die wurden zwar nach dem Frankreich-Feldzug aus dem Verkehr gezogen, aber ich hatte mir Vorräte angelegt. Als ringsumher alles zusammenbrach, war noch eine ganze Kiste da. Ich lud das Amphetamin in den Flieger – aus einem Instinkt heraus, dass wir es noch einmal brauchen würden. Dass wir in Franken, nur ein paar Kilometer entfernt von der Burg in Neuhaus landen würden, wo Göring, der Oberste aller Drogensüchtigen, saß, war reiner Zufall. Die Kiste hatten wir anfangs in einer Höhle oberhalb von Artelshofen vergraben, Marderloch nennt ihr die, glaube ich. Später lagerten wir das Zeug im Hof vom Schramm, unterm Misthaufen.

Rammelkammer half anfangs beim Verkauf, Schramm bekam etwas ab für den Eigenbedarf, aber ihm wurde gedroht, bloß das Maul zu halten. Und der Richter beriet uns, was die Polizei und den Staatsanwalt anbelangte – nur Winkler war nicht involviert, wir anderen wollten das nicht, da er von Anfang an als gefährlich galt. Er kam aus einem Straflager für kriminelle Jugendliche direkt an die Front. Einen Asozialen nannte man das damals, einen Volksschädling. Aber als Kanonenfutter war er den Nazis gerade noch gut genug, und er kam zur Luftwaffe, als Flakschütze. Allerdings brauchte es keine drei Wochen an der Front, da erschlug er im Zorn einen der Fremdarbeiter, die gezwungen wurden, immer wieder die Landepisten auszubessern. Danach war Winkler selbst seinen Wehrmachtsvorgesetzten unheimlich.

Rammelkammer kümmerte sich um die harmlosen Geschäfte, ich gab den Mann fürs Grobe. Natürlich musste ich mich offiziell vom Richter fernhalten, denn wenn bekannt geworden wäre, dass wir gute Freunde waren, hätte es beiden von uns gleichermaßen geschadet.

Na ja, was soll ich noch groß lamentieren? Die guten alten Zeiten sind vorbei, und ich mache mich bald auf die große Reise – wünsch mir Glück, Baumeister!

Ich wünsche Dir jedenfalls eine ganze Menge.

Dein Dr. B.

Sie saßen schweigend am Küchentisch und sahen einander an. Georg Degenhardt und Bernd Rammelkammer. Rammelkammer wühlte in seiner Hosentasche und beförderte eine Packung Roth-Händle und ein Schächtelchen Streichhölzer ans Licht. Er zündete sich mit zitternden Fingern eine Zigarette an und blies den Rauch an die Lampe, die knapp über ihren Köpfen träge pendelte. Der Umstand, dass in der Küche geraucht wurde, überhaupt zum ersten Mal im Haus der Degenhardts, erregte angesichts der Umstände deutlich weniger Beachtung, als es verdient hätte.

»Und jetzt?«, fragte Rammelkammer, als er ausgeraucht hatte.

Diesmal war Georg seinem Gegenüber voraus: Er hatte eine klare Vorstellung, was zu tun war, und übernahm zum ersten Mal seit den Kanalarbeiten im Hochsommer wieder die uneingeschränkte Befehlsgewalt.

»Ich helfe dir. Das Loch schaufele ich, du schaffst ihn hinein, wir beide zusammen machen alles wieder zu, und gut ist's.«

»Und wo?«

»Da, wo alles anfing. Beim Bauschutt gegenüber von Deißners Pflanzgarten, wo wir den Bayerlein fanden. Ich mach das schon so ordentlich, dass er dort für immer und ewig ruhen wird. Eins achtzig tief. Und du rufst zuvor die Winklerin an, sie soll dabei sein.«

»Bist du verrückt?«, protestierte Rammelkammer.

An dieser Stelle mischte sich Almuth ein. »Nein, Georg hat recht. Ihr bringt das jetzt zu Ende. Die Polizei kann den Proppenstädter und den Seibold auch nicht mehr zum Leben erwecken. Wenn die Kripo anrückt, bleibt kein Stein auf dem anderen – dann kommt alles ans Licht, und wir sind jahrelang nur noch Futter für die voyeuristischen Bluthunde bei der *Bild*.«

Rammelkammer sah Almuth wohl eine geschlagene Minute lang an. Dann sagte er: »Wo steht euer Telefon?«

Kapitel 22

Niemand ruht ewig

Einmal muss es ja gesagt werden: Alles hat ein Ende, sogar die Ruhe, die niemals ewig währt. So, wie im Frühjahr die Natur aufersteht und sich unverdrossen ans Werk macht, erwachten bald auch die Baumaschinen zu neuem Leben – Rüttler und Mischer, Radlader und Presslufthammer – und forderten Georg nachdrücklich auf, mit frischer Kraft die nächste in der schier bis ins Unendliche reichenden Reihe der Baustellen zu eröffnen.

Die Winklerin hatte alles, was mit dem spurlosen Verschwinden ihres Mannes zusammenhing, geregelt. Niemand erfuhr je im Einzelnen, wie sie das hingekriegt hatte, aber sie war wie die gewiefteste Mafiosobraut vorgegangen. Hatte Flugtickets nach Kaschmir gekauft, war alleine zurückgekommen und hatte das Verschwinden ihres Mannes der Polizei gemeldet, die nichts weiter unternehmen konnte, als den Fall zu den Akten zu legen, wo er vermutlich bis ans Ende aller Tage unter einer stetig wachsenden Staubschicht ruhen wird.

Und Rammelkammer zog zurück zu seiner Frau und begann sich mit aller Leidenschaft, deren er fähig war, mit Yoga zu beschäftigen. Seinen Anteil an dem Autohandel in Hersbruck verkaufte er, und während der Sommermonate sah ihn so mancher Radfahrer, der den Bahnhofsweg entlang des Parks vorüberkam, im Kopfstand auf der Terrasse stehen, mit nichts angetan als einem engen weißen Trikot, während seine Frau im Lotussitz danebensaß und in Betrachtung des Gartens meditierte.

Auf dem Bau ist es so, dass am Ende immer ein Rest übrig bleibt, eine Schippe Sand, ein paar Dachziegel, eine Kelle voll Mörtel, ein halbes Dutzend Hohlblocksteine. Bei den Menschen ist es womöglich genauso – nur exakt andersherum: Es gibt wohl zu jedem Zeitpunkt immer ein paar, von denen man nicht weiß, wo sie stecken. Das scheint so in der Natur der Dinge zu liegen. Zwei gefunden, einer verschwunden. So gesehen, befand Georg, war seine Bilanz durchaus positiv.

Babette Winkler schloss die Zahnarztpraxis – wodurch sie Dr. Nöth in Hersbruck einen kleinen Schwung an Neuanmeldungen bescherte –, verkaufte das Haus und zog weit weg, auf eine spanische Insel, wie man munkelte, aber, wie Oma Bär es ausdrückte, »nichts Gewiss' weiß man nicht.«

Vielleicht hatte die Winklerin zu guter Letzt selbst eingesehen, dass sie in der Gemeinde genug Unheil angerichtet hatte und es besser war, irgendwo anders einen Neuanfang zu machen. Jedenfalls vermisste sie niemand so recht, am wenigsten Monika Proppenstädter – die zum großen Erstaunen aller ungefähr ein Jahr nach dem Fortgang der Familie Winkler ein zweites Mal heiratete, und zwar den Kunstmaler Helmut Schmidt, den sie in der *Grauen Gans* aufgegabelt hatte. Die beiden schafften es mit vereinter Kraft, trocken zu werden, nachdem sie in Hohenstadt die erste Gruppe der Anonymen Alkoholiker im gesamten Landkreis gegründet hatten.

Der alte Schramm starb nur wenige Monate später. Seine Leber gab endgültig den Geist auf, und er nahm das Geheimnis, wie es der Winkler unbemerkt auf das Silo und nach getaner Tat wieder hinuntergeschafft hatte, mit ins Grab. So bedauerlich das war, so wenig konnte man daran im Nachhinein ändern.

Nach der Instandsetzung ist vor der Instandsetzung – heißt es im Straßenbau. Am Tag nach dem Dreikönigstag im Januar 1980 bekam Georg den ersten Auftrag des neuen Jahres. Familie Wölfel hatte sich in Vorra ein Häuschen gekauft, am Fischbrunner Weg, oberhalb des Anwesens von Dr. Scholz. Bei Wölfels gab es eine Wand durchzubrechen, um eine direkte Verbindung zwischen Küche und Wohnzimmer zu schaffen. Als Georg die Baustelle in spe besichtigte, war die Küche schon leer geräumt, ebenso das Zimmer auf der anderen Seite. Zwei Reihen Fliesen deuteten an, wo die Küchenzeile gestanden hatte, der Teil oberhalb war mit Raufaser tapeziert, unterhalb war eine nackte Sperrholzplatte zum Vorschein gekommen. Mit harten Knöcheln klopfte Georg an die Wand.

»Klingt hohl«, bestätigte Rudolf Wölfel Georgs Diagnose.

»Sieht mir nach Trockenbau aus, hier war wohl schon früher einmal ein Durchgang«, stellte Georg fest.

Wölfel nickte. »Ich hab nachgemessen, zweimal schon, aber mir fehlen zwischen drüben und hier ganze vierzig Zentimeter. Ich meine, da würde eine halbe Familie hineinpassen.«

»Von wem habt ihr das Haus denn gekauft?«

»Vom Sperber in Unterartelshofen, dem hat schon das Grundstück daneben gehört, und wir haben alles zusammen gekriegt.«

Georg atmete auf, hier ging alles mit rechten Dingen zu. Dann kam Wölfel zurück in die Küche, in der Hand ein Blatt Papier.

»Wenn du's genau wissen willst«, sagte er, »ich hab hier die Kopie aus dem Grundbuch. Vor den Sperbers gehörte das Haus fast zwanzig Jahre lang einem Nürnberger, Gabsteiger hieß der ...«

Zeitgeschichtliche Tatsachen

S. 16: Die Gas- und Stromversorgungs-Gesellschaft *Fränkisches Überlandwerk* AG (FÜW) wurde 1913 gegründet und ging im März 2000 in der *N-ERGIE* AG auf.

S. 23: Am 25. Juni 1979 verübte die RAF einen Anschlag auf den NATO-Oberbefehlshaber in Europa, Alexander Haig, der auf dem Weg ins NATO-Hauptquartier in Belgien war.

S. 24: Die US-amerikanische Raumstation *Skylab* wurde am 14. Mai 1973 ins All geschossen. Sie wurde während des Starts stark beschädigt und musste von den ersten beiden Besatzungen bis September 1973 repariert werden. *Skylab* ging am 11. Juli 1979 südöstlich von Perth in West-Australien nieder, ohne jemanden zu verletzen.

S. 45: REFORGER – Return of forces to Germany – wurde eine Reihe von Großmanövern der NATO genannt, die zwischen 1969 und 1993 in Deutschland stattfanden.

S. 58: Andreas Baader war führendes Mitglied der linksextremistischen Terrororganisation *Rote Armee Fraktion* (RAF) und wurde am 1. Juni 1972 in Frankfurt am Main verhaftet. Zuvor war er bei einem Schusswechsel ins Gesäß getroffen worden. Baader beging im Oktober 1977 in seiner Zelle der Justizvollzugsanstalt Stuttgart-Stammheim Selbstmord.

S. 59: Valéry Giscard d'Estaing (geb. 1926) ist ein französischer Politiker der UDF. Er war von 1974 bis 1981 französischer Staatspräsident und hatte schon immer eine ausgeprägte Glatze.

S. 62: Mitte der Fünfziger- bis Mitte der Sechzigerjahre betrieb der Skiclub Artelshofen die *Frankenjura-*

Schanze am steil ansteigenden Talhang rechts der Pegnitz. Inzwischen sind die Überreste des Bauwerks vom Wald verschluckt worden.

S. 92: Das Pontifikat von Johannes Paul II. begann am 16. Oktober 1978.

S. 92: Die *Junkers Ju 88* der Junkers Flugzeug- und Motorenwerke war ein zweimotoriges Flugzeug, das im Zweiten Weltkrieg in großer Stückzahl (knapp 15.000) hergestellt und für die verschiedenartigsten Zwecke der Luftwaffe eingesetzt wurde.

S. 101: Die erste Europawahl zum Europäischen Parlament in der Geschichte der Europäischen Gemeinschaft fand Anfang Juni 1979 statt, dabei errang die »Sonstige Politische Vereinigung Die Grünen« aus dem Stand 3,2 % der Stimmen.

S. 134: Der Begriff »Freund und Helfer« als Bezeichnung für Polizeibeamte wird häufig Heinrich Himmler, Reichsführer SS und Chef der Deutschen Polizei während der NS-Diktatur bis 1945, zugeschrieben. Vermutlich ist die Formulierung jedoch älter und stammt aus der Weimarer Republik, wo sie die damaligen Anstrengungen widerspiegelt, die Polizeibehörden zu demokratisieren.

S. 135: The Velvet Underground war eine von Andy Warhol inspirierte New Yorker Rockband aus den Sechziger- und frühen Siebzigerjahren. Sänger, Gitarrist und Frontmann war Lou Reed (1942–2013), dessen Song *Heroin* wegen der expliziten Verherrlichung des Drogenkonsums kontrovers diskutiert wurde.

S. 137: *HuPflA* war in Franken eine gängige Abkürzung für »Heil- und Pflegeanstalt«, eine alte Bezeichnung für eine psychiatrische Klinik. Im Gegensatz zu einer weit verbreiteten Meinung ist der Begriff Hupfla nicht darin begründet, dass dort psychisch erkrankte Personen unter ärztlicher Aufsicht »herumhupften«.

S. 166: »Kobold« ist eine Staubsauger-Markenbezeichnung des Herstellers Vorwerk.

S. 173: Dagmar Berghoff las am 16. Juni 1976 zum ersten Mal in der *Tagesschau* der ARD die Nachrichten vor.

S. 174: Unfälle mit militärischem Fluggerät gehörten während des Kalten Krieges beinahe zum Alltag, wie am 11. September 1982, als beim Absturz eines Hubschraubers in Mannheim 46 Menschen starben. Eine Maschine vom Typ CH-47C Chinook stürzte damals auf die Autobahn Mannheim–Heidelberg.

S. 195: Der Vertrag zur Errichtung der *Mittel-Europäischen Gasleitung* MEGAL wurde 1975 unterzeichnet. 1980 war die Pipeline, die russisches Erdgas durch die Tschechoslowakei nach Bayern und weiter nach Frankreich transportierte, fertiggestellt und nahm den Betrieb auf.

S. 196: Der Begriff AIDS (Acquired Immune Deficiency Syndrome) wurde unter Fachleuten ab August 1982 verwendet und anfangs vor allem mit männlichen Homosexuellen und Heroinsüchtigen in Verbindung gebracht, da die ersten Opfer der durch den HI-Virus ausgelösten Immunschwäche häufig zu diesen Personengruppen gehörten.

S. 200: *Heavy Metal* war ein psychedelischer Zeichentrickfilm, der zwar erst 1981 erschien, aber von seinen Fans schon Jahre vorher mit Inbrunst herbeigekifft wurde.

S. 209: Auf dem »Nürnberg Open Air« am 1. September 1979 auf dem Zeppelinfeld spielten niemand anderes als The Who, AC/DC, Edo Zanki, Molly Hatchet, Miriam Makeba, Scorpions, Cheap Trick und Nils Lofgren. Das Open Air war der Vorläufer der späteren »Monsters of Rock«- und »Rock im Park«-Festivals.

S. 211: Die *Desi* wurde im Gebäude der ehemaligen städtischen Desinfektionsanstalt (Brückenstraße 23, Nürnberg) 1978 als selbstverwaltetes Zentrum gegründet. Wenige Jahre zuvor, 1974, ging in der Halbruine des Künstlerhauses am Nürnberger Hauptbahnhof (1910 eingeweiht) das Kommunikations- und Kulturzentrum, kurz *KOMM*, an den Start. Die abfällige Meinung einiger Protagonisten des vorliegenden Romans entspricht ganz und gar nicht der des Autors, sondern exakt dem Gegenteil!

S. 214: Die Nürnberger Messe zog 1974 an den neuen Standort in Langwasser, nachdem die alten Hallen nahe dem Nürnberger Stadtpark nicht mehr erweitert werden konnten.

S. 218: *Sexie Hexy* war die deutschsprachige Coverversion des Connie-Francis-Hits *Stupid Cupid*, mit dem der Sängerin Sibylle Pagel unter dem Pseudonym Danny Mann 1958 der Durchbruch in der deutschen Hitparade gelang.

S. 219: »Zupfer« ist in Süddeutschland eine volkstümlich-abwertende Bezeichnung für Amerikaner, insbesondere für die auf den US-Stützpunkten stationierten G. I. Der Ausdruck spielt vermutlich auf die Sklavenarbeit des Baumwollzupfens an.

S. 231: Beim Versuch der Polizei, sie festzunehmen, wurde am 4. Mai 1979 die mutmaßliche RAF-Terroristin Elisabeth van Dyck in der Nürnberger Stephanstraße durch einen Schuss in den Rücken getötet.

S. 258: Bis weit nach Ende des Kalten Krieges wurden in den Dörfern monatlich die Feuerwehrsirenen getestet, wobei der Reihe nach verschiedene Zivilschutzsignale angefahren wurden. Der »Feueralarm«, der sich vor allem an die Freiwillige Feuerwehr richtet, ist bis heute ein Dauerton, der sich erst nach etwa zehn Sekunden vom »Luftalarm«, einem auf- und abschwellenden Heulton, unterscheiden lässt.